JN066768
Kraus & Ruru
「鳴けない小鳥と贖いの王 ～昇華編～」

鳴けない小鳥と贖いの王
～昇華編～

六青みつみ

キャラ文庫

この作品はフィクションです。
実在の人物・団体・事件などにはいっさい関係ありません。

目次

鳴けない小鳥と贖いの王　～昇華編～ …… 5

あとがき …… 314

鳴けない小鳥と贖いの王　～昇華編～

口絵・本文イラスト／稲荷家房之介

そもそも俺が間違えたのが悪い。

『最愛の人なのに、見分けることができなかったのか？』

『運命の相手なのに〝約束の指環〟がなければ気づけないのか？　その程度で〝運命〟？』

誰に言われなくても、自分が一番わかっている。

目の前に現れた運命の人に気づかず、別の相手に騙されてのこのこと求婚し、妃に迎えた愚か者が俺だ。その妃が企んだ罠にはまった最愛の人を、冤罪と気づかず追放刑に処してしまった。そのせいで最愛の人は――ルル・リエルは死にかけ、記憶を失った。

記憶を失ったままならよかったのに…と、湧き上がる身勝手な願望を何度ねじ伏せただろう。

すべてを思い出したルル・リエルが、俺に向かって微笑むことはなくなった。

悲しそうに、苦しそうに、そして嫌そうにまぶたを伏せて背を向けられると、床に額をこすりつけて何度も赦しを乞いたくなる。それで彼の笑顔と信頼、そして愛を取りもどせるなら、肉が擦れて骨が削れるほど額ずいてもいい。

けれど、そんなことをルル・リエルは望んでいない。むしろ迷惑がられて終わりだ。

わかっているから辛くて苦しい。このまま一生よそよそしい関係が続くのか。

よそよそしいなどという生やさしいものではない。嫌われ、憎まれて暮らすのか。

そう考えただけで胸がどす黒く塗りつぶされる気がする。絶望と自己嫌悪で。火で炙られ、傷口に塩を塗りこめられるような焦燥感で叫びだしたくなる。

そんなことをしてもルル・リエルの赦しは得られないのに。

どうすればいいのかわからない。

王という地位と権力があっても、失った彼の信頼は取りもどせない。

その事実の重さに胸が押し潰されて、息が…できない――。


額に触れるやさしい指先の感触でクラウス・ファルド＝アルシェラタンは目を覚ました。

最初に感じたのは噎せかえるような土砂の匂い。子どもの頃に探険した、貯蔵庫跡の古い洞窟を思い出す。半分崩れた暗い穴底から吹き上げてきた匂い――。

「…――？」

どこだ…、ここは？

ぼんやりとまばたきをくり返しても、なにも見えない。

ほんの少し前まで感じていたはずの、悪夢を追いはらうように現れた温かな光は消え果てて、目の前に広がるのは息がつまるほど濃密な闇ばかり。

クラウスは昔暗殺者に襲われて両眼を潰されたときの恐怖を思い出し、とっさに顔面を探ろうと身動いだ。その瞬間、激痛に貫かれて意識が飛びそうになる。

「――…ッ」

落雷にでも打たれたのか。そう勘違いするほど全身が痛い。少しでも楽な姿勢を取ろうとすると別の痛みが生まれる。悪循環だ。痛みがない場所は痺れているかそもそも感覚がない。

折れているか、最悪千切れて無くなっているか、潰れているのかもしれない。

悲惨な予想をふりはらうため、息を深く吸おうとして再び激痛に襲われた。

胸が痛い。肋骨も折れたか肺に届くほどの傷を負っているのだろう。

――だが…目は無事だ。

その事実に安堵しつつ、そもそもここはどこだと自問した瞬間、ぽかりと記憶がよみがえる。

鉱山で起きている問題を解決するため視察に訪れ、崩落事故に巻きこまれた。

崩落から『生き埋め』という言葉が連想された瞬間、目の前に迫る濃密な闇がすべて土壁、もしくは今にも崩れ落ちてきそうな土砂の堆積に思えてぞっとする。

窒息の恐怖で呼吸と心拍数が上がり汗が噴き出る。恐怖で先に心臓が止まりそうだ。

落ちつけと、自分に言い聞かせて深呼吸しようとしたとたん、胸を槍で貫かれたような痛みに襲われて、意識が飛んだ。

痛みから逃れた眠りの底で、クラウスはルルが側にいる夢を見た。

夢のなかのルルはやわらかく微笑み、両腕を広げてクラウスを抱きしめてくれた。

温かく、しなやかで、いい匂いがする。ルルはふわふわと風にそよぐ黒髪でクラウスのあごをくすぐったあと、頬に手を添えて、耳元で力強くささやいた。

『クラウス、生きて』


「ル……――」

胸がつまるような幸福感で意識がもどる。けれど、胸に抱いたはずのルルはいない。

唯一動く右腕が、虚(むな)しく自分の胸に落ちているだけ。

夢のなかのルルに与えられた癒しのまばゆさと、目覚めたあとの喪失感の落差がひどい。

今となっては夢のなかでしか微笑んでもらえない現実の厳しさに、心臓が嫌な具合に跳ね、再び痛みにうめいて目を閉じる。目を閉じただけで意識を失い、そのたび夢を見て目を覚ますことをクラウスは何度もくり返した。


ルル――ルル・リエルは、クラウスにとって命の恩人であり〝運命の片翼〟であり、そして最愛の人である。自分たちの関係を身分で示せば、アルシェラタンの王と王侶(おうりょ)になる。

ただし現在、王(クラウス)は王侶(ルル)に嫌われて別居中。

クラウスはかつて、幼いルル――癒しの力を使う翼神(よくしん)の末裔(まつえい)――に命を救われた。

そのとき感じた恩と憧憬は、いつしか特別な想いに昇華した。

なにかに追い立てられるように旅に出たのも、今にして思えば自分たちが〝運命の片翼〟という関係だったからだろう。

記憶を失い『リエル』と名乗るようになった彼を捜し出して婚姻の儀を挙げ、ともに歩む伴侶として暮らしはじめたクラウスは、それが偽りだとわかっていても幸せだった。

このまま記憶がもどらないでくれたらと、秘かに何度も願いながら。

口では『すべてを知ったルルに赦してもらえるまで真の契りを交わすことはしない』と強がっていても、心のなかでは、時間切れだと業を煮やした側近に押し切られる形で、彼を抱いてしまいたかった。身も心もどろどろに溶かすほど愛情を注いで、もしも記憶を取りもどしても、ほだされて受け容れざるを得ないほど自分に溺れて欲しかった。

けれど記憶を取りもどしたルルは婚姻の儀に贈られた王侶の印、章印指環を突き返してクラウスを拒絶した。

言い訳しようにも、ルルはすべての経緯を知った上で『赦せない』と言ったのだ。

本当にどうすれば彼に赦してもらえるのかわからない。

絶望に塗りつぶされたクラウスのなかに、いつしか仄暗い思いが芽生えた。

『どんなに嫌っていても、ルルは俺がいなければ死んでしまう』

翼神の末裔であるルルは、生きるために滋味が必要で、それを与えられるのは聖域にしか生えていないという護樹（まもりぎ）か、運命の片翼――ルルにとってはクラウス――からしか得られない。

だから。少なくとも、俺から離れてどこか遠くに逃げることはできない。

そんなどす黒い命綱のような希望にすがるしかないくらい、クラウスは自分が犯した過ちに苛（さいな）まれている。

「――…ッ」

暗い淵（ふち）に足をすべらせて落ちてゆくように意識がもどった。

気を失う前より熱が上がったのか全身がだるい。朦朧（もうろう）とする。明らかに容態が悪化している。

息をするだけで苦しい。痛みがひどくなっている。こんな状態で自分はいつまで保（も）つのか…。

ふいに、死の可能性が現実味を帯びて自分のとなりに寄りそうのを感じた。

――ここで俺が死んだら、国はどうなる？

大丈夫だ。俺の代わりはいくらでもいる。

次の王――世継ぎの君は、先王の従弟（いとこ）の孫（ラグナ）を内々に指名してある。もしも自分がここで急逝すれば、まだ幼児の孫（ラグナ）ではなく彼の祖父か父のどちらかが即位するだろう。

だから自分亡き後の国の行く末についてはそれほど心配していない。

国の行く末よりも心配なのはルルのことだ。

――俺が死んだら、ルルはどうなる？

もちろん死ぬ。

早くて二年後、遅くとも三年後には。〝滋味〟を得られず死んでしまう。滋味を得るために聖域にもどっても待っているのは聖導士――魔族の餌として血をしぼりとられて死ぬ未来だけ。

陰惨な光景を想像したとたん、あの子をそんな目に遭わせてなるものかと強く思う。

自分が死ぬことより、自分のせいでルルも死ぬと考えただけで恐怖がこみ上げてくる。

「く…そ…っ」

意地でも生きて還らなければ。君の元へ。

嫌われていようが憎まれていようが、俺の死に連動して君が死ぬことだけは避けたい。

クラウスは気力をふりしぼり、なんとか意識を保とうとした。

けれどすぐに時間の感覚が溶けて曖昧になり、過去のすべてが同時に思い浮かぶようになる。まぶたを開けても閉じても、目の前に靄(もや)のようなやわらかな光が渦巻き、美しい景色や懐かしい人々の姿が見えるようになった。

黒い毛玉と人の姿のルル、母、父、イアル、アルベルト、トニオ、――ルル。

誰を想っても、なにを考えても、最後はふわふわした黒髪を揺らして駆け寄ってくるルルの笑顔にたどりつく。溶けて攪拌(かくはん)された記憶のなかで、クラウスは朦朧としながら瞬(まばた)きをした。

「ル…ル――」

クラウスは闇のなかの幻に向かって手を伸ばそうとした、そのとき。

まぶたの隙間からまばゆい金色の光が射しこんできて、息が止まる。

淡い虹色の、彩雲のようなきらめきを率いたやわらかな金色の光が――。

「……ッ」

クラウスは息を呑んで重いまぶたを持ち上げた。

これまで見たどんな幻よりも圧倒的な質感と幸福感が押し寄せてくる。

いよいよ天の楽園から迎えが来たのか…。そう思いながら右手を差し伸べると、七色の光をまとった黒い塊が飛びこんできた。

「きっきゅる！」

願望からくる幻聴でも、こんなに可愛い鳴き声が聞けるなら構わないと思えるほど、蕩けるように愛らしい囀りに思わず口元がゆるむ。

その姿があまりにも、初めて出会った頃のルルに似ていて。

可愛いな。天の楽園からの迎えがこんなに魅力的なら、死ぬのも悪くない。

そう語りかけたいのに声が出ない。唇だけ動かして、自分を覗きこむ虹色石色のつぶらな瞳に微笑みかけると、虹色の燐光をまとった黒い塊は再び「きっきゅる！」と鳴いた。

自分の名を呼ばれたような気がする。

クラウスは震える手で金と淡虹色の光をまとった黒い塊に触れようとした。

けれどもう指先の感覚がない。自分の身体がどこにあるのかも分からなくなっている。

「きっきゅる…！　きっきゅ…ッ！　きゅっきゅるー！」

胸から肩に跳び移った鳴き声は耳元に、次いで頬に落ちる。

そのあと温かくてやわらかな羽毛に喉元を覆われた。そして「ケッ、ケッ」という音と小さな振動に続いて、唇の端にコロリと何かが落ちてきた。

比喩ではなく、丸味のある固い何か——たぶん指環だ。

それでようやく、これは死に際に見るという幻想ではなく現実だと気づいた。夢ではない。

「ま…——」

まさか、本当にルルなのか？　かすれた吐息と目の動きだけでそう問いかけると、『そうだよ！』と言いたげな「きゅるる！」という鳴き声が上がる。

「ルル…！」

無理に声を出して胸を貫いた痛みは、ルルが来てくれたという喜びで押しやられた。

——本当に夢じゃないのか。君が、俺を助けに来てくれるなんて…！

元気なときなら自分で自分の頬を叩き、夢ではないと確認していた。

嬉しくて嬉しくて、喜びが弾けて、全身が溶けて泡になったように軽くなる。

「あ…り……」

ありがとうルル。まさかこんな小さな鳥の姿になって逢いに…助けに来てくれるなんて、願望が見せる夢のなかだけの出来事だと思っていた。

あふれる喜びと感謝をなんとか言葉で伝えたい。一音一音発するたびに、刺されるような痛みが走る。けれどどうしても伝えたかった。

「あ、いし…て――」

「ぴゅいきっきゅるッ！」

わかってるから黙ってと言いたげな鋭い鳴き声を上げたあと、ルルは淡い金色の光の中で黒い鳥から人の形に変化した。溶けるように。流れて形を変える雲のように。

「ル…――」

思わず腕を伸ばして抱き寄せようとした瞬間、胸と背中に激痛が走って気が遠くなる。

意識を失う前にクラウスが覚えているのは、一糸まとわぬなめらかな裸体姿のルルが涙を浮かべて自分に覆いかぶさり、唇を重ねたところまでだった。

温かな波に洗われるように、全身の痛みが引いて苦しさが消えてゆく。

木漏れ日を浴びながら微睡(まどろ)むような心地好さと安堵に包まれて、クラウスは目覚めた。

「まだ動いちゃ駄目だよ。痛みが完全に引くまでは動かないで」

聞き慣れた声と台詞(せりふ)に、クラウスは夢見心地のまま目だけを動かして笑みを浮かべた。

「――ルル…。寒く…ないのか…？」

淡い金色のかすかな光――導きの灯――に照らされたルルは全裸のままだった。視界に入る地面は湿っていて、所々に水たまりができている。

「今は寒くない。それより、他にどこか痛いところとか苦しいところはない？　癒しの力が届いてないところがあったら言って」

クラウスは素直に自分の状態を確認してみた。呼吸が楽にできる。ずっと身を蝕んでいた鋭い痛み、身の置きどころのない苦しさも消えている。

「大丈…夫だ。ずいぶん、楽に…なった」

しみじみとつぶやいて大きく息を吐く。楽に呼吸できることひとつをとっても奇跡のようにありがたい。胸や腹部に置かれたルルの手のひらからじんわり染み入ってくる温もりが、深部に残っていた痛みや不快さを洗い流していくのがわかる。

温かな湯に浸かり、やわやわと洗われるような、嬰児になって母や乳母の腕であやされるような至福の感覚に浸っていると、自然に笑みが浮かぶ。

ルルに癒してもらうのは初めてではないが、何度受けてもその威力に感服する。

「――痛みがないというのは…本当に素晴らしいことだな。まさしく、神の力だ」

なによりも、ルルが側にいてくれるという事実ひとつで気力が湧いてくる。

ふう…と感嘆の吐息を洩らしながら微笑みかけると、ルルは一瞬クラウスと目を合わせたあと、ばつが悪そうにふい…っと視線を逸らした。

その目元が泣き腫らした後のように赤く染まって腫れぼったくなっていることに気づいて、思わず手を伸ばした。

――俺のために泣いてくれたのか？　泣くほど心配してくれたのか？

祈るような気持ちでルルの目元に触れてから、許可を得ていないことに気づいて手を引く。

「……触れてもいいか？」

ルルは視線を逸らしたまま答えない。代わりに頬がぷくりとふくれるのが見えた。それを突いて撫でたい衝動は拒絶される恐怖で鎮まる。だから触れるのではなく言葉で想いを伝えた。

「――助けに来てくれて、ありがとう。助けてくれて、ありがとう」

導きの灯を使って場所を探り当てたにしても、こんな危険な地の底に、俺を助けるために飛びこんでくるとは。未だに夢ではないかと少し怖くなる。これが夢なら、覚めたときの落胆がひどいだろう。

あふれる幸福感でぼんやりしつつあるせいか、自然に気持ちがあふれる。

「ルル…。君が来てくれて、本当に嬉しい」

ルルは視線だけでなく顔ごとクラウスから逸らして背中を向けて「馬鹿…」とつぶやいた。

「クラウスの馬鹿…。どれだけ心配した…と…――」

思ってるんだと震える声で詰りながらルルが胸に飛びこんで来た。

やはりこれは夢ではないのか。そんな疑いを抱きつつ、クラウスは痛みが引くまで動かして

はいけないという禁を破って、両腕でほっそりとした裸身を抱きしめた。

彼が自ら歩み寄ってくれたことに驚きながら、その僥倖に指先を震わせながら。

温かくしなやかな、花と蜜と雨と汗が混じったルルの匂いに心が安らぐ。希望が湧く。

己の欠けた部分が満ちてゆく気がする。ひたひたと押し寄せる愛しさと尊さに、ひび割れていた大地が潤うように満たされて、癒される。

「ルル…、ルル・リエル。君に逢いたかった」

「…――」

返事はぐすんと鼻を啜る音だけだったが、愛の囁きを聞いたように満足できた。

もちろんそれはただの願望で、そこに特別な意味などないとわかっている。

わかっていても、自分にしがみつく指の強さと、頬をこすりつけて胸に顔を埋めるその姿だけで、言葉はなくてもルルの気持ちが伝わってくる気がする。『心配していた』と。

それだけで赦されたような気持ちになり、胸を蝕む後悔が少しだけ和らぐ。

「本当に、ありがとう…ルル、君を愛している」

答えは期待していなかった。けれどルルはきっぱりと顔を上げて身を起こすと、上から見下ろしながらクラウスの顔を両手で挟んで持ち上げた。そのまま顔が近づいてくる。

何をするつもりだろう。熱でも計るのか？　そう思った瞬間、ふに…っと柔らかな唇が自分の唇に重なり、今度こそ息の根が止まるほど驚いた。

「……っ！」

癒しの力で回復したとはいえ、まだ少し荒れてかさついている自分の唇に触れたルルの唇のやわらかさと甘さに、状況を忘れて鼓動が跳ねる。

——違う。駄目だ。誤解してはいけない。

この行為はルルにとって愛情を示すものではなく、食事のようなもの。どんなに情熱的に唇(くち)接(づ)けを求められても誤解するな。

そう己を誡(いまし)めながらも思わずルルの後頭部に手をまわしたのは、逃がしたくなかったからだ。

ひび割れて皮膚がめくれ上がっていた唇に、ルルが舌を這(は)わせて癒しの力を注ぎこんでくる。蜜酒よりも甘い酩酊(めいてい)感に浸されて、クラウスはもっと欲しいとばかりに唇を開き、自分も舌を差し出してルルのそれに絡ませようとした。けれど。

あっさり身を引かれてしまった。

「……——誤解しないで。唇接けしたのは、滋味(エナジア)をもらうためだから」

小さな拳で唇をぬぐいながら、平坦(へいたん)な口調でそう釘(くぎ)を刺される。

「——わかってる」

一縷(いちる)の期待を打ち砕く念押しに落胆したが、顔には出さない。傷心を苦笑で誤魔化しつつうなずいて見せると、ルルはなぜか鼻頭にしわを寄せて不満そうな顔になった。

なぜだ。どう答えるのが正解だったのかわからず戸惑っていると、ルルは顔を背けて、少し怒ったように言い重ねた。

「ここで眠りこむわけにはいかないから」

「ああ」

そうだ。ルルは癒しの力を一気に使い過ぎると眠りこんでしまう。気をつけてやらねば。

「ただ側にいるより、唇接けした方が効率よくたくさん滋味(エナジア)をもらえるんだ。だから――」

少し意地になったように理由を連ねるルルを安心させるため、クラウスはうなずいた。

「大丈夫だ。ちゃんと理解している。今の唇接けに特別な意味はない。君が俺を赦してくれたわけでも、愛するようになったわけでもない。――だろ？」

「――…」

正確に内心を代弁したつもりなのに、ルルはさらに不満そうにむぅと唇を引き結んでにらみつけてきた。

だから、どうしてそんな顔をするんだ。

笑顔が見たいのに、どうすれば昔のように微笑んでくれるのかわからない。

途方に暮れるクラウスをよそに、ルルは突き放すような口調で言い募った。

「他にもきっとたくさん怪我人(けがにん)がいる。そしたら癒しの力を使わなきゃいけないでしょ。その度に眠りこんでたら助かる命も助けられなくなる。だから、このあとも唇接けすると思うけど、誤解しないでね！」

ルルはクラウスを押し退けるように身を放して、導きの灯が点った方位盤を首にかけた。

その左手の中指にはいつの間にか約束の指環と章印指環が嵌まっている。

一糸まとわぬ姿に方位盤を吊した銀鎖と指環ふたつ。

導きの灯が放つ淡い金色の光に照らし出された白い裸体が神々しく、愛おしく、そして頼もしくて、クラウスはもう一度手を伸ばして彼を抱きしめたくなる衝動をぐっと堪えた。

許可なく触れて、これ以上嫌われるのは絶対に避けたい。

今は赦しと関係改善を図る前にすることがある。他にもいるかもしれない生存者の捜索だ。

「──わかった」

クラウスは静かにうなずいた。それから忠告に反して叱られるのを厭わず起き上がると、上着を脱いでルルの裸体を覆う。身体には触れないよう気をつけたのに、咎めるようなひと睨みを受け、急いで元の場所に横たわる。

気まずさを誤魔化すために、淡い光にぼんやりと浮かび上がった周囲をぐるりと見まわしてみた。自分が閉じこめられている場所は、坑道を支えるための屈強な間柱が折れ重なり、互いに交叉して偶然できた空間のようだった。

横たわっていた地面はたまたま乾いた砂地で、手が届くところに水たまりがある。極々微かだが時々空気の流れも感じる。遭難した場所が通風坑の近くだったことが幸いしたのだろう。

けれど淡い光が届く範囲に、クラウス以外の遭難者は見当たらない。

視察のために坑道に入ったのは自分を含めて総勢二十名。側近のイアル・シャルキン、参謀のナディン・ナトゥーフ、謹慎を解いて同行させた元護衛隊長トニオ・ル＝シュタインの他に、行政官、鉱山長、彼らそれぞれの側近たち、坑夫頭と副頭、そして王の護衛官など。

護衛のトニオは自分の隣にいた。崩落に気づいた瞬間、クラウスはトニオに突き飛ばされた。頭上から落ちてきた支保材と岩と土砂の隙間から、トニオがナディンの襟首をつかんで崩落物の反対側に身を引くのが見えた。それが、気を失う前に見た最後の姿だ。

イアルは……。イアルはあのときどこに居たのだったか。崩落の衝撃で記憶が定かでない。

皆の安否が気になり眉根を寄せると、意図を察したルルが立ち上がり、まだ動けないクラウスの代わりに導きの灯を高く掲げて周囲を照らした。

「誰かいますか！　生きてるなら返事をしてください！　返事が無理なら、何か音を立てて」

ルルがよく通る声をかけたあと、しばらく耳を澄ますと、光の届かない離れた場所から微かな物音が聞こえてきた。

＊　＊　＊

これ以上、彼の側にいたらなにかとんでもないことを口走るか、泣きわめいて詰ったり責めたり文句を言ってしまう。

ルルはそう思い、クラウスに『痛みがなくなるまで絶対に動かないように』と厳しく言い聞かせて彼から離れた。ふり返らなくても、陽を浴びて輝く金砂のような髪と、銀砂を底に湛えた湖水のような緑色の瞳を持つ男が、自分をじっと見つめているのがわかる。

ルルはもう一度にぎった拳でぐいと唇をぬぐい、そこに残る彼の感触をかき消した。

——これだって、滋味を得るためだって言い訳したけど本当はそうじゃない。

考えるより先に身体が動いた。心の底ではまだクラウスのことが赦せていないのに。彼に近づいたり、触れたり、特に唇接けしたりすると、心地好さですべてがかき消されてしまう。わだかまりも不安も不信もあきらめも、彼から得られる滋味の力で押し流され、他のことはどうでもよくなる。

もちろん、本当にどうでもよくなるわけじゃない。その証拠に、彼から離れるにつれて押し流されていたすべてはもどってくる。誤解しないでと言った言葉にクラウスがあっさりうなずいて了解したことにも、不安がかき立てられる。

『君が俺を赦せないのは当然だ』

そう言いたげに悲しそうに少し眉を寄せ、自分の気持ちを慮ってくれる男の物分かりの良さに却って腹が立つ。過去の仕打ちが赦せないでいる自分の方が狭量で、意地悪をしているような気分になって落ち着かない。

「クラウスの、バカ…」

ぐすんと鼻をすすりながら小さく罵倒すると、ルルは気持ちを切り替えて音の出所を探すことに集中した。

音は入り組んだ瓦礫と折れ重なった建材の向こうから聞こえてくる。隙間は狭く、人の大きさで潜り抜けるのは無理。ルルは嵌めたばかりの指環を抜き取って口に含むと、目を閉じて深く息を吐き、鳥の姿に変化した。

せっかくクラウスが羽織らせてくれた上着がパサリと音を立てて地面に落ちる。彼の行為を無碍にしたようで後ろめたく感じたが、もどったときに回収して改めて礼を言えばいい。

「ルル？」

心配が滲むクラウスの声が背後から聞こえてきたので『大丈夫』だと伝えるために「きゅる！」とひと声鳴いてから、地面に落ちた導きの灯を咥えて持ち上げる。鳥の姿になったのはこれで三度目だが、だんだんコツがつかめてきた。そのままトントンと瓦礫の合間を飛び跳ねて潜り抜けてゆく。動きに合わせて灯の光がゆらゆら揺れる。

その光が一瞬、なにかを映し出した。

青白く折れ曲がった、五本の指。

「ッ……！」

ドクンと脈打った鼓動に驚きながら、ルルは恐る恐るそこに近づいた。

誰かの右腕。肘から先は巨大な落石に遮られて――押し潰されて――見えない。

腕を包む衣服には見覚えがある。クラウスの、そしてルルの護衛でもある騎士の制服だ。とても見慣れた制服と模様。そしてその指先にある黒子と特徴的な爪の形。王侶として暮らしはじめて数ヶ月間、いつも身近で目にしていたそれに気づいた瞬間、ドクリと再び鼓動が脈打つ。

──僕の…せいだ。

泥にまみれた遺体の一部が誰のものなのか思い至ると同時に、吐き気にも似た動揺に襲われてへたりこむ。見間違いであって欲しいと願いながら、震えが止まらない。

彼が今回の視察に同行した遠因は自分にある。どうしよう、僕のせいだ。ルルは取り返しのつかない過ちを犯した自分に気づいて翼を震わせた。

「ルル？　大丈夫か？」

導きの灯が動かなくなったせいで心配になったのか。背後から再びクラウスに声をかけられて、ルルは正気にもどった。

「きゅる…！」

あえて平静を装って返事をすると、ルルは心のなかで『ごめんなさい。あとでまた来るから』と謝って、静かにその場を離れた。

今、クラウスの元に飛んでもどって彼の死を知らせれば、忠告を無視して動くに違いない。癒しの力で治癒した肉体は、痛みがしっかり治まる前に動かすと再び損傷してしまう。喩えるなら、固まる前の砂糖菓子に振動を与えると崩れてしまうようなもの。そうしたらまた一から癒しの力の注ぎ直しだ。せめて治癒が完了するまで彼の死を知らせるのは遅らせたい。自分がとった軽率な行動が引き起こした結果への謝罪も。

罪悪感に項垂れながらコツ…コツ…とか細く続いている音の出所を探していると、ほどなく見つけた。クラウスからほんの十一、二ヤート（約五メートル）離れた場所だ。

「ぴっきゅるん！（ナディンさん！）」

クラウスの補佐官ナディン・ナトゥーフが半身を瓦礫に覆われた状態で、目を閉じたまま、手にした小石を別の小石に当てて音を出していた。

「誰かいたのか？　誰だ？　無事か…⁉」

瓦礫の壁の向こうからクラウスが訊いてくる。彼が焦って動きまわらないよう、ルルは急いで人の姿にもどると声を張った。ナディンの身体から瓦礫を取り除きながら。

「ナディンさんが、無事じゃないけど生きてる！」

「ナディンか…！」

その声には隠しようもなく喜びと必死さが含まれていた。クラウスにとってナディンがどれだけ重要な存在か、声の調子だけでわかる。なんとしても助けなくては。

「大丈夫！　僕が絶対治すから、クラウスは痛みが治まるまで動かないで！」

必死に伝えてからナディンに向き直る。

「ナディンさん、僕だよ。ルルだ。クラウスの声が聞こえた？　あの人は無事だから…無事っていうか、僕が癒したからもう大丈夫。あなたの怪我もすぐに治す。だから安心して」

言い聞かせながら怪我の具合を確認する。大丈夫。どんなにひどい怪我でも生きてさえいれば癒しの力でなんとかなる。もちろん負担は大きいけれど、寿命を惜しんでる場合じゃない。

ナディンは小石を叩く手を止め、目を閉じたままわずかに顔を傾けて「ルルさま？」と唇を動かした。さらに「感謝…します」と息も絶え絶えに続けようとしたので遮った。

「お礼なんてあとでいい」

それより動かないでと注意しながら精神を集中していく。砂礫で傷ついた両眼、複数の骨折、ひどい打撲と皮膚の裂傷。よかった。大怪我だけど瀕死(ひんし)というわけじゃない。

ルルはナディンのまぶたを手のひらで覆い、まずは両眼に癒しの力を注ごうとした。けれど焦った声で「待ってください」と制止され、驚いて目を開ける。

「どうしたの？　遠慮しなくていいから」

そう宥(なだ)めたが、ナディンは「そうじゃないです」と首を横にふる。

「ちがいます…。僕のなかの〝魔族〟が怯(おび)えて――」

魔族という言葉に戦(おのの)いて一瞬身を退(ひ)いたルルは、改めてまじまじとナディンをみつめた。

鳥の巣みたいにくしゃくしゃな藁色(わらいろ)のくせ毛。青白い肌に雀斑(そばかす)の浮いた顔。いつも掛けている近眼用の眼鏡はどこかに吹き飛んだのか見当たらない。青みがかった灰色の瞳は、今は閉じたまぶたに隠れて見えない。

　元聖導士、すなわち魔族をその身の内に宿したナディン・ナトゥーフという人物について、ルルはどんな態度をとるべきか決めかねている。『リエル』だった時は、クラウスが彼を信用している様子を見て、過度に警戒したり疑うことはやめていた。翼神の復活のためにという名目で、明け透けにクラウスとの閨事を勧められたことには閉口したし、正直腹立たしいけれど。

　今も完全に信用してるわけではないし、元聖導士である彼がどんな思惑でクラウスに忠誠を誓い、自分にとっても有用な情報を惜しげもなく教えてくれるのか真意を測りかねている。

けれど、クラウスにとって彼がとても大切な存在だということだけは、先刻の声と反応から嫌というほど理解できた。

　クラウスのためにも、ここで彼を死なせるわけにはいかない。もうすでにひとり、自分のせいで大切な人を死なせてしまっている。ここでナディンまで失うことになったら、僕は……──。

　その先に待っている未来がありありと想像できて、ルルは強く目を閉じた。あんなつらい想いはもうしたくない。そうならないためにも、ナディンさんは絶対に助けないと。

「癒しの力を浴びたら、あなたに憑依してる魔族が傷つくってこと？　もしかして僕の力で魔族を痛めつけて消滅させせたりできる？」

　それなら良い機会だから滅してしまおうと言う前に、ナディンは弱々しく首をふった。

「いえ…、待って、ください…」

僕のなかの魔族が消えてしまうと、クラウス様が必要としている情報を新たに得ることができなくなってしまう。それは困りますとナディンは訴えた。

身の内に魔族を宿し続ける危険性より、クラウスの役に立ちたいというナディンの願いに、ルルは自分と同じ匂いを嗅ぎとって戸惑いを覚えた。

それを気配で察知したのか、ナディンがばつの悪そうな苦笑を浮かべる。

「ご心配には…およびません。陛下…とルル様にとって不利になるようなことだけは、絶対に起こさないと誓います。ですからルル様も、良い機会だからといって、癒しの力を全力で注ぎこむのはお止めくださ い……――」

最後は冗談めかしたナディンの言葉に、ルルは曖昧に「うん…」とうなずいた。

「でも、じゃあ…どうしたら？」

癒しの力を使わずにこの大怪我を治療する術をルルは持たない。

ナディンは「少々、お待ちください」と言ってしんどそうに息を継ぎながら、ぎゅっと強く唇を引き結んでしばらく黙りこんだあと、自分のなかに抑えこんでいるという魔族とのやりとりを途切れ途切れに説明してくれた。

彼によれば、基本的に魔族は癒しの力が嫌いだが、浴びたからといってすぐに死ぬ、すなわち滅ぶわけではない。気分が悪くなり気力が萎え、具合が悪くなるという感じらしい。

「つまり〝癒し〟とは逆に作用するってこと？」

「はい。しかし、このままだと保ちそうにないので、背に腹は代えられません…。ルル様、癒しの対象は僕の肉体…だけに向けてくださいますか？　心とか魂には向けないで。そうしたらたぶん…大丈夫です。ちゃんと準備したので…」

準備とはなんだろうと思いつつ、ルルは痛みで息も絶え絶えなナディンに向きなおり、癒しの力を注ぎこんだ。言われたとおり、肉体だけに意識を集中して。

しばらくすると、ナディンは「痛みが消えて楽になりました」と、感嘆まじりの声を上げた。どうやらうまくいったらしい。ナディンは目を閉じたまま「感謝します」とつぶやき、だいたい予想どおりの結果になりましたと、結果を報告してくれた。

「魔族が翼神の末裔の力――癒しの力を浴びても、受ける側が防御すればそれなりに防げてしまう。ただし、不意打ちをすればかなりの損傷(ダメージ)を与えられる」

「――それって、もしかしてすごく重要な情報？」

「ですね」

「クラウスに」

「はい。動けるようになったら報告しておきます。あの…クラウス様はご無事なんですね？」

一番にそう訊かれると思ったから最初に伝えたのに、痛みで朦朧としていて聞き洩らしたのか、それとも彼にとっての最重要事項だから何度でも確認したくなるのか。

――たぶん後者だろうな。僕だって今のナディンさんと同じ状態になったら、何度でもクラウスの無事を確認したくなるもの…。

「うん。しっかり癒しの力を注ぎこんだから、もうしばらくしたら動けるようになる」

「――よかった…」

心から安堵の吐息をついたナディンを見つめつつ、ルルは立ち上がった。まだまだ訊きたいことや確認したいことはあるけれど、今は次の生存者を見つけることが先決だ。

痛みがなくなるまで動かないようにと、お決まりの注意を言い添えてナディンから離れようとしたルルは、ふと立ち止まってふり返った。

「ナディンさんは、魔族に憑依されたままでいいの？」

ナディンは目を閉じたままルルに顔を向け、照れ笑いとも苦笑ともつかない表情を浮かべた。

「――ええ。いずれ消滅して欲しいとは思いますが、利用できる間はめいっぱい利用したいと思っています」

クラウス様のために。口には出さない心の声が聞こえた気がして、ルルは複雑な気持ちを抱えたままうなずいた。そうして踵(きびす)を返し、生存者の捜索を再開したのだった。

ナディンがいた場所は崩落を免れた坑道――というより割室の一部なのか、比較的広い空間だった。周囲の壁は所々崩れているものの比較的しっかりしている。救助の目処(めど)が立つまでの拠点として利用できそうだ。

ルルはその周辺でさらに五人の生存者を見つけた。三人はクラウスの護衛騎士で、ふたりは見覚えのない壮年の男たち。立て続けに六名、クラウスを含めると七名もの重傷者に癒しの力を注ぎ――同時に自分の寿命を削り――次の生存者を捜すために立ち上がった瞬間、ぐらりと体勢を崩してその場に倒れかけた。

――ちょっと、無理しすぎた…かな…。

地面にへたりこんだとたん、治癒し終わった生存者たちから「大丈夫ですか？」と心配されてしまう。ルルは急いで自分に癒しの力を使い、一時的に意識をしっかり保つと「大丈夫、つまずいただけ」と言い訳しながら立ち上がった。

――まだ大丈夫。多少無理しても、クラウスから滋味（エナジア）をもらえば寿命も復活する。大丈夫。

そう自分に言い聞かせ、心配そうにこちらを見つめる生存者たちに微笑みかけて安心させると、捜索を再開した。

けれどその後に見つかったのは手の施しようがない遺体が六つ。それ以上助けられそうな人は見当たらず、遺体には祈りを捧（ささ）げる以外、今は何もできない。そのことを心苦しく感じながら、突然眠りこんでしまう前に一度クラウスの側にもどることにした。

鳥になって瓦礫の隙間をくぐり抜ける前に訊かれたので、新たに見つけた生存者の名前と役職を伝えると、クラウスは少し押し黙り、抑えきれない不安と焦燥感が滲む声を洩らした。

「イアルは？　イアルは見つからなかったのか？　それとも――…」

イアル・シャルキンはクラウスの幼馴染みで、最も信頼を置く側近のひとりだ。

「！　イアルさんなら生きてる。間一髪で崩落に巻きこまれずにすんだって。今は地上で救出活動の陣頭指揮を執ってるって、王城に事故のことを伝えにきた急使の人がそう言ってた」

先に教えておけばよかった。要らぬ心痛を与えてしまったと反省しつつ、急いで伝えると、立ちふさがる瓦礫の向こうでクラウスは深い安堵と感謝が滲んだ声を上げた。

「――そうか……！　ありがとう」

「うん。教えるのが遅くなってごめんなさい」

謝りながら、ふいに不安が生まれる。クラウスには大切な人がたくさんいて、今は自分もそのなかのひとりに数えてもらっている。けれどそれがいつまで続くかわからない。

ルルは無意識に左手の中指を――城を出る前に元後見人のパッカスから受け取った章印指環を――指先で撫でながらぼんやりと考えた。章印指環を受け取ったとき、確かに感じたはずのクラウスの愛が、今またぐらついている。どうしてこんなに不安になるんだろう。自分でもよくわからないまま、鳥の姿になって瓦礫の隙間をトントンと潜り抜けている途中で、

「トニオ……！」

押し殺した、けれど悲痛なクラウスの叫び声が聞こえてきて、きゅっと身がすくんだ。

急いで彼の元に舞いもどると、入り組んだ瓦礫の向こうで、小さく灯した明かり――衣服の一部を携帯していた燧石で燃やしたもの――を手にしたクラウスが、大きな切石に押し潰さ

れたトニオ・ル＝シュタインの、唯一形を留めて残った右腕を見つけて呆然としている姿が目に映り、喉がしめあげられたように苦しくなる。

交叉した建材の合間から手を伸ばして、腕だけになったトニオをつかみ、何度も名を呼び続けるクラウスを見たルルは、ここに来てから感じるようになった奇妙な不安の正体に気づいた。

罪悪感だ。

脱ぎ置いた上着で隠しておけばよかったかもしれない。せめて救助の目処が立つまで。クラウスの精神状態のためにも……。あれこれ思いをめぐらせながら人の姿に変化したルルは、己の欺瞞に気づいて唇を噛んだ。

――違う。僕のせいだって責められるのを先延ばししたいだけだ…。

胸の前で両手をにぎりしめて「ごめんなさい」と小さくつぶやくと、クラウスが呆然とした表情で顔を上げた。巨大な切石に潰されて腕しか残っていないトニオの手をにぎりしめながら、責めるのではなく助けを求めるように無言でルルをじっと見つめる。

痛いほど伝わってくるその視線の意味を読み取って、ルルは力なく首を横にふった。

「ううん。無理だよ…」

クラウスが息を呑み苦しそうに顔を歪めるのを見ていられず、目を逸らして続ける。

「無理…なんだ。僕のこの力は怪我や病気は治せるけど、死んだ人を生き返らせることは…」

クラウスの嘆きの深さを感じて、不可能とはいえなかった。だから正直に告げた。

「――僕の命と引き換えにすれば、できるかもしれない…けど」

その言葉に、クラウスがハッとしたように顔を上げる。

「それでもよければ、やってみるよ？」

クラウスがそれを望むなら、やってもいい。ううん、むしろやらなければ側にいる資格を失うかもしれない。そんな本能的な恐怖がふいに湧きあがる。

――僕より大切だと思えば、クラウスはきっと彼を優先する。以前ハダルを優先したように。組んだ手のなかで無意識に約束の指環を撫でながら、ルルはきゅっと唇を噛んで目を伏せた。

「そのためには岩をどけて、潰れた身体をできるだけ」

集める必要があると説明する前に、クラウスがきっぱりと首を横にふる気配がした。

ルルがまぶたを上げると、クラウスは声を出さずになにか――おそらく『やらなくていい』と――つぶやき、もう一度首を横にふりながら、右手で顔を覆ってうつむいた。そのままトニオの手を強くにぎりしめ、無言で肩を震わせる。そこから滲み出るあきらめと落胆、悲哀、怒り、喪失感。

様々な感情が、いつもは王者の風格を漂わせた頼もしい両肩を萎らせ、霜に当たった青草のように生気を失わせる。赤子の頃から親交があり少年時代までは兄のように慕い、長じてからは護衛隊長として頼りにしていた幼馴染みを失って悲しむクラウスが、どれだけ彼の死を悼み、悲しんでいるかが伝わってくる。ひしひしと。罪悪感となって。

「ごめんなさい…」

にぎりしめた拳の下で、何度も指環の存在を確認しながらルルが謝ると、クラウスが怪訝(けげん)そうに眉をひそめた。

「──なぜ、君が謝る…?」

「僕が…、僕があのとき逃げ出したせいで、トニオさん…が…──」

喉が干上がる。唾を飲みこもうとしても、塊に遮られてうまくできない。

「なにを言ってるんだ?　ルル、トニオの死は君のせいじゃない」

「僕のせいだ。だから僕の命で罪を贖(あがな)う。岩をどけて──」

「ルル!」

君のせいじゃないという強い言葉とともに強く抱きしめられて、ルルはそれ以上なにも言えなくなった。背中が上着で覆われ、少し身を離したクラウスの手で釦(ボタン)が嵌められてゆく。

「僕の…」

「君のせいなんかじゃない!　全然関係ない!　それ以上馬鹿なことを言うな」

叱るような強い口調でそう窘(たしな)められ、それでも開こうとした唇をふさがれた。

クラウスの唇で。許可を得てからするいつものそれと違って、強引で荒々しい。

それが自分を責めてる証(あかし)のような気がして、ルルは泣きたくなった。胸が痛いのに、重ねた唇から滋味を雪崩のように注ぎこまれると、悲しみや罪悪感が押し流されてしまう。

——ごめんなさい…。

謝ることすら受け容れてもらえないなら、せめてあなたとあなたの大切な人を助けることに全力を尽くさなければ。僕にできることは…それくらいしかないから。そのためには滋味をたっぷり得る必要がある。そう自分に言い訳しながら、ルルはクラウスとの唇接けに溺れた。

「ルル…」

名を呼ばれてハッと我に返り顔を上げる。けれどクラウスの顔は直視できない。

ルルは居心地の悪さに視線をそらし、言い訳のようにぽつりと告げた。

「地上に助けを、呼びに行かないと」

そう言って胸を押し返し、ゆっくりとクラウスから身を離す。無意識ににぎりしめていた上着から指を放すと、隙間に流れこんだ風が冷たく感じられて、もう一度胸に顔を埋めたくなる。その誘惑をふりはらって顔を上げると、クラウスはなにか言いたげに指環が嵌まったルルの左手を凝（じ）っと見つめ、自分に言い聞かせるように小さくうなずいた。

「そう…だな。今は君の力に頼る以外、術がない。だが無理はしないでくれ。危険だと思ったら、ここにはもどらなくていい。イアルに場所だけ伝えてくれれば、あとは彼がなんとかする」

イアルに任せておけば君は必要ないと言われた気がして、ルルはきゅっと唇を引き結び、鳥の姿に変化しようとした。とたんに腕を取られて強引に引き寄せられる。

「ルル。約束してくれ。危険を感じたら俺の…俺たちのことより、自分の安全を優先すると」

そんなことはできない。反射的にそう思ったけれど、うなずいて見せた。

「――わかった」

口調からこちらの本心を察したのか、クラウスが眉を跳ね上げ、さらなる説得を続けようとしたのでルルはとっさに遮った。

「前にも言ったよね。誤解しないでって。僕が必死にあなたを助けるのは、あなたが死んでしまったら、僕もいずれ死んでしまうからだ」

滋味を得るために唇接けをするのも、危険を顧みず地下に飛びこんだのも全部自分のため。力を惜しみなく使うのだって、そうしなければ僕が不安だからで、クラウスのためじゃない。だから心配しなくていい。そう言うつもりで口からこぼれ出たのは、過去に受けた仕打ちに対する意趣返しのような言葉だった。考えてのことではなく本能的なもので、口に出してから、どうしてそんなことを言ってしまったのかと驚いたけれど、今さら取り消すこともできない。

「――…そうだな」

クラウスは胸を衝かれたように一瞬目を瞠り、その後これまで何度も見てきた悔恨と自責、そして申し訳なさが入り交じった表情を浮かべ、「わかっている」と素直に同意した。

その反応に、じわりと罪悪感が疼く。

僕の馬鹿。トニオさんの死で傷ついているクラウスをさらに気落ちさせてどうするんだ。

「――ごめんなさい」

唇を噛んでうつむくと、心配そうに顔を覗きこまれた。

「君が謝る必要はない。どうした？　顔色が悪いぞ。滋味がもっと必要なら」

気遣わしげに伸びてきた腕をやんわりはらって空元気を装い、ルルはクラウスから離れた。

「なんでもない。大丈夫」

まだなにか言いかけた彼の言葉を遮るように、ルルは両手を軽く広げて溶けるように黒い鳥の姿に変化した。それから慣れた仕草で指環を呑みこみ、導きの灯を吊した銀鎖をくわえてあざやかに飛び立った。

「ルル、気をつけてもどれ！」

心配が滲む声に向かって、ルルは返事の代わりにちらちらと瞬く淡い金色の導きの灯をひとふりしてから、地の底を覆う漆黒の暗闇をかきわけて進み続けた。

地上にもどるとすでに夜だった。相変わらず雨が降り、そして風が強い。

ルルは夜目が利く鳥――梟（ふくろう）の特徴を備えた鳥姿に変化しなおすと、クラウスたちの居場所と無事を伝えため、イアル・シャルキンを捜すことにした。

王城から増援派遣されて来た捜索隊と救援隊は、坑夫たちが起居している宿舎群の一画を間借りしており、足りない分は広場や空き地などに分散して天幕を張っている。イアルは陣頭指揮を執っているから、間借りした宿舎か天幕のどこかにいるはずだ。

ルルは王城で見せてもらった現地の地図を思い出しながら、雨と夜闇で見通しの悪い大地に目を凝らした。天幕から崩落現場に至る道筋には複数の篝火（かがりび）が煌々（こうこう）と焚（た）かれ、雨除（よ）けの外套（マント）を着た男たちが行き来しているが、宿舎群の一部は明かりを落として眠りについているようだ。

とりあえず、まずは間借りしている宿舎群に行ってみようと羽ばたいた瞬間、ゴウッと突風が吹いて目をまわす。体勢を立て直す間もなく風下に向かって吹き飛ばされた先、宿舎の外れの一室で、ルルは怪しい会合を見つけた。

複数の男たちがこそこそと集まり、よからぬ相談をしていたのだ。

ルルは痛めた翼と脚を自分で癒しながら、用心深く彼らの会話を盗み聞きした。

会話を要約すると、鉱山の運営方針と上司たちに不満を持った男たちが、恨みを晴らすために今回の崩落事故を計画した、というものだった。

彼らのせいでクラウスが生き埋め寸前になり、トニオが命を落としたと思うと腸（はらわた）が煮えくり返り目玉を突いて抉（えぐ）り出したくなったけれど、多勢に無勢。無茶はせず、彼らの顔と名前をできるかぎり記憶するに留めた。途中、犯人たちの顔をもっと見ようと窓に近づきすぎたため、気づかれて捕まりそうになったけど、間一髪で逃げおおせた。

「クソッ！　糞鳥（くそどり）めッ‼」

「何やってんだ。鳥なんてほっとけよ」

「バカ野郎！　誰かが仕こんだ間諜鳥かもしれねーだろうが！」

「おいみんな、外に出てさっきの鳥を捜せ――」

怖ろしい会話を背中に浴びながらルルは必死で逃げた。痛めた翼を癒している暇もない。とにかく逃げてどこかに身を隠し、人の姿にもどってイアルかフォニカを見つけないと――。

ルルは必死に走り、時々羽ばたいて障害物を越え、王城から派遣された増援部隊がいる天幕群になんとかたどりついた。そこで見覚えのある顔――王城の修繕や雑役をしている使役人で、痛めた腰を癒したことがある、名前は確かセヴェロ――を見つけたので、目の前に走り出て人の姿にもどった。

「わぁぁあ……――っ！」

突然、目の前に現れた少年のすんなりとした一糸まとわぬ全裸に、セヴェロは目を剝いて驚きの声を上げながら尻餅をついた。

「セヴェロ！　僕だ、ルル・リエルだ！」

驚きつつも顔を青くしたり赤くしたりしながら、両手で目を隠して顔を背け「わぁわぁ」と動揺している男の肩をつかんで揺さぶると、セヴェロはようやく相手が誰か気づいた。

「……王侶、殿下…⁉」

「うん。こんな格好で驚かせてごめんなさい。急いでいるんだ。イアル・シャルキン卿か僕の侍従のフォニカがいる場所に連れて行ってくれる？」

「は、はい…！　あ…、そのこれを、どうぞ。汚れてますが、すみません。誰か！　乾いた布を！　いや服を！　王侶殿下がいらっしゃった！」

セヴェロがあわてて脱いで差し出した雨除けの外套を、申し訳なく思いつつも受けとって身体に巻きつけながら、ルルは「服は後でいいからイアル・シャルキンのところに案内して」とせっついた。

元々、鳥の姿になって飛び去ったルルの行方をずっと捜していたのだろう。セヴェロが発した言葉は瞬く間に人から人へと伝わって、イアルがいる場所にたどりつくより早く、ルルは走り寄ってきた屈強な護衛騎士たちに取り巻かれた。

そのまま今にも担ぎ上げられそうな勢いで、王家の印を掲げた青と白の立派な天幕まで導かれる。青と白はアルシェラタン王家を示す色だ。

入り口の両側を守る警護兵によって素早く開けられた扉から、天幕のなかに足を踏み入れると、乾いた清潔な布を広げて待ちかまえていたフォニカに出迎えられた。そのまま濡れそぼった身体をすっぽり包まれて拭き上げられながら、涙ぐんだ声で無事を喜ばれる。

「ご無事で、本当にようございました…！」

「うん。心配かけてごめんなさい。でも――」

クラウスを見つけたと言いかけたとき、報せ（しら）を受けたイアルが飛びこんできた。

「王侶殿下！　いったい今までどこに…ッ」

王の捜索だけでも大変なのに、王都からわざわざやってきた王侶殿下まで行方不明になったと言われて、どれだけ負担が増したかという説教を遮って、ルルは急いで告げた。

「クラウスを見つけました。生きてます。無事です」

「な…っ⁉」

イアルは目を剝き、フォニカもルルの身体を拭く手を止めて息を呑んだ。

「怪我は僕が癒しました。あとはナディンさんと護衛が三名。それから鉱山長と側近の二名」

呆然と聞き入るイアルに向かって、ルルは地下で自分が見つけて助けることができた人数と、これまでの経緯を手早く説明した。

「そ…れは、よかっ…た――」

クラウスの無事を聞いたイアルは、安堵のあまりその場にへたりこんだ。事故現場から自分だけ無事で地上にもどった瞬間から今の今まで、ほとんど寝ずに救出活動の差配に勤しんでいたのだと、フォニカが教えてくれた。疲労と心労でいつ倒れてもおかしくない状態だとも。

「クラウスは生きてます。今は元気で、救出を待っています」

ルルはもう一度くり返して安心させながら、布を巻きつけただけの格好でイアルに近づいて、彼の腕に触れた。

「フォニカ、僕の服はあとでいいから、先にイアルさんが休める場所を用意して」

「――ご心配には、及びません」

「いいから。少しだけでも横になって。僕が癒しの力で疲労を取り除くから。それで早く元気になって、またばりばり陣頭指揮を執ってください」

疲れて朦朧とした状態で指揮をとるより、ルルの助言に従った方がはるかに効率がいいと気づいたのか、イアルは素直にフォニカが用意した簡易寝台に横たわった。

ルルが蓄積した疲労を取り除くと、イアルはその効き目に驚いたらしい。

「これは…、クラウス様から話には聞いていましたが、まことに…なんという——」

眼前に掲げた両手をぼんやり見つめながら、夢見心地の表情で癒しの力に感じ入っている。

ルルが「しばらく動かないように」といつもの注意をすると、ハッと我に返って身を起こし、

「そんな暇はありません」と言って今にも寝台から出ようとする。ルルはイアルを押し留め、

「身体を休めている間に聞いて欲しいことがあるんです」と訴えて、フォニカが差し出してくれた服を身につけながら、先刻宿舎群の外れで見聞きした一部始終を語って聞かせた。彼らの名前と背格好、顔の特徴なども含めて細大洩らさず。

「なんてことだ…、あの崩落が事故ではなく、故意だったとは——」

すべてを話し終わる頃には、イアルも起き上がって動きまわれるようになっていた。

身体だけでなく頭脳も素早く回転して、ルルから聞き出した話を元に、首謀者たちの捕縛計画を練り上げているようだ。すぐさま外にいた警護の騎士を数人呼びこみ、犯人たちの特徴を

伝えて捕縛のための手配を指示しはじめる。彼らが潜んでいる建物を包囲するだけでなく、逃走経路となり得る場所にも人員を配置する念の入れようだ。

——クラウスの言う通りだ。イアルさんに任せておけば心配ない。

でも…と、ルルは指環を指先で撫でながら思い直す。自分にしかできないこともあるはず。

ルルは朦朧としてきた意識を自己治癒でふるい立たせると、イアルに必要な情報を伝えた。

クラウスたちが居る場所の特徴と、そこに至るまでの道筋。それさえ分かれば万が一ルルが今、突然昏倒しても、イアルが正確な場所を特定して迅速な救助活動に役立ててくれる。

「殿下は先ほど、陛下の他に六名を見つけて回復させたと仰いました。崩落事故に巻きこまれた行方不明者は三十五名おります。私を除く視察団十九名の他に、当時周辺で作業をしていた坑夫等が十六名。まだあと二十九名の生死が不明ということになります」

指示を終えて騎士たちを送り出したイアルがふり向き、天幕の中央に置かれた机上に険しい表情で視線を落とす。机上には坑道内の詳細な地図が広げられている。

「生死不明は二十二…だよ。七名の遺体は確認、したから」

そのうちひとりがトニオ・ル＝シュタインであることを告げるべきか、迷っている間にイアルが口を開いた。

「そう…ですか。天の翼神よ、失われた命に慈悲と安らぎを与えたまえ。そして彼らの魂が迷わず天の楽園にたどり着けるよう導きたまえ。——では残りの二十二名を、地下で捜索することは可能でしょうか？」

死者への冥福を祈り終えたイアルに問われて、ルルは自信なく首を横にふった。

「ううん…、わからない。できる限りやってみるけど」

「よろしくお願いします。とはいえ、陛下と殿下の無事と安全が第一ですので、ご無理はしませんように。殿下の命を危険にさらしてまで、とは申しません。まずは陛下を無事救出することを第一優先で考えましょう」

イアルは何度か、なにか言いたげに口ごもったものの、結局そう言って自分を納得させるようにうなずいて見せた。彼がなにを言いかけて言い留まったのか。ルルはあえて訊ねることはしなかった。なんとなく想像できたからだ。

そのあと鳥の姿で携帯食や物資を地下に運びこめないか相談されて、ルルは意見を述べた。

それなりの物資を運べる大きさの鳥になると、狭い場所を通り抜けるのが困難になる。

それより自分が定期的に通って、地下にいるクラウスたちを癒してまわれば空腹の問題は解決する。そう提案すると、イアルはずいぶん驚いたが、損傷した身体を癒して修復するのと理屈は同じだと説明すると納得した。

「――それは…とても便利ですね。ですが、地下と地上の行き来が増えれば、それだけ王侶殿下に危険が及ぶ可能性が高くなります。他に方法は…」

「ないと思う。ただ、代わりに僕が眠りこんじゃうんで、効率はあんまりよくないけど」

「クラウス様からお聞きしております。今も、眠いのですか？」

イアルが心配そうに眉根を寄せてルルの状態を確認してくる。いつも無表情な彼にしては珍しい。ルルは安心させるように微笑んでみせた。役立つことを証明しなければ。

「まだ大丈夫。でも、もう少ししたら眠りこんじゃうと思うから、そうなる前にクラウスの所にもどるね。向こうで何日か眠りこむと思うから、すぐに帰って来なくても心配しないで」

ルルはそう言って、最後に両手をふんわり丸めて見せた。

「これくらいの大きさの鳥が持てる携帯食って、すぐに用意できる？」

「はい。――殿下にばかりご負担をおかけして申し訳ありません」

イアルは己の力不足を詫びるように頭を垂れてから、天幕の外に控えていた従者を呼び寄せ、少ない量で栄養価の高い携帯食を用意させるよう指示を与えて送り出した。

「では、私はこれにて陣頭指揮にもどらせていただきます。あとのことは詳しい者を置いておきますので、何かあればその者にお伝えください。私のような者にまで貴重な聖なる癒しの力を注ぎ回復させてくださったこと、幾重にも感謝いたします」

イアルはそう言いながら丁寧に一礼し、天幕から出て行こうと布製の扉を開けかけて、ふと思い出したようにふり向いた。

「殿下が地下で見つけた人々のなかに、トニオ・ル＝シュタインはおりませんでしたか？」

「……っ！」

不意打ちのようなその問いに、ルルは息を呑んで言葉につまった。たぶん顔色も変わったのだろう。まだ何も答えていないのに、イアルは察したように表情を曇らせた。

「――…トニオさん、は……」

青ざめてゆくイアルの顔を直視することができず、目を逸らし、右に左に助けを求めて視線をさまよわせていると、

「――死んだのですか？」

石のように平板な、感情のうかがえない声で確認されて、ルルは視線をイアルにもどした。

凍りついた石像のように微動だにせず、イアルがまっすぐ見つめてくる。血の気の失せた顔は、まるで蠟細工のようだ。

嘘をつくことはできなかった。ここで一時の希望を与えても、いずれ真実を知るときが来る。

ルルはクラウスが静かに慟哭する様を思い出しながら、とつとつと事実を告げた。

「トニオさんは、僕が…見つけたときには、もう…息をしてなくて――」

僕の癒しの力は、生きている相手を回復させることしかできないのだと、クラウスにしたのと同じ説明をすると、イアルは透き通るような無表情で小さく「そうですか」とうなずいた。声にも態度にも取り乱したところはない。ただ、布扉をつかんだ手が青白く見えるほど強くにぎりしめられ、ぶるぶると細かく震えている。

「助けられなくて、…ごめんなさい」

クラウスがあれだけ悲しんだのだ。同じように幼い頃から長年の付き合いがあるイアルにとっても、トニオ・ル＝シュタインは大切な存在だったのだろう。そして、トニオがルルの護衛を外され、降格となった経緯も知っているはず。

僕のせいだ。ルルの胸に再び罪悪感が押し寄せる。どう声をかけていいか分からず謝ると、イアルはまぶたを伏せて「いえ。殿下が謝る必要はありません」とかすれた声で答えた。

そのまま互いになにも言うことができず沈黙が落ちる。先にそれを破ったのはイアルだった。

「教えてくださって感謝いたします。危険を押して地下に飛びこんでくださることにも、重ねて感謝申し上げます。どうかご無理をなさいませんように。それでは、私は陣頭指揮にもどります。クラウス様は絶対に助けなければ。――トニオのためにも」

感情を排した声で先刻よりも深く丁寧に一礼すると、イアルは顔を伏せたまま立ち去った。

イアルが去ってさほど待つことなく、無事回収された導きの灯と小さな防水皮袋に包まれた携帯食、そして足にくくりつけられる小さな筒――中身はイアルの報告書――が届けられた。

鳥の姿に変化したルルは指環を呑みこみ、手紙入りの筒を足に装着し、導きの灯を首にかけてもらうと、携帯袋を両脚でしっかりつかんだ姿でフォニカに抱き抱えられた。そのまま天幕群の端まで送ってもらい、天に向かって大きく放り上げてもらった。

「ルル様、ご無事で…！」

心配そうなフォニカの声に見送られて、ルルはクラウスたちが閉じこめられている地下坑道に向かって飛翔した。

携帯袋のせいだけでなく罪悪感で重い翼を必死に羽ばたかせ、一時間ほどかけて地下にもどるとクラウスに心配された。

「ルル！　大丈夫か⁉　羽根がボロボロじゃないか」

心配そうに差し出されたクラウスの両腕に向かって落ちるように舞い降りたルルは、我が身を見下ろしてあわてた。この場所にたどりつくまでの経路（ルート）にはかなり危うい場所が多い。支援物資を運ぶために大きめの鳥に変化したこともあり、小さな鳥姿の身ひとつで行き来するより格段に危険度が増した。そのせいで泥と埃（ほこり）まみれ、羽根もあちこち逆立っているという、ずいぶんひどい格好になっている。

交叉する建材や瓦礫を慎重に取り除いて人ひとり分通れる穴を空け、元いた場所から移動してナディンや他の生存者たちと合流していたクラウスは、よれよれのルルをそっと抱えて眉根を寄せ、顔をしかめている。

過度に心配される前にルルは急いで人間の姿にもどると、彼が用意してくれていた外套――可能な限り泥汚れを落とした――に身を包み、なにか言われる前に感情を排して自分から唇接けてたっぷり滋味をもらい、お返しにクラウスにもたっぷり癒しの力を与えた。

それが済むと、すかさずイアルから託された手紙、少量の携帯食と物資――折り畳みの容器や水を浄化するための布、連絡用の薄紙と筆記具など——が入った袋を渡す。

ルルの髪についた泥汚れを指ですき取りながら、なにか言いたげに口ごもっていたクラウスは、袋の中身を検め(あらた)、物資をナディンに渡して扱いを一任すると、イアルからの報告書に素早く目を通した。

さらにルルが地上で起きたことを報告したので、元護衛隊長(トニオ・ル＝シュタイン)の死をイアル・シャルキンが知ったことも含めて、だいたいの状況を把握したようだ。

クラウスは背後の闇に沈む元護衛隊長の遺体をふり返り、沈んだ声音で「そうか…」とうなずくと表情を改めてルルに向きあった。

「よくがんばってくれた。感謝する。——だが、危険な場所に近づくのは止めてくれ」

ルルは曖昧に首をふって返事を誤魔化した。

崩落を引き起こした犯人たちを見つけた勇敢さを褒められると、少しだけ安心できる。

ちゃんと役に立ってる。必要とされてる。だからまだ大丈夫。

左手の指環を何度も確認しながら、ルルは生存者たちに癒しの力を与えてまわった。飢餓や衰弱からの回復と、それらを予防するために。

「これで三、四日はなにも食べなくても平気だと思う。でも、なるべく無駄な動きは止めて、体力を温存するようにして…ね——」

最後のひとりに注意を与えている途中、急速な眠気に襲われてこらえきれず、ルルはついにその場に崩れ落ちた。意識が途切れる間際に見たのは、心配そうに自分を覗きこみながら、翼の下に雛を抱えこむ親鳥のように自分を抱きしめるクラウスの顔。

そのことに安心して喜びを感じたことを、胸の奥に深く刻みつけながら。

深い眠りから目覚めると、少し離れた場所でクラウスたちが遺体を仮埋葬していた。ルルは彼らに癒しの力を注ぎ、さらにふたりの生存者を発見して怪我を治癒してから地上にもどった。

地下では日付の感覚がなくてわからなかったけれど、前回もどったときから丸四日が過ぎていた。

どうやら地下で丸三日も眠りこんでいたらしい。クラウスが心配するわけだ。

ナディンによれば、癒しの力の使用量と眠りこむ期間の長短に相関関係はあまりないらしい。

『どちらかというと、ルル様の気力や感情に左右されるようですね。気を張っていると、力を使いすぎて疲弊していてもある程度耐えられる。でも緊張を解いて安心したりすると、ガクッと眠りこむ』

ナディンがこれまでの観察結果からそう結論すると、クラウスは心配そうにうなずいた。

『俺から滋味を得れば回復するからいいものの、側で見てると心配でハラハラする』

無謀さを咎めるように言われたけれど、救援活動を止めるつもりはない。

ルルは王家の天幕に入って人の姿になるとナディンの要望を伝え、仮埋葬地に結界を張るための供物を準備してもらう間にフォニカの強い勧めで食事を摂り、盥に張った湯で簡単に身を清めた。

地下で助けを待つ人々のことを思うと、自分だけ快適な待遇を受けるのはどうかと思うけど、

「陛下や他の生存者たちの生死は、ひとえに殿下の双肩にかかっているのですから。食事をしたり心身の健康に留意するのをうしろめたく思う必要はございません」

「本当に。ルル様が倒れられたり衰弱したりしたら、それこそ共倒れになってしまいます」

イアルとフォニカにそう説得されて、ルルは供物がそろうまでの間しばしの休息を取った。

「そういえば、崩落を起こした犯人たちはどうなった？」

「殿下のご活躍もあり、全員捕縛することができました。今は監禁して尋問中です。それが済み次第、厳罰に処す所存です」

「そう…」

よかったと単純に喜べないのは、彼らが愚かな企みを実行するに至った理由――上役の横暴や賃金の横取り、不正な労働条件――等が解決されなければ、またどこかで同じようなことが起きかねないからだ。

「そのあたりのことも関係者からの聞き取りと調査を行っていますので、判明次第罰せられることになるでしょう。そもそも陛下が今回の視察にいらした理由は、鉱山関係者による大規模な不正疑惑の解明と、坑夫たちの労働条件を改善するためでした」

「じゃあの犯人たちは、自分たちを救うために来た王を自分たちで殺しかけたってことか」

「ええ。本当に愚かなことです」

イアルは犯人たちが捕らえられているらしき方向に、冷たい怒りに満ちた目を向けた。


その後もルルは何度も携帯食と物資——時間の経過によって色が変わる金属片、燃料がなくても明るい光を発する棒といった、古代の遺構から発掘された王家所有の宝物。それから被災者たちの精神状態を保つための簡単な遊戯道具、切り札や双六など——を携えて地下に舞い降り、生存者たちに癒しを与えてまわった。

数日間の昏睡と覚醒をくり返しながら、時には一日七往復もしながら救援活動を続けた。


そうして坑夫の一部が企んで故意に起こした鉱山の崩落に巻きこまれ、遭難した人々が救出されたのは、事故発生から二十日後のことだった。

昼頃に皆がようやく救出され、クラウスが地上にもどり、イアルと再会の抱擁を交わした姿を見たあとの記憶がルルにはない。救助されるまでの最後の五日間、昏睡することなく連続で活動していた反動と、クラウスの無事を確認できた気のゆるみでそれまでの疲労のツケが一気に来たのだと、目覚めたあとで説明された。

翼をもがれてのたうちまわり、天から墜ちて地底の闇のなかで光を探してさまよう夢を見た。

悲しくて苦しくて人恋しくて。

どうしても伝えたいことがあるのに、大切な人が見つからない。

深いすり鉢状の地の底で足掻いていたら温かな光が近づいてきた。

それはふわりとルルの全身を包みこみ、そのまま軽々と浮き上がって地上にもどる。

そのままさらに上昇して、晴れわたる青空のなかに浮かぶ天の浮島にたどりつくと、流動する雲のような人型になり、光り輝きながらルルに顔らしき部分を近づけてそっと唇に触れた。

――温かくて、気持ちいい…。

光の粒子が染みこんで、自分まで光の靄になった気がする。

心地好さのあまりゆっくりまぶたを開けると、目の前に淡い紗がかった金色の髪と、その合間から青と緑と銀色が混じりあった、内側から光を放つような不思議な色合いの瞳が見えた。

「クラウス…」

「よかった。なかなか目覚めないから心配した」

額を触れ合わせ、鼻頭がくっつく距離でそうささやいてから、クラウスは名残惜しげに身を起こした。ルルは最前まで感じていた温もりを宿す唇に指先で触れ、居住まいを正すクラウスの姿をぼんやりと目で追う。その背後からひょっこりと顔を見せたナディンが、ルルに片目をつむってみせながら得意そうに口を開いた。

「だから言ったでしょう。姫君は王子の唇接けで目覚めるものだと」

「ルルは姫ではないし、俺ももう王子ではないがな」

「細かい差異はいいんですよ。こういうことは本質が大事なんですから」

「いいからお前はもう退がっていろ。俺はルルと大切な話がある」

シッシと犬でも追いやるように退室をうながすと、ナディンは「はいはい」と気安く応えて扉に向かう。最後にもう一度自分に片目をつむってみせたのはどういう意味なのか。ルルは深く考えることができないままゆっくり身を起こした。

「大丈夫か？」

心配そうなクラウスに、ルルはまだぼんやりしたまま「うん…」とうなずいた。

「大丈夫じゃなさそうだな。五日近く眠りこんでいたんだから当然か」

「五日…」

それは最長記録だ。

「腹は減ってないか？　飲み物はいるか？　痛いところや辛いことはないか？」

クラウスはあれこれ気遣いながら、ルルの背中に枕を足して楽な姿勢でいられるよう整えたあと、寝台脇の椅子に腰を下ろした。それらを目で追っていたルルは、ようやくここが王城の、記憶を取りもどすまで寝起きしていた『王侶』の寝室だと気づいた。

「もどって、来たんだ…」

ナハーシュ鉱山から。そして別居していた離宮から。

「ここで寝起きするのは、まだ嫌か？」

指環がはまったルルの手元に視線を落としたまま、クラウスがぽつりと問う。

ルルは少し考えて、静かに首を横にふった。崩れかけた地下坑道で何度もクラウスの腕に抱かれて眠りに落ちた。人の姿で。時々は鳥の姿のまま。そうして否応なく気づいた。自分にとってクラウスの腕のなかこそが、一番落ちついて安心できて心地好い場所なのだと。今さら意地を張っても仕方ない。

「ううん。嫌じゃない…」

「そうか、よかった。こんな風に抱きしめるのは？」

心の底から安堵したように表情を和ませたクラウスが腰を浮かせて、触れないように気をつけながら腕をまわす仕草をしてみせる。地下坑道ではさんざん抱きしめたり抱きしめ返したりしたのに、今さらどうしてそんなに気を遣うのか不思議に思う。

けれどこれがクラウスなりの誠意なのだ。ルルの気持ちに配慮して嫌なことはできるだけしない。言葉で宣言するだけでなく、こうして行動で示してくれる。繰り返し繰り返し。

僕がクラウスを許すまで。許して再び受け容れるまで。

ルルはふう…とひとつ溜息(ためいき)を吐(つ)き「いいよ」と答えた。

「唇接(キス)けは？」

「——…滋味(エナジア)は今、足りてる」

抱きしめられて胸に顔を埋めていたので、クラウスがどんな表情を浮かべたのかは分からない。ルルは深く息をしてクラウスの匂いを吸いこむと、勇気を出して顔を上げた。

「ごめんなさい」

「——なんのことだ…？」

「トニオさんと、パッカスさんのこと」

クラウスは眉を跳ね上げた。

「君のせいじゃないと言ったはずだ」

ルルは小さく首を横にふった。

今さら自分がどう謝っても、失われた命はもどらない。それでも謝らずにはいられなかった。クラウスが何度も自分に詫びてくれるのはこういう気持ちだからだと、自分の身に起きてようやく理解できた。

取り返しはつかない。過ちは消えない。けれど、それでも謝罪せずにはいられない。

「僕があのとき逃げ出したりしなければ…、逃げた先で階段から落ちたりしなければ、トニオさんは降格されずにすんだんだ。今も僕の護衛として、生きて…死なずに——僕のせいで…。パッカスさんだって——」

「だから、それはちがう」

ルルの言葉を遮って、クラウスはきっぱりと否定した。

「トニオの降格処分は、彼が自分の責務を全うできなかったからだ。原因がなんであれ、それは彼の落ち度だ。それを見過ごして甘い処分で許してしまえば、近衛全体の規律が乱れる」

「でも…！」

「トニオは君があそこでどこに逃げこもうが見失ってはいけなかった。それが彼に与えられた責務だったからだ。君があのときどんな行動を取ろうが、それは関係ない。だから君が負い目に感じる必要はないんだ」

「そんな…」

「アルベルトの処分もそうだ。彼は城代としての責務を全うできず、結果として君の――王侶の身に危険がおよぶ結果となった。だから引責辞任させた。君の行動はきっかけに過ぎない」

だから自分のせいだと思いつめないでくれと諭されて、ルルはなにも言えなくなった。

自分がふたりを許して欲しいとお願いすれば、クラウスなら聞き届けてくれるんじゃないかと甘く考えていた。けれどそういう次元の話ではない、ということは理解できた。

「――…」

拳を噛んでうつむいたルルの表情を見たクラウスが、声の調子をやわらげて言い添える。

「トニオは、たとえ降格処分になっていなくても、今回の視察には同行させていた」

「え…？」

「ナハーシュは危険な場所だとわかっていたから、一時的に君の護衛を解いて俺に同行させるつもりだった。彼は頼りになる人間だから。それは今回証明された…だろう？」

「…――うん」

涙で濡れそうになる声の震えを抑えて、ルルはうなずいた。

クラウスの話が事実か否かは別として、彼が自分の心の負担を減らすために心を砕き思い遣ってくれていることだけは、ひしひしと伝わってきたからだ。

「アルベルトも、以前から城代と内務長官の兼任は荷が重くなってきているとわかっていた。けれど俺が彼を頼りにしすぎて負担を強いていた。だから今回の引責辞任も、アルベルトにしてみれば、ようやく後任に引き継ぐことができて、内心肩の荷が下りたと思っているだろう」

「まさか…」

そんなわけはないと思い、後日こっそりパッカスに確認してみると、彼は苦笑しながら『陛下には内緒にしてください』と前置きして、クラウスが言ったとおりの内容を告白したので、ルルは驚いた。

「以前も言ったとおり、この件に関しては、君が自分を責める必要はない。これでこの話は終わり。それでいいか？」

まだなにか言い足りないことがあるならいくらでも聞く、という態度で顔を覗きこまれて、ルルは曖昧にうなずいた。

甘やかされているな…と思う。そして、許してもらっていると。

そう。クラウスは、僕がなにをしても言っても受け容れてくれる。身に危険がおよぶこと以外は、なんでも。

大きな、とても大きな——…たぶん、それを愛と言うのだろう。

これが、彼の愛。——愛の示し方だ。

『あなたの愛はどこにある？』

以前、ルルはクラウスにそう訊ねた。

答えはすぐそこに、自分のそばに、いつもあったのに。過去に受けた仕打ちに傷つくあまり、見ることも感じることもできなくなっていた。

このままじゃ駄目だ。自分の軽率な行動の結果——後悔や負い目を引き受けて、二度と同じ過ちは犯さないよう気をつけて生きることが、今のルルにできる唯一の罪滅ぼしだ。

そう覚悟を決めて顔を上げる。

胸に刺さって抜けない棘のような痛みの分だけ、クラウスがこれまで抱えてきた後悔や苦しさが理解できる気がする。『どうか赦して欲しい』と、頭を垂れて訴えたくなる気持ちも。

ルルは、心の底で硬く凝っていたなにかが解れて、ゆるんで溶け出すのを感じた。

話し合いが一段落するとフォニカが呼びこまれて部屋着に着替え、消化に良い軽い食事を摂りながら、目覚めるまでの間に起きたことを簡単に教えてもらった。

それによれば、重要なことはルルが眠りこんでいる間にほとんど終わっていた。

クラウスは救出された後さほど時を置かずに、捕縛され監禁されていた崩落事故の犯人たちへの最終尋問と裁判をその場で行い、刑を言い渡した。実行犯と計画立案者たちは死刑。残りの数名は無期懲役刑になったという。翌日には死者たちの納棺と慰霊式を執り行い、その後、鉱山の再稼働に向けた様々な手続きや、応急処置としての人事刷新などを行った。

不正で私腹を肥やし坑夫たちを虐げていた鉱山長とその繫累は、逮捕して勾留中だ。彼らの処分については余罪を調べ尽くしたあとで決定する。おそらく全財産没収と死刑になるだろう。刑が軽い者でも、別の鉱山や塩山での懲役刑となる。

鉱山の再稼働や人事の刷新については一朝一夕で終わるものではないので、今後も折に触れて監督が必要になる。ナハーシュ鉱山から産出する金属類は、近い将来に必ず起こるだろう対聖堂院戦に備えた武器増産のため、絶対に必要な資源だ。まずは王都から管理官と監視員、および治安維持のための軍兵を派遣して、鉱山経営を健全に回復させる必要がある。

「国の機関や組織も、ルルの癒しの力で治癒できたら便利なんだが――」

最後に自分の力を頼る言葉を発したクラウスに、ルルはびっくりして目を見開いた。

「そんなこと、考えたこともなかったけど。確かにできたら便利だね」

便利というより、それはもう神の領域だ。

「でも、今の僕の力じゃ無理」

大陸南端のオスティア王はルルの力によって老衰を癒し、余命を少しだけ先延ばしにできたけれど、彼の欲深さが浄化されることはなかった。

「だけど…」

長老やナディン・ナトゥーフが言うように運命の片翼と『真の絆』を結べばなにかが変わるんだろうか。真の姿を取りもどすって、具体的にどうなるんだろう。考えこむルルに、

「いいんだ。人々を治めるのは王たる俺の仕事だ。君が思い悩む必要はない」

クラウスはそんなふうに言ってくれるけど、ルルは安心するより物足りなさを感じた。

王侶という立場を受け容れているからには、自分にできることがあるなら役立てたいと思う。たとえば今、目の前にいる男の心労を減らすとか。

けれど身体の傷や疲労は癒せても、心に負った傷や喪失の痛みを完全に消すことはできない。

「慰霊式に臨席できなくてごめんなさい。僕もトニオさんにお別れを言いたかった」

指先に癒しの力をこめて、悲しみを堪えた男の目元に触れる。クラウスはその手をそっとにぎりしめて「ああ」とささやいた。

「トニオは昨日、遺体の残りの部分が移送されてきた。今は殯のために神殿の地下に安置してある。葬儀は明後日に行われる。君さえよければ会いに行ってやってくれ」

もちろん否やはない。ルルはクラウスの勧めに応じて花を携え、王城敷地内に建つ翼神殿に向かった。トニオは王の命を救った功績で英霊として祀られることになったため、特別に神殿の地下という場で殯を許されたのだ。

雨季はまだ終わらない。連日降り続く雨に濡れそぼった道を歩いて白亜の神殿に入り、手燭を掲げた神官に導かれて地下に降りると、殯の間には先客がいた。

イアル・シャルキンだ。

彼はルルに背を向ける形で黙祷を捧げていた。そこだけ時が凍りついたように、深々とした沈黙が墜ちている。とても声をかけられる雰囲気ではなく、邪魔をするのも申し訳なく、時を改めようと入り口に花だけ置いて立ち去りかけたとき、声をかけられた。

「殿下。もしもクラウス様になにか伝えたいことがあるのに、恥ずかしいとか、また今度とか、どうでもいい理由をつけて先延ばしにしていることがあるのなら、意地を張らずに、相手が生きているうちに、どうか気持ちを伝えるようにしてください」

「え…」

「──私は、伝えることができませんでした。今はそのことを死ぬほど悔いています」

イアルはそう言って手のひらで半顔を覆い、ルルから顔を背けて項垂れた。その視線の先には、物言わぬ骸となったトニオ・ル＝シュタインの柩が静かに横たわっている。

「殿下が私のような後悔をなさらないよう、切に願っています」

一度も顔を上げず、ルルに背中を向けたままイアルは抑揚のない口調でそう言ったきり、肩を落として黙りこむ。そのままもう口を開く気配はない。悲しみの深さのあまり誰の慰めも受け容れる余裕がないその姿に、かける言葉もない。

ルルは花を取り上げて柩の上に置くと、これまでの感謝と死者の魂が安らかであるようにと祈りを捧げ、最後に一度だけイアルの肩にそっと触れて、静かにその場をあとにした。

心にひとつ、決意を秘めて。


二日後。クラウスが予告した通り、トニオ・ル＝シュタインと、彼とともに鉱山の崩落で命を落とした護衛騎士たちの合同葬儀が行われた。トニオは命を賭して王を救った功績により、降格処分を取り消され、栄誉ある護衛隊長に復帰した状態で埋葬される。これにより没収されていた財産も遺族に返却され、支払われる恩給や年金なども桁違いの額となる。さらに葬儀の費用はすべて国費で賄われるという。遺族——王の近衛である護衛騎士たちは独身であることが条件なので、遺族は主に親や兄弟——への支援も約束されている。


葬儀から三日後の夜遅く。

ここ数日、激務に追われて食事をともにする時間はもとより、一緒に眠ることもままならなかったクラウスが、ようやく執務を終えてもどって来た。その気配を察したルルは、寝衣のま

ま王侶の寝室と王の寝室を隔てている扉を開け、王の寝室に入り、寝台にそっと腰を下ろして
クラウスの訪れを待った。けれど、着替えを終えて侍従を退がらせた気配がしてもクラウスは
なかなか寝室にやって来ない。

しばらく待ったあと、ルルは居間に通じる扉をそっと開け、細い隙間から覗いて見た。

クラウスは窓辺に置かれた書机の椅子に座り、祈りを捧げるように顔の前で手を合わせ、その指先に額を押し当てて瞑目(めいもく)していた。

わずかに背を丸めたその姿が、神殿地下にある殯の間で見たイアルの姿に重なる。

ルルは足音を立てずにクラウスの背後に歩み寄ると、広い背中にそっと身を寄せ、肩に腕をまわして抱きしめた。手のひらだけでなく全身で、ここ数日の激務で疲労しているクラウスに癒しを与える。ルルが近づいてきたことに気づいていたのだろう。クラウスは無言でルルの手に自分の手を重ね、そのまま指先に唇接けを落とした。ルルが拒まないことに気づいて顔を上げ、身体の向きを変えて手をつないだままルルに向き合う。

「ありがとう」

ルルは小さく首をふり、自分もクラウスの手をにぎり返した。

「独りでいたいなら邪魔するつもりはないんだ。でも、もしクラウスが嫌でなければ、今夜は一緒に寝ようと思って」

クラウスは驚いて片眉を上げ、目を見開いた。

「ほら、もう夜中だし。いろいろあって疲れてるだろうから、ちゃんと寝台で眠った方がいい。僕が癒してあげるのもいいけど、眠りで得られるものってやっぱり違うから」

「――なるほど」

ルルが両手を引っ張ると、クラウスはゆらりと腰を上げて寝室に向かった。

クラウスが服を脱いで簡素な寝衣に着替えている間にルルは寝台にもぐりこみ、上掛けを半分めくって待ちかまえた。寝衣の首元を合わせる紐を解いたままのクラウスが、寝台に膝で乗り上げると、キシリ…と布同士が圧された音が妙に大きく響く。ルルはコクリと喉を鳴らした。

クラウスは行儀良く、ルルから拳ふたつ分ほど離れた場所に身を横たえた。ルルはめくり上げていた上掛けで彼の大きな身体を覆いながら、拳ふたつ分の距離を縮めた。

再びクラウスが驚いた表情でルルを見返す。

その瞳が、無言で『どうしたんだ？』と問いかけている。

ルルはその問いに直接答えるのではなく、彼の肩に頬を寄せて大きく深呼吸をした。

「僕、今回のことで、ひとつ気づいたことがあるんだ」

クラウスは返事の代わりに、先をうながすようルルの肩を抱き寄せる。

「僕はあなたを失いたくない」

「――知ってる。俺がいなくなると、君も遠からず命を落とすからだろう？」

鉱山の地下で自分が不用意に放った言葉をそのまま返されて、ルルはぐっと息を呑んだ。

誤解されたのは自業自得だけど、時々クラウスのことを『唐変木』と詰りたくなる。

「そうじゃなくて」

ルルは身を起こし、クラウスの胸に手をついて上から見下ろしながら言い聞かせた。

「純粋に、いなくなって欲しくない。——言ってる意味、分かる？」

「ああ、……たぶん」

「クラウスがいなくなったら僕も、トニオさんを亡くしたあなたやイアルさんみたいに、きっと悲しくて辛くなる。崩落事故で行方不明になったって聞いたときは心臓が止まるかと思った。今だって、クラウスが僕の知らない場所で命を落としたら…って想像しただけで、胸が変な風にドキドキして、目の前が真っ暗になる」

「ほら」と言いながら、ルルはクラウスの手を持ち上げて自分の胸に押し当てた。

クラウスはわずかに手を広げてルルの鼓動を確認すると「本当だ」と言う。けれどそれ以上動かすことはなく、かといって離すこともしない。

視線が絡みあい、奇妙な沈黙が落ちる。

「だから」

ルルはもう一度コクリと喉を鳴らして、決意を口にした。

「ナディンさんの提案に乗ってみようと思うんだ」

✧　悔いなき一夜

クラウスがなにか言いたげに瞳を揺らしたので、ルルは急いで言い足した。

「もちろん。クラウスが嫌じゃなけ…」

「嫌なんかじゃない。嫌なわけがない」

素早く言いながらクラウスは身を起こし、ルルの肩をそっと両手で覆った。

その手のひらから伝わる熱を寝衣の薄い布越しに感じながら、ルルはまぶたを伏せる。

「じゃあ試してみようよ。それで、どんな風になるのかわからないけど翼神が復活したら、死者を甦らせることだってできるかもしれない」

そうしたら、クラウスが死んでしまうかもしれないと怯えなくて済む。

「――なるほど」

その声にはなにか含みがあるように感じたけれど、訊ねる前にクラウスが言い重ねる。

「ちなみに、具体的になにをどうすれば『結ばれる』のか知っているのか？」

「それくらい知ってる。契りを交わすんでしょ？」

少しだけ胸を張って答えたのに、クラウスが懐疑的に瞳を揺らしたので言い足した。

「夫婦が子どもを作るときにすることと同じ。裸になって肌をこすりつけ合って一緒に眠る」

具体的にどの部分をこすりつけあうのかは、大人に聞いても『そのときになればわかる』と言われるばかりで、今いちよくわからないままだけど。

隊商一家のダリウスとダンが酒に酔ってそういう話題になったとき、知っているかと問われてそう答えたら『だいたい合ってる』と太鼓判を押された。ダンはそのあと大笑いして、苦虫を噛み潰したような顔をしたダリウスにどつかれていたけど、酔っぱらうと大抵そんなふうになるから気にしてなかった。

自分とクラウスは男同士だから子どもはできないけど、代わりに翼神が復活するんだと思う。

ルルがそう答えると、クラウスはなぜかダリウスとダンが浮かべたのと似た表情をした。

困ったような、笑いを堪えるような、幼児や獣の仔を見るときのような慈愛に満ちた苦笑だ。

「違う？」

「いや、だいたい合ってる」

ダリウスやダンと同じ答えに、ルルの自信はわずかに揺らいだ。

――『だいたい』ってことは、違ってる部分があるってことだよね？

「そんな顔しなくても実際やってみれば答えがわかる。じゃあ、やってみようか」

気が変わる前にと言いたげに、クラウスは最前までの慎重で控えめな態度をあっさり捨てて、許しを請うことなくルルの寝衣の前を閉じている紐をするすると解きはじめた。

「自分でできる」

いきなりの積極的な動きにびっくりしてクラウスの手を止め、自分で脱ごうとしたら、

「これはもう行為の一部なんだ。そして俺はこうやって自分の手で君の服を脱がせたい」

ルルは半眼になってしばし考え、ならば自分もクラウスの服を脱がせようと決めた。

腕を伸ばして寝衣の裾を引っ張り「両手を上げて」と頼むと、クラウスは苦笑しながら素直に両手を上げてくれた。ルルが膝立ちになってクラウスの寝衣を脱がせてしまうと、ふいに目に入った一糸まとわぬ分厚い胸板に強く鼓動が跳ねた。

そういえば、クラウスの裸を最後に見たのは──もう遥か昔のことに思える──三年前、旅の途中で見つけた水場で一緒に泳いだときだ。再会してからは僕ばかりが一方的に裸を見られている。眠っている間や、鳥姿から人間にもどったときなど、頻繁に。

日に灼けた逞しい胸板を見ながらそんなことを考えている間に、慣れた手つきで寝衣を脱がされ、クラウスと同じように一糸まとわぬ胸にそっと手のひらを置かれた。

「この傷痕は、残ったままなんだな……──」

言われてルルは自分の胸元に目を落とす。癒しの力で他の怪我は痕を残さず綺麗に治せたのに、二年半前にハダルが仕向けた刺客によって受けたこの傷は、なぜか消えないで残っている。

「うん…」

自分でも、なぜこの傷だけ消えないのか不思議で仕方ない。

「俺の潰れた左眼は治せたのに……。おそらく理由は――」

言いかけて、クラウスは途中でやめた。

「理由は？」

何と続きを問いかけた唇をクラウスの唇で静かにふさがれる。

ルルの胸は再び高鳴り、初めての行為への期待と不安で他の疑問はどうでもよくなった。

クラウスの手つきは終始やさしかった。熱心なのに気遣いに満ちていて、ルルが少しでも不安になって「それはなにをしてるの」とか「なんだか変な感じがする」とつぶやくと、その度にきちんと答えを教えて安心させてくれた。

寝衣だけでなく下着も脱いで――ルルの下着はクラウスが脱がせた。お返しにクラウスの下着に手をかけて引っ張ったら、すでに勃ち上がっていた彼自身の立派さにびっくりして手が止まり、戸惑っている内にクラウスがおだやかな笑みを浮かべながら自分で脱ぎ捨てた――最初はしみじみと抱きしめられた。それから一度身を離して正面から見つめられ、

「かわいいな」

染みわたるような喜びに満ちた声と大きな手で頭を撫でられ、その手が頬に滑り落ちて支えられながら唇接けられた。それからまた「かわいい」と褒められ、「好きだ」と言われる。

「ずっと君にこうして触れたいと思っていた」

内緒話のようにささやかれて全身をくまなく撫でさすられながら、合間に何度も唇接けを交わした。ルルもクラウスに倣って彼の背中や肩、首筋を手のひらで撫で、胸や肩や腰を合わせて擦り合い、長く伸びた髪に指を挿しこんで何度も手櫛で梳き上げたりした。

「本当にかわいい。ルルはどこもかしこも、きれいでかわいい」

降りしきる雨のようにとめどなく褒められながら身体をこすりつけ合っていると、じわじわとこれまで感じたことのない感覚が生まれてくる。腹の奥、腰のあたりに熱が生まれてぐるぐると渦を巻くような。むず痒いような得体の知れない不思議なうねりが。

「ルル、君が好きだ」

「僕も…クラウスが、好き、だよ…――」

雨季でも夏の夜は暖かく、裸で触れ合ううちに汗ばんでくる。

髪の生え際からうなじにかけて流れ落ちた汗を舌で舐め上げられたとき、ぞくぞくっと寒気にも似た、けれどそれとはあきらかに違う痺れをともなった震えが起きて驚いた。

「な…っ、なに？　今の？」

「どうした？」

「なんか痺れたみたいにゾクゾクして……変…、変な感じ」

怖くなって必死に訴えたのに、クラウスはなぜか余裕の笑みを浮かべて「大丈夫だ」と言う。

「気持ちよくなる前兆だ」

「前兆って…？」

訊ねるそばから再びうなじを舌で舐られて、今度はその場所から頭の天辺と、なぜか腰の奥から爪先にかけて銀線を弾くような刺激が走った。まるで細い稲妻が身体のなかで生まれたような衝撃に、思わず声が洩れる。

「あ…っ、うっ…あ…——」

「ここがルルの感じる場所だってことだ」

うなじのどこを舐められてもゾクゾクと痺れる稲妻が走り、手足の感覚が朧気になる。

特に髪の生え際がいけない。そこを指でなぞられただけで、なぜか背を反らして呻いてしまう。力が抜けてぼんやりとして、同時に身体の半分が浮き上がるような不思議な感じがする。熱が出るときの寒気と違って、この痺れる稲妻は同時に胸と腰に熱を点す。最初は寒気のように感じたのに、くり返されるうちに今度はだんだん熱くなっていく。

クラウスは寝台の上に胡座をかくと自分の脚を椅子に見立ててルルを座らせ、うなじから背骨にかけて甘噛みと唇接けを繰り返した。右手で脇の下から腰まで撫で下ろし、さらに左手で胸を支えながら、指先で小さな突起をくりくりと撫でまわしたり押したり摘まんだりする。

「ちょ…っと待っ…、それ、やだ…——っ」

気がつくとはぁはぁと荒く息が上がっている。全身が熱い。腰に立派に勃ち上がったクラウス自身の固さと熱さを感じながら、小さな乳首を乳暈(にゅううん)ごと摘まんだりこすったりする男の不埒(ふらち)な指先を止めようと、必死に手首をつかんでみたけれど動きを止めることはできなかった。

「待…って、一度に、そんな…された…ら、変になる…っ」

「そうか？　でもまだこれは前戯で、本番はこれからなんだが」

「ええ…っ？」

不穏な台詞(せりふ)に戸惑う間もなく、うなじから耳のつけ根に移った唇に吸われ、耳たぶを甘噛みされて目の前で光の粒が弾ける。刺激の強さにルルは背をしならせて腰を震わせた。

気がつけば小用のときと身体を洗うときくらいしか触らないそこが、なぜか固くなって勃ち上がりかけている。クラウスのものに比べたら清楚(せいそ)といっていいくらい色も形もまっさらなそれが、ふるふるとなにかを求めるように揺れている。

気づいたクラウスが右手を伸ばしてルル自身に触れ、そっと手のひらで包みこんだ。

「――…ッ！」

生まれて初めて――清拭(せいしき)以外の目的で――そこを他人の手で触れられた驚きと、心地好さに息を呑(の)む。それがクラウスの手だと思ったとたん胸が破れるかと思うほど心臓が高鳴った。目眩(めまい)のようにくらくらと視界がぶれて力が抜け、くたりと萎(しお)れた星落花(ほしおちたるはな)のようにクラウスの胸に背中を預けて倒れこんでしまう。

「大丈夫。そのまま力を抜いて、身を任せて。心配しなくていい。準備はきちんとしてある。

痛くないように気をつけるから」

——痛くないように…？

肌をこすりつけあって眠るだけなのに、どうして痛みを心配する必要があるの？

疑問が次々浮かんだけれど、確認する前にルル自身をにぎったクラウスが手を軽く開き、そこにトロリとした液体を垂らして再び包みこまれた。ぬめりを借りたなめらかな動きで前後に扱きだされたとたん、ルルは生まれて初めて感じる刺激の強さに我を忘れた。

「あっ…あっ、っぁ…、あ…——っ」

本能的になにかをうながしているその動きになにも考えられなくなる。全身がぶわりと熱くなり汗が噴き出す。クラウスの手に包まれたそこから喩えようもない気持ち良さが生まれて、腰の奥がドロドロと熱く溶け出す。腰が自然に前後に揺れて、クラウスの手の先を突くような動きをはじめた。同時に尻の割れ目のあたりに押し当てられていたクラウス自身も、ぬるぬると滑るようにルルの秘められた場所を刺激しはじめる。

「や…っ、あっ、なっ…、あ…っ…ぁあ——…」

左手で乳首を嬲られ、右手で自分自身を扱かれ、クラウスのもので尻の割れ目をなぞるように刺激されて、自分の身体がどうなっているのか分からなくなる。額から流れ落ちた汗がこめかみや頬を伝って顎先からぽたぽたと零れ落ちる。

「な、なにか…出る——…出ちゃう、から、放して…っ」

ルルは必死にクラウスの手首をつかみ――止めるためではなく、そうしないと崩れ落ちて溺れてしまいそうだったから――すがる思いで身を丸め、腕に噛みついた。

「大丈夫だから、そのまま出していい。ほら、気持ち良くなる」

「嘘…だ、こんな…の、聞いて、な――…っ」

小用でしか使ったことのないその器官の裏側を中指でなぞられ、つけ根から後孔にかけて人さし指と中指でくすぐられるように何度も撫でられて、ぶるぶると腰が震えたところで再び手のひらに包まれ、先刻よりも激しく前後に扱かれて、堪える間もなく洩らしてしまった。

「――…やだ、嘘…、僕、もらし…ちゃっ…た」

恥ずかしさに身悶えながら身を丸めて、そのまま逃げ出そうとしたルルを抱き寄せて、クラウスが耳元でささやいた。

「違う。失禁じゃない。これは…精液だ」

「せ……？　え…――？」

うっすらとどこかで聞いた覚えのある単語に戸惑いながら、ルルは全身が綿か靄のようにくたくたと形をなくして広がるような心地好さに身を委ねた。

「気分はどうだ？　気持ち悪くないか？」

いくつも重ねた枕に背を預けて半身を起こしたクラウスに、抱き抱えられながら口移しで水を飲ませてもらって意識がもどった。どうやら少しだけ気を失っていたらしい。

昼接けを解いたクラウスに問われて、ルルは自分の感覚を思い返してみた。大丈夫。

「平気。——っていうか、最初は怖かったけど最後は……気持ち、良かった…」

下半身が妙にぬるぬるしてるのはどうかと思うけど、それはあとで湯浴みをすればいい。

「これで、真に結ばれたってことだよね？」

翼神が復活するのはいつだろう。今のところ自分の身体に変化はない。

やり遂げた昂揚感のままルルが問いかけると、クラウスはまたあの微妙な苦笑を浮かべた。

「——…違うの？」

恐る恐る訊ねると、怖ろしい答えが返ってくる。

「残念ながら、本番はこれから」

「ええ…⁉」

思わず情けない声を洩らしたルルを、クラウスはすっぽり胸に抱えこんでやさしく背中を撫でさすりながら、耳元でささやく。

「もう嫌だと言うならここで止めてもいい。無理強いはしたくないから」

「嫌…じゃないし止めるつもりもないけど、正直ちょっと怖い。さっき痛くしないって言ったけど、痛くなることもあるんだよね？」

「まあ、やり方によっては」

ルルが身を強張らせたのに気づいたクラウスは、やさしい声で説明する。

「準備をきちんとすれば大丈夫。それに君は初めてだから、なるべく負担のないように気をつける」

具体的になにをどうするのか訊ねる前に、クラウスの手が下半身に伸びてルル自身を覆い、ゆるゆると動きはじめた。先刻放った体液のせいでぬるついていたそこが、再び汗ばんでさらに湿度を増す。ルルはとっさに指を立ててクラウスにしがみつき、身を丸めて腰を引こうとした。けれどその動きに乗じて腿のつけ根に忍びこんだクラウスの指先が、敏感な後孔を突いたので「ひぇっ…」と息を飲んで顔を上げ、マジマジとクラウスの顔を見つめた。

「なっ、なっ、なに…なにするの…！」

さっきもどさくさにまぎれて触られた場所を、今度は意図的に探られて身体が逃げる。

どこを触ってるの！　そこは出すところで指を入れるところじゃない！

そう抗議したいのにくすぐったさと引き攣れた痛みにも似た、でも別のなにかの感覚に襲われてまともにしゃべることができない。

クラウスは「しー…」と、ぐずる子どもをあやすように声をかけながら、ルルのまぶたやこめかみ、鼻先に次々と軽い唇接けを落として気を逸らし、最後に唇を重ねて舌を絡ませた。

「んぅ…ふ…――」

横抱きにされた状態で股間をクラウスの手で撫でさすられながら、深く唇接けられて再び身体が熱くなる。ゆるくにぎった拳でクラウスの胸を押し返そうとしたけれど、力が入らなくてどうにもならない。身体のなかで一番弱く敏感な部分を他人の手や指で探られ、撫でられ、掘るように刺激されてルルは何度も唇接けを解き、溺れた人のようにはぁはぁと荒く息を吸いこんだ。少し息が整うとすぐにクラウスの唇にふさがれて朦朧としてくる。だから、

「もう少し脚を開いて。そんなにきつく閉じたら手を動かせない」

懇願されるがままに脚を開き、うながされるがままに姿勢を変えて、横向きで後ろから抱かれる形になる。やがてうつ伏せになって腰だけ上げるという、素面のときなら絶対にできない恥ずかしい体勢を自ら受け容れた。

「こ…んな格好、恥ずかし…ぃ…――」

けれど恥ずかしければ恥ずかしいほど逆にドキドキと胸が高鳴り、そんな格好をクラウスに見られていると思うだけで、うなじを舐められたときと同じようなゾクゾクした痺れと震えが起きる。

「こんなこと、クラウスじゃなきゃ絶対…しない。クラウスだけ…、クラウスだから…――」

譫言のように口走ると「分かってる」と返され「嬉しいよ。ありがとう」と言われながら、無防備にさらした後孔に指が当てられ、収縮する襞を探られた。

「――…ッ」

思わず仰け反ったうなじを甘噛みされて力が抜ける。

クラウスは獲物を仕留める獅子のようだ。
そして自分は仕留められる綿兎か穴栗鼠のよう。急所へのひと噛みで昇天してしまう。
クラウスはぬめりのある膏薬か香油のようなものを塗りたくった指を、ルルの後孔に押しこんだ。身体の内側を他人の指で探られる猛烈な違和感と、同時に奇妙な感覚が生まれる。

「な…に、これ？　なに？　なんか…変…だ」

　何度もくり返して抜き挿しされるたびに、ルルは敷布をにぎりしめて引っ張ったり、手を広げて押しつけたり、掻きむしったりして身の内に生まれた煮え立つような熱に耐えた。

「痛みは？」

「痛くは…ないけど、なんか苦しい…」

　ルルは無意識に腰を揺らして、クラウスの指が紡ぎ出す感覚を散らそうとした。その動きが、よけいにクラウスを煽る結果になったことなど知るよしもなく。

　最初は一本。途中から二本に増えた指で、気が遠くなるほど長い間抜き挿しをくり返された。途中で一度、二回目の吐精をして、そのまま少し気を失っている間もクラウスはずっとルルの後孔を慣らすことを止めなかったようだ。

　ルルが目を覚ますと口移しでほんのりと甘い水を飲ませてもらい、仰向けに姿勢をもどされ、両脚を持ち上げられて肩にかける形で大きく割り拡げられた。自分が出した体液で汚れた腹の向こうに、隆々と立ち上がったクラウス自身が見える。

さすがにこの段階になると、次になにが起きるのか想像がついた。

裸になってこすりつけ合うの『こすりつけ合う』は、肌ではなく、今まさにルルの後孔に押し当てられたクラウス自身と、自分の後孔内のことだったのだ。

「大丈夫か?」

先端をもぐりこませながら少し弾んだ息でクラウスに問われ、ルルは首を横にふった。

「わ…かん、ない――」

大きな手で腰をつかまれ固定されて、ぬっぬっと小刻みに前後しながら少しずつ入りこんでくるクラウス自身の、大きさと熱さに息が止まりそうだ。

「こ…んな、こんなの…――」

入ってくるものの大きさで自分が押し流される。沸騰した水が湯気になって天に昇るように、意識が朦朧としてふわふわと軽くて気持ち良くなる。押し潰されるような圧迫感や息苦しさまでが、快感に変換されて胸がきゅう…と引き攣る。

「――さすがに…狭…い」

「クラウス…ぅ…」

「ルル…」

名を呼んで腕を伸ばしたら、胸を合わせて抱きしめられながら腰を穿(うが)たれた。

すぐそばでクラウスの荒い息が聞こえる。頰を癖のない髪が撫でていくのを感じながら、ル

ルは薄く目を開き、目の前が淡い金色に覆われていることに安堵して目を閉じた。

下から上に押し上げるように何度も突き上げられて、甘ったるい声が洩れた。それが恥ずかしくて唇を噛んで耐えていたら、唇接けられて舌で舐められてから、

「声を、出して。ルルの声が…聞きたい」

弾んだ息にかすれた声で頼まれて、ふいに泣きたくなった。

——ああ…、本当にクラウスは、僕のことが好きなんだ。

不思議と、なぜか素直にそう信じられた。

だからそのあとは声を堪えるのはやめて、好きなだけ呻いたり甘えたり、泣いたり笑ったりしながらクラウスと抱き合い睦み合った。

クラウスの動きは次第に速く力強くなり、最後に声を上げながらひときわ強く押し上げられた瞬間、身体の奥に熱が迸るのを感じてルルも三度目の吐精を遂げた。

クラウスはルルの脚を下ろして乱れた髪を掻き上げると、そのまま覆いかぶさるようにルルの隣に身を横たえた。その動きでルルのなかからずるりと彼自身が出ていく。その感触がまた別の震えを生む。息を詰めてその刺激を堪えていると、温かくて大きな腕に抱きしめられた。

「よかった。とても幸せだ。ルルは？」

耳のつけ根や首筋に唇接けられ、吐息でくすぐられながら訊ねられて、ルルはぼうっとしながら「びっくりしたけど、気持ちよかっ…た」と答えた。怖かったり苦しかったりしたけれど、

終わってみれば『真に結ばれる』の意味が理解できて、ひとつ大人になった気がする。

クラウスは少しだけ身を起こして上からルルの顔を見つめ、眩しいものを見るように目を細めた。そしてそれ以上なにも言わず、微笑みながら手のひらでルルの頬を撫で、自分の胸に頭を寄りかからせて深く満足気に吐息を洩らし、目を閉じたようだ。

トクトクトクトクと常より速く脈打つ鼓動を聞きながら、ルルも目を閉じた。

✧ 喜びの朝と落胆の夜

翌朝。ルルはクラウスの腕のなかで目覚めた。

互いに裸のままなのが面映ゆく、気恥ずかしく、それでいて一線を超えた証のようで誇らしく、嬉しかった。

着替えはいつも通りフォニカに手伝ってもらって済ませたけれど、最後の仕上げの髪はクラウスが手ずから整えてくれた。お返しにルルもクラウスの髪をまとめようとしてみたのだけど、途中で挫折した。一生懸命まとめようとすればするほど散らかり、髪型名『混乱』と名づけたくなる出来映えだったからだ。

クラウスは文句ひとつ言わず、むしろ嬉しそうにされるがままになっていたけど、さすがに一国の王を鳥の巣のような頭で政務の場に送り出すわけにはいかない。結局いつもの髪型になんとか落ちついたものの、それすらもいつもより少しよれた仕上がりになってしまった。

上機嫌で微笑むクラウスに手を取られ、朝餐の間にたどりつくまでの間に侍従や女官たちに次々と、控えめではあるけれど「おめでとうございます」と祝われて、ルルはかすかに首を傾げた。そのまま朝餐の間に入ったとたん、明らかにいつもと違う様子に目を瞠る。

となりでクラウスも驚いていた。どうやら従者と召使いが秘かに準備してくれたらしい。

あちこちに花を生けた花瓶が多めに置かれ、食卓も金と青の刺繍で縁取りされた真っ白な布で覆われている。さらに運ばれてきた朝食の器も普段使いとは違った。王家の紋章入りはいつも通りだけど、それに加えて赤と緑と金色で、小さいけれど複雑な模様が描かれている。

よく見ると、それは喜びや幸や福を意味する文字だった。

そして前菜と軽い主食のあとで運ばれてきた菓子は、鶏卵よりふたまわりほど大きい卵――を模したものだった。色とりどりの花を象って切り出された果物が盛られた皿の中央に、白い糖衣で覆われた丸くつるんとした『卵』の表面には、こちらも金と青の食色材で寿を意味する文字が、美麗かつ厳かな書体で描かれている。

割ってみると中身はふわふわとした焼き菓子だ。色とりどりの乾果が練りこまれた柔麩の中心から、黄金色に煮詰めた芒果がトロリとあふれ出てくる。

「美味しい！」

ひと口頬ばって、ルルは思わず歓声を上げた。

「うん。本当に美味だな」

「でもなんで？　今日ってクラウスの誕生日とかなにかだったっけ？」

控えめに微笑みながら自分も『卵』を割って美しい所作で口に運んでいたクラウスは、目を細めてルルを見つめ、神妙な声で答える。

「いや」

「僕の誕生日でもないし…、なんでこんなに…――あ、」

首を傾げつつ、抑えめではあるが寿ぎの気配にあふれた室内と特別な食器。どう見てもお祝いの一品である卵型菓子に目を落とした瞬間、ようやく理解した。

これってもしかして、昨夜の…――。

初夜という言葉がポンと思い浮かんだとたん、顔が火照って目の前がクラクラする。

ここに来るまでの間に祝いの言葉を述べてくれた侍従や女官たち全員が、自分とクラウスが昨夜契りを交わしたことを知っているのかと思うと、このまま城を飛び出してカルディア湖に飛びこんでしまいたくなる。

その日はどこに行っても一日中、出会い頭に「おめでとうございます」とひそやかに祝福されて、ルルは照れくさく困惑して過ごした。初夜を迎えたことが城中の人々に知られていることにも大いに戸惑ったし、子ができるわけでもない男同士の関係なのに祝福されることにも戸惑った。

床入りの事実を皆に知られることは王族と婚姻の儀を挙げた者の義務ということで、なんとか受け容れて納得はしているものの、ここまで両手を上げて祝福される理由が分からない。

法外な祝福の理由は、ナディンの訪問を受けてようやく判明した。

「皆、翼神が復活することを期待しているのです」

夜になっていそいそと南翼棟——王と王侶の私的空間——を訪れたナディンにそう教えられ、ルルは納得するとともに微かな不安を覚えた。続けて「体調に変化は？」「なにかいつもと違うとか、違和感でも予感でも、なんでもいいのでありませんか」と訊ねられて、ルルは真剣に自身を顧みてみたが、特にいつもと変わった感じはない。もちろん下半身の違和感と甘いだるさは除外して。

「これといって、特になにも…」

両手を眼前に掲げて自分の指先を確認しながらルルが答えると、ナディンの表情がわずかに曇った。それを見てルルもさらに不安になる。

それまで黙ってふたりのやりとりを見守っていたクラウスが、ルルの不安を敏感に察してナディンを追いはらおうとしたけれど、ナディンは食い下がった。

「陛下、本当にちゃんと愛し合ったんですか？　妥協したり手を抜いたり」

「してない。心の底から愛し合った」

誇らしげに胸を反らして言い放つクラウスから視線を移して、ナディンはルルに訊ねる。

「ルル様はどうですか。きちんと悦びを感じましたか？　陛下とひとつになった——」

「ナディン！」

「う…、は…い。うん。ちゃんと、気持ち良かった…です」

「それはきちんと『結ばれた』という意味で、ですよね？　ルル様が女性だったら子どもが出来るという意味の交合で――」

「もちろんだ。というかナディン、お前のその明け透けで遠慮がなくて無礼で無神経な物言い、もう少しなんとかならないか？」

「すみません。言葉を飾ってる余裕がないので」

クラウスは指先でこめかみを揉みながら、眉根を寄せて溜息を吐く。

一緒に溜息を吐きたくなる気持ちを抑えて、ルルはナディンに確認した。

「翼神の復活っていうのは具体的にどんなふうに？　前触れとか、徴候とかあるんですか？」

「いえ、それは僕にも分かりません。言い伝えでは『翼神の末裔が、その運命の片翼と真の縁を結ぶとき、翼神は復活して天の浮島に舞いもどり、邪を焼きはらう宝具を見出す』とだけあって、魔族はそれを一番に怖れているんです。だからあの手この手で何千年も邪魔してきた」

翼神の末裔である癒しの民を聖域に囲い、一生に一度だけ運命の片翼を捜す旅に出すのも、運良く探し当てた運命の片翼を聖域に連れ去り、復活を果たす前に処分する――栄養豊富な食糧として食らう――ためだという。だから旅に聖導士を必ず同行させるのも、護衛のためというより監視役の意味が強い。

「条件を満たしたはずなのに、翼神が復活する兆しがないっていうのは僕に…」

本当は資格がないのでは、と言いかけたルルを遮ってクラウスが口を開く。

「ルルが翼神の末裔であることは間違いない。ならば、運命の片翼である俺になにか問題があるのだろう。だからルルが不安に思うことはない」

そう言って、すぐさま庇ってくれるのは純粋に嬉しい。

「でも…」

「大丈夫だ。翼神が復活しなかった場合の対処も考えてある。だから君は心配しなくていい」

「でも、じゃあ、翼神の復活を楽しみにしている皆にはなんて説明すれば…」

同性なのに国王の伴侶に収まったことを祝福してもらえたのも、床入りを喜ばれ祝われたのも、僕が癒しの力を持ち翼神の復活の鍵となる存在だったからだ。それが無しになったとなれば、人々の失望と落胆は計り知れない。

久しぶりに身の置きどころのない居たたまれなさに襲われてルルがまぶたを伏せると、クラウスはナディンを射殺す勢いで睨みつけながら言い重ねた。

「城の皆には俺から説明する。『翼神の復活とは、ルルがこれまで皆に与えてきた、そしてこれからも与えることになる癒しの力のことだ』と言えば、多くの者はそれで納得する」

「そんな…」

「嘘ではない。ナディンが期待していた形ではなかったとしても、君が持つその力、俺や他の多くの人々を救ってきたその力は、間違いなく翼神の恩寵だ。だから恥じる必要はないし、不安に思う必要も微塵もない。――そうだな、ナディン」

最後に念押しをされたナディンは、なにか言いたげに唇を動かしかけたものの、結局クラウスの眼力に圧された形でうなずいた。

「そう…ですね。はい。今の段階では、そのように説明するのが最善の策でしょう」


その夜。

「翼神が復活しないなら、同衾しても意味がないと思うか？」

互いに薄い寝衣一枚の姿で寝台に上がって向かい合い、君がしたくないと思うなら手は出さないとクラウスに告げられて、ルルはふるふると頭を横にふった。

「意味がないなんて…思ってない…――」

かすれた語尾はクラウスの唇に覆われて、吐息に溶けて消えた。

＊　＊　＊

「陛下とルル様が結ばれれば、絶対に翼神が復活すると思ったんですが…」

初夜から十日近くが過ぎた日の執務中。ふたりきりになった隙をとらえてナディンが愚痴ともとれる疑問をこぼす。言外に『しないのはなぜなのか』と問われた気がして、クラウスは椅子に背を預けて天を仰ぎ静かに瞑目した。

「なにかが、足りないんだろうな」

「それは？」

クラウスは無言で立ち上がり、窓辺に近づいた。降り続く雨にけぶるカルディア湖を見下ろして小さく溜息を吐き、無意識に左眼のあたりを指でまさぐる。潰れた眼球もただれた皮膚も、ルルの癒しの力できれいに治癒した。それなのに——。

「おそらく、俺に対する信頼が」

足りない。

その証拠に、ルルが暗殺者から受けた胸の傷は消えない。癒えていない。

背後でナディンが小さく息を呑む気配がする。彼が追い打ちにしろ慰めにしろなにかを言う前に、クラウスは自嘲気味に言い重ねた。

「翼神の復活になにかが足りないと言うのなら、それはルルの真心かもしれない」

「そんな…、それじゃ、どうすれば…」

珍しく狼狽えるナディンを横目で眺めつつ、どうすればいいのかと訊きたいのは俺の方だとクラウスは思う。

初夜から昨夜まで、毎晩肌を重ねて交合はしてきた。それこそ心をこめて。最初は恐る恐るだったルルも日に日に行為に慣れて、快感を強く感じるようになっている。

相性は抜群に良いのだと思う。行為の最中はクラウスも、それが翼神復活のためだなどという建前は吹き飛び、ルルとひとつになる幸福と悦楽に溺れている。ルルが得ている快感にも嘘はない。そのあたりは演技ができる女性と違って、男の身体は正直だ。気持ちよくなければ身体に如実に表れる。

ルルは身体を開いて俺を受け容れてくれている。けれど――。

心はどうなんだろう。

『僕はあなたを失いたくない』

あの言葉に嘘はない。けれど、ルル自身が思うより心のもっと深い場所で、たぶんまだ俺のことを赦していないんだろう。本人も無自覚な深い場所が、未だに傷ついて血を流している。

「俺のせいだ――」

翼神が復活しないのも、ルルの胸の傷痕が消えないのも。自分が過去に犯した過ちのせい。

「だから翼神が復活しないという理由で、決してルルを責めないでくれ。追いつめないでくれ。絶対に。あの子がこの件で少しでも負い目を感じたり、自分を責めたりしないように、細心の注意をはらってくれ。頼むから」

目的のためには配慮が疎かになりがちなナディンの肩をがっしりとつかんで、クラウスは頭を下げた。

犯した過ちは消えない。過去も変えられない。ならば、今と未来を最善の努力で創っていくしかない。そのためなら臣下に頭を下げるくらい苦でもないと、クラウスは思うのだった。

＊　＊　＊

「ということで、予想していた形での翼神復活は成りませんでしたが、代わりにルル王侶殿下にはその癒しの力を存分に発揮していただきたいと思っておりますので、ご協力のほどよろしくお願いいいたします！」

初夜から十日近くが過ぎた日。どこか吹っ切れた様子のナディンに正式訪問を受けたルルは、初夜翌日からずっと思い悩んできた重苦しい不安が少しだけ軽くなった気がした。――けれど。

「翼神が復活しないのって、やっぱり僕のせ…」

「あ、その件に関してはルル様に責任はありませんのでお気になさらず――と言っても、まあ気になりますよね」

「うん」

クラウスは『ルルのせいじゃない』と何度も言ってくれているし、心配だった城内の人々の反応も彼の根回しによってか、自分に対する非難じみた声はちらりとも聞こえない。

それでも。ルルは翼神が復活しない原因は自分にあると感じているし、その疑念をふりはらうことができない。心当たりがあるからだ。

「やっぱり、僕がクラウスのことを信じ切れてないからかな…」

「えー、あー、たとえそうだとしても、じゃあ今から信じ切りましょう！　と言って信じ切れるものでもないですし。ルル様とクラウス様の過去の経緯はだいたい存じておりますが、他人の僕から見ても、ルル様がクラウス様に心を開ききれない気持ちはわかりますし」

「わかるの？」

「ええ、まあ。僕も聖堂院に養父母を殺されまして、それも含めた諸々の仕打ちや所業が赦せずに見限った口ですし——あ、いえ。だからといってルル様にクラウス様を見限れとか言うつもりじゃないです。違います。すみません。今の話は聞かなかったことにしてください。またクラウス様に叱られてしまう」

　ナディンは「はぁ…」と溜息を吐き「何の話でしたっけ」と斜め上を見つめ、「ああそうだ」と手を叩いてルルに向き直った。相変わらずなんとも忙しない青年だ。

「翼神復活の条件については引き続き調査しているんですが、最近新たに判明したことがありまして。それは『捧げる』という言葉です」

「捧げる…」

「それが精神的なものなのか、肉体的なものなのかは分かりませんが、聖堂院の秘録には何度か繰り返してその言葉が出てくるんです。まあ、だからそれを阻止しろという文脈ですが」

「たとえば、『真心を捧げる』とか？」

ルルがふと心に思い浮かんだ言葉を口にすると、ナディンはびっくりしたように目を丸くし、それからふ…っと肩を丸めて笑みを浮かべた。

「クラウス様と同じことを仰る」

「クラウスが？」

「ええ。あなた方はやはり紛うことなき〝運命の片翼〟同士ですよ。その点は疑う余地はありませんからご安心ください」

「……っ」

口にできなかった不安を言い当てられ、それを否定してもらえたことに、ルルは自分で思うよりずっと安堵した。本当は、初夜の翌日からずっと思い悩んでいたのだ。もしかして自分はクラウスの運命の相手ではなかったのだろうか。だからハダルに邪魔されたり、翼神が復活しなかったり、胸の傷痕が癒えきらず残っているのだろうか――などと。

翼神が復活しないのも、自分に資格がないからじゃないかとか、もしかしてクラウスには自分より相応しい相手が他にいるんじゃないかとか。放っておけばありとあらゆる不安がとめどもなく湧き出てきて、心安まるのは夜、クラウスに抱かれて、自分もクラウスを抱きしめ返し、互いに繋がってひとつになって熱を与え合っている間くらいだったのだ。

「そっか。ならよかった。――でも、翼神は復活してくれない…」

「ええ。ですから、その件でルル様が負い目を感じないように、ぜひともルル様にしかできない大切な仕事をお願いしたいのですが、よろしいですか？」

「仕事？　僕に？」

国王(クラウス)の伴侶になってから、王侶らしい責務はなにひとつ課せられてこなかったルルにとって、自分にしかできない『仕事』を頼まれるというのは、想像以上に嬉しいことだった。

「はい。まずは癒しの力をこめた護符作りをお願いします。これを貼った対象は攻撃を受けても損傷を受けにくくなるというものです。それから癒しの力を浸透させた防護服や防護用具の作製。主に騎士階級の方々の甲冑(かっちゅう)や防具などですね。さらに重要なのは備蓄食料の防腐処理。水場を護(まも)るための防護措置も。そして最終的には、王城全体を護るための防壁(シールド)作りもルル様の力を借りたいと思っています」

「それは…、一体どうやれば？」

自分の力を当てにされるのは嬉しいが、言われた内容の突拍子のなさにルルは目を丸くした。

「方法はこれからお教えします。ルル様にはまず、癒しの力を自在に使いこなし、護符や武具に転化するための訓練をしていただきます」

その日からルルは毎日ナディンの指導の下、癒しの力を意図的に操る訓練に勤(いそ)しんだ。

基本は癒しの力を使って人の怪我や病気を治癒させるときと同じ。精神を統一して、自分を一本の筒――天から流れこむ力の導管となり対象に注ぎこむ。

違うのは、そのとき心に思い描く〝意図〟だ。護符にこめるのは『治癒』ではなく『加護』。

受ける打撃を和らげ、邪気や怨念を断ち祓い、相手の攻撃を弱体化させる。攻撃は物理的な殴打や斬撃だけではない。

「対聖堂院――魔族戦で怖いのは、奴らが無数の生贄の血から造り上げる兵器です。それは物理的な破壊力だけでなく、怨嗟や怨念といったものを撒き散らして攻撃対象を汚染します」

汚染は人の心を疑心暗鬼に導き、不和を招き、傷の治りを遅くし、清浄なものを腐敗させる。

そうした攻撃を防ぎ、防ぎきれなくとも弱体化させ、損傷を受けた場合も汚染を食い止め浄化するために護符がある。

「要するにルル様の代わり身のようなものですね。攻撃を受けた場所や人にその都度ルル様が駆けつけて力を使っていたら、ルル様が何人いても足りません。ですから戦がはじまる前に、先に護符をなるべくたくさん作っておくんです」

「なるほど」

ルルは訓練しながら試作を繰り返し、少しずつ効力の高い護符を作れるようになっていった。力の加減ができずに眠りこんでしまうことなく、毎日一定量が作れるようになり、余裕ができてきたところで、次は騎士たちの甲冑や防具に力を浸透させる作業に入った。

「甲冑の内側に護符を貼るという方法もあるんですが、それより直接浸透させる方が効力が強くなるので。戦闘力が高く、指揮能力のある騎士の皆さんの損耗はなるべく避けたいので。念入りにお願いします」

試しに癒しの力を浸透させた甲冑や手甲、脛当てなどを使って戦闘訓練をしてみると、力いっぱいの打撃を受けてもほとんど衝撃を受けず、なかの人間にも損傷がない。試した騎士が「これは素晴らしい」と感激して仲間に触れまわったので、彼らの間でルルの評価はうなぎ登りに上がりまくっている。それこそ『翼神の復活はどうなったのだ』などと誰も思い出す暇がないほどに。

ちなみに怪我をした場所に護符を貼ると、ある程度までの傷ならふさがる。ただし、そうするとその護符の効力は消えてしまうので、使い所は考える必要がある。

「軽傷には使わないよう注意が必要ですね。護符を扱う人たちには管理を徹底するよう言っておきます」

毎日ルルに付き添って癒しの力の新しい使い方を伝授しているナディンは、言うが早いか、懐から水晶盤を取り出して各所に伝達しはじめる。それを眺めながら、ルルはふう…とひと息ついて空を見上げた。

癒しの力を使いこなすための訓練をしているうちに、雨季はいつの間にか終わり、今は乾季がはじまったところだ。雨季に降り続いた雨によって大地は潤い、緑は青々と茂り、王都の中心にあるカルディア湖も満々と水を湛えて、国の穀倉地帯を潤す豊かな水源となっている。

からりと晴れ上がった濃青色の空を見上げて、ルルは目を閉じた。

鳥の囀りが頭上から降ってくる。王城のいたるところで咲きほころんでいる花々の馥郁とした香りが、ルルが作業している中庭にもただよってくる。水盤から流れ落ちる清らかな水音が聞こえ、その水に戯れる羽虫や小鳥の姿が目にやさしく映る。

　平和で満ち足りた世界。それが、いずれ戦渦に巻きこまれるかと思うと、胸が痛む。

「たとえば…だけど、僕が自分で聖域にもどったら、戦は回避できるのかな?」

「それは無理でしょう。クラウス様がそんなことは許さないでしょうし、僕も賛成しません。ルル様が戦争回避を理由に聖域へもどったりしたら、クラウス様はその足でルル様を奪い返しに聖域に乗りこみますよ。魔族が嫌う海の加護があるこの国（アルシェラタン）で奴らを迎え撃つより、格段に危険度が増す行為です。お薦めしません。というか、絶対にやめてくださいね」

　そんなことをされたら僕がクラウス様に縊（くび）り殺されますと、ナディンが自分の首を絞める滑稽な仕草をして見せたので、ルルは「うん。ごめんなさい」と素直に謝った。

　元聖導士、ゆえに魔族でもあるナディンに対して、最初は抵抗感があったルルだが、癒しの力の使い方を指導されるうちに様々な話をするようになった。

「魔族といいましても、僕は自分に憑依（ひょうい）したそれを完全に抑えこんでいるので、正確には『魔族を身の内に飼ってる人間』という感じですかね」

　ナディンは飄々（ひょうひょう）とした表情でそう言って、自分がどうやってそれを成し得たのかを生い立ちを含めて手短に説明してくれた。そのお陰でルルの苦手意識はぐっと減り、ひと月が過ぎる頃には気安い友人のように話せるようになっていた。話題はルルがアルシェラタンを追放されてから帰ってくるまでの間、ルルが知らない二年間のクラウスのことが大半だ。

「僕が初めてこの国(アルシエラタン)に来た頃のクラウスの評判って、わりと散々だったんだけど、いつの間にこんなに評価が良くなったのか知ってる？」

ナディンはかいつまんで、クラウスが長年の仇敵(きゅうてき)だった叔父――前王弟一派を駆逐した経緯を説明し、さらに以前の評判の悪さはその叔父一派の工作によるものだったと教えてくれた。

さらに人気が高まった理由として、税の軽減、警邏(けいら)組織を正式に発足させて国内治安を安定化したこと、外国から送りこまれてくる人身売買組織や誘拐組織の摘発、軍隊の整備といった功績を数え上げる。

税を軽減したのに、それらを実行するために必要となる資金はどうやって調達したのかと訊ねると、ナディンは胸を張りつつ照れるという器用な仕草をしながら説明してくれた。

「財源は僕が見つけた『銀喰い草』と『金喰い草』です」

根の部分に銀粒と金粒を集めることから命名された銀喰い草と金喰い草は、初潮前の乙女と、閉経後の女性によってしか収穫できない植物で、争いの気配があると枯れる。血を浴びても枯れる。強引に奪われてほかの地に移植されても根づかない。すなわち盗み出しても意味がない。

アルシエラタンでは前々からいくつかの河川で砂金が採れ、国の主要な財源になっていたのだが銀喰い草と金喰い草の発見により、国庫は飛躍的に潤っているという。

それはすごい。大手柄じゃないかと讃(たた)えると、ナディンは「ははは。それほどでも」と頭を掻(か)きつつ、思い上がることなく開けっぴろげに称賛を受け容れて謙遜してみせた。

改めてナディンが持っている知識量はすさまじいと思う。

対聖堂院――対魔族戦に向けて、クラウスがナディンを頼りにするのは当然だ。

自分も負けないよう、自分にできる精いっぱいの努力をしようとルルは心に誓い、毎日、目のまわるような忙しい日々を過ごした。

護符作りと甲冑や防具に癒しの力を付与する他に、毎日続々と仕上がってくる備蓄食料に癒しの力を注いで防腐力を上げるのも、ルルに任された重要な仕事だ。乾果や干し野菜、穀物、穀物粉、豆類、干し肉、塩漬け肉、酒など、戦が長引いたり籠城した場合を想定して、ルルは毎日力を注いでまわっている。

力を使えば、当然だけど寿命は減る。

そして滋味(エナジア)の補給が間に合わないと寿命が縮んだままになることを、ルルは未だにクラウスに言えないでいる。

言えば、せっかく任された自分にしかできない仕事を取り上げられてしまいそうで。

本当は自分で思うよりもずっと深く強く、翼神が復活しなかったことに衝撃を受け、落胆している。条件を満たせなかった自分には、クラウスの伴侶である資格が本当はないいんじゃないかと怖れている。

――僕は役立たずになって、見捨てられるのが怖い。

深い轍（わだち）に嵌（は）まった車輪がその轍跡通りに進んでしまうように、ルルの考えはいつもそこに行きついてしまう。どうしてもその道筋から外れることができない。

「翼神さえ復活してくれてたら、こんなふうに考えずにすんだのに……――」

もうとっくに癒えたはずの胸の傷がツキリと痛んだ気がして、ルルは胸元を鷲（わし）づかみして押さえ、深くうつむいて目を閉じた。


癒しの力を使った戦の準備の他に、新しくルルの日課になったことのひとつに、護身術の訓練がある。ルルが自ら望み、クラウスも反対しなかったので実現した。

まずは体力作りと基礎の動きを徹底的にくり返す。そして人間の急所と相手の動きの見極めかたを覚える。その上で武器を手にして基本の動きをひたすら繰り返し、無意識でも反応するまで身体に染みこませる。

「多くを覚える必要はありません。殿下の場合、攻撃または反撃の好機（チャンス）は一回しかないと思ってください。敵が油断してるか、気が逸れたときの一度だけ」

ルルの指導に当たった元護衛副隊長で現隊長のバルト・ル＝シュタインは、亡くなった兄よりも端整で近寄りがたい顔を、精いっぱい和らげて説明した。

基本的に人当たりがやわらかくて笑顔をよく見せていた兄（トニオ）に比べ、弟のバルトは容易に人を寄せつけない雰囲気がある。本人は普通にしているのに睨みつけているると思われてしまう、目つきの鋭さのせいもあるだろう。就任当初、ルルが『本当は僕の護衛につきたくなかったんじゃないか』と心配になり、クラウスに相談したほどだ。

クラウスから間接的にルルの心配を聞かされたバルトは、以来、ルルに話しかけたり話しかけられたりしたときは意識して表情を和ませるようにしてくれている。

「敵わない相手だと思ったら、一目散に逃げてください」

「それは得意」

いざとなったら鳥の姿に変化して逃げだす。そのために、ふたつの指環はまとめて白金の鎖に通して首にかけるようにしている。変化したとき素早く咥えて逃げられるように。

「良いご判断です。悔しくとも一矢報いようなどとは思わず、まずはご自身の身の安全を図ってください。殿下のお命は、陛下と同等の重みがあるのですから」

「…うん。はい」

自分が下手に動いて人質になったりすれば、それこそクラウスとアルシェラタン王国にとって大打撃になるということは、さすがに理解している。ルルは素直にうなずいた。

✧　嵐の予兆

中央聖堂院から派遣された特使が王都キーフォスに忽然と現れ、アルシェラタン王城を訪れたのは、聖暦三六〇一年二ノ月下旬のことだった。

季節は晩冬。春の訪れを予感させる湿った雪が日々多くなってきた頃合いだ。

特使はすみやかに王との面会を要求してきた。

国王クラウスはそれを許し、謁見の間で特使と対面することになった。

特使の名はウガリト。三年前までハダルの監視役として中央から派遣され、アルシェラタンに滞在していた聖導士だ。

クラウスは謁見の間に近づかないようルルを遠ざけたが、ルルは護衛隊長に頼みこんで秘密の通路を使い、王の近衛が謁見の間の様子を見聞きし、いざというときは飛び出せる隠し部屋に入れてもらった。どうしようもなく嫌な胸騒ぎがしたからだ。

ウガリトは簡単な再会の口上を述べると、すぐに本題に入った。

「こちらの城中に、聖域から許可なく逃げ出した〝癒しの民〟がいると——、しかも中央大聖堂院に報せもせず王侶として遇していると聞きおよび、急ぎ迎えに参上いたしました」

やっぱり…と、ルルは狭い隠し部屋のなかで唇をかみしめた。

――とうとう僕のことがバレたんだ。

「本来なら、聖堂院に無断で癒しの民を匿うことは重罪中の重罪。アルシェラタンにはしかるべき罰を与え、その者の返還を要求するところですが――。すでに国王陛下と特別な絆を結ばれ王侶の位にあるとのこと。それを引き裂くほど我々は頑迷ではありませぬ」

特別な絆という言葉に含みを持たせたのは、クラウスとルルが運命の片翼同士であることまで見抜いているからなのか。ウガリトは胸を反らし、芝居がかった身ぶり手ぶりで語り続けた。

「中央の聖導嗣猊下は寛大な判断を下されました。此度の件を不問に付す代わりに、王侶殿下となられた癒しの民とともに、アルシェラタン国王クラウス陛下には、ぜひ一度中央大聖堂院に足をお運びいただきたいと」

「なるほど。直接出向いて詫びを入れろということか」

――駄目、クラウス！　行くなんて絶対言っちゃ駄目だよ。そいつらの言う通りにしたら、絶対生きて帰って来られなくなる……！

のぞき穴から謁見の様子をじっと見守っていたルルは、今にも叫びだしそうな口元をにぎり拳で押さえた。玉座に座したクラウスは、ルルに対するときのやわらかな態度からは想像もつかないほど硬質な気配をまとったまま、冷笑を浮かべてウガリトを睥睨して言い放つ。

「断る」

「なんですと…ッ⁉」

ウガリトは血走った目をカッと見開いたかと思うと、次の瞬間、右手を高く掲げた。

一緒に待機していた護衛たちが異変を察知して隠し扉を蹴立て、即座に飛びだしてゆく。

ウガリトの右手から、暗い血の色をした飛沫（しぶき）のような、光とも水流ともつかないものがクラウスに向かって一直線に放たれる。護衛たちでは間に合わない。

「危ない…ッ！」

護衛に続いて飛び出そうとしたルルは護衛隊長（バルト）に引き留められながら、必死に両手を広げて防御膜（シールド）を展開した。

ぎりぎりクラウスの手前で展開した防御膜（シールド）が、血色の飛沫を浴びて酸に侵蝕（しんしょく）された金属のようにほろほろと輝きながら散っていく。

攻撃を避（よ）けるために素早く身を屈（かが）めて床を一回転していたクラウスは、かけつけた護衛たちの身を挺（てい）した防壁に囲まれながら、その様子を呆然（ぼうぜん）と見つめて叫んだ。

「衛士！　この者たちを捕らえよ！」

クラウスが言い終わる前に飛びこんできた警備兵たちと護衛たちによって、特使ウガリトと随行員はその場で取り押さえられて装身具類をすべて剝ぎ取られ、速やかに運び出された。行き先は地下の牢獄（ろうごく）だ。

「ルル！　なぜここに…⁉」

聖導士に見つからないよう、離れた場所に隠れていろと言ったのに。そう言いたげなクラウスの声にルルは叫び返した。

「心配だったんだ！」

拳をにぎりしめて言い返しながら駆け寄り「怪我は⁉」と訊ねる。

「ない。大丈夫だ。さっきのルルの防御膜(シールド)のおかげだ。ありがとう」

心配で濡れそうな思いで両腕を広げ、頭や胸をさわって怪我の有無を確かめていると、クラウスに抱きしめられた。ルルもクラウスを抱きしめ返す。強く、胸に顔を埋めながら、

「これから、どうなるの…？」

くぐもった声の問いに、クラウスがひと呼吸置いて静かに答える。

「おそらく、戦いになる」

ルルは目をぎゅっと閉じて、クラウスの背中にまわしていた腕にさらに力をこめた。

＊　＊　＊

クラウスはルルを伴って軍議を開くと、かねてより計画していた作戦を実行に移すよう各局の長官に命じた。

まずは、大陸の地下を縦横に走っている古代の遺構——現在、聖堂院が独占している地下坑道——の制圧。全面制圧は無理でも同盟諸国の地下部分、できれば各国の連絡通路は確保したい。そのための準備は着々と進めてきた。今が決行のときだ。

同時に、沿岸同盟諸国と時宜（タイミング）をあわせて聖堂院の正体を一斉流布（るふ）する。公告、商人たちの情報網、噂話（うわさ）、吟遊詩人による宣伝など、あらゆる手段を使って同盟国の民に真の敵を知らしめ、対聖堂院戦への機運と心構えをうながすのだ。

そして、おそらく真っ先に聖堂院の攻撃対象になるだろう国（アルシエラタン）内では、開戦に向けた準備と迎撃態勢のさらなる強化をはかる。

「地下道って、旅の帰り道で使ったあれ？」

ハダルに同行していた聖導士（ラドウラ）が地下の遺構にある石盤を撫でてなにやら呪文を唱えると、光る大きな皿のような乗りものが現れて、不眠不休の早馬もかなわないほどの速さで移動できた。

地下道の記憶と一緒に嫌なことも思い出したのか、無意識にだろう眉間に皺（しわ）を寄せたルルの問いに、クラウスは手をのばし、指先でルルの額をそっと撫でながらうなずいた。

「そうだ。同盟国の圏内では使用できるよう、残せる場所は残すが、制圧が無理な部分は破壊してしまう。幸いナディンが移動機構を一時的だが無力化する方法を知っていたから」

その上で、聖堂院の支配圏に通じる出入り口はすべて封鎖する。方法は各国の裁量に任せてはいるが、基本的には硬岩や金属板で封鎖して、混凝土（コンクリート）で塗り固めるというものだ。煉瓦（れんが）よりもはるかに硬く頑丈な混凝土の生成技術も、ナディンが発案したものだ。

「発案というか、古代の技術の復刻ですね」

自身が世界にもたらしている知識の重要性と価値を考えれば、もっと自慢しても構わないのに、ナディンは相変わらず飄々とした態度で説明を加えた。

「材料が足りないので、古代と同じもの…強度というわけにはいきませんが」

クラウスの指先に慰撫されて表情をやわらげたルルは、そんなナディンに視線を向けながら、封鎖した出入り口を突破されたらどうするのかと心配した。

「贄の儀で作りだした兵器を使われたら？」

なかなか鋭い疑問だ。

「封鎖部分は、一部を壊すと全体が崩れる構造にしてあります」

ナディンの説明にクラウスも言い添える。

「哨戒のために軍兵も常駐させている」

ナディンの協力によって網羅された地下坑道と、国内に数カ所ある出入り口の印が描きこまれた地図を見せながら説明すると、ルルは熱心に見入ってうなずいたり考えこんだりしている。

軍議はさらに敵の進軍行路の想定と、それに合わせた迎撃準備についてに話題が移った。

予想では内陸部に接する東の国境線〝竜の背骨山脈〟側からの進軍が濃厚。

海側からの可能性は低いだろうと皆の意見が一致して、東の国境に派遣する軍の規模と駐留場所の選定に移ろうとしたところで、ルルが「嫌な予感がする」と言いだした。

皆の視線が一斉にふわふわと揺らめく黒髪に向かう。

「嫌な予感とは？」

軍務長官の問いに、ルルは地図を見つめながら独り言のようにつぶやいた。

「聖導士は海を嫌って寄りつかない。でも、絶対に来ないって言える？　水…靄、なにか黒い塊が予想もしない場所に現れる…──ような気がする。海、川、湖…──」

ルルは地図に描かれた海沿いの街カプートから遡上して、王都に広がるカルディア湖までの川沿いを指で何度もたどりながら、夢でも見ているかのように、確証のない言葉を紡ぐ。

発言者が〝聖なる癒しの民〟〝翼神の末裔〟であるルルでなければ、世迷い言として一笑に付され、無視される類いの意見だ。だが軍務長官は真面目な顔で王にうかがいを立てるよう視線を向ける。クラウスはそれに応えてうなずいてみせた。

「確かに王侶の意見には一理ある。念のため海側にも兵を派遣して哨戒に当たらせよう」

クラウスが決を下すと、意見を述べた当人がびっくりした表情で顔を上げた。まさか自分の言葉が採用されるとは思わなかったらしい。焦った様子で周囲の長官たちをみまわし、最後にクラウスの顔を見つめて、申し訳なさそうに肩をすぼめてうつむく。

クラウスはルルの肩にそっと手を添えて、自信を持てと伝えた。

「王侶の着眼点は、我々にはないものがある。これからも遠慮なく意見を述べて欲しい」

王の言葉に、議会の間に集った面々も同意を示して厳かにうなずいてみせる。

ルルはおずおずと顔を上げ、クラウスを見て、小さく遠慮がちだがしっかりと首肯した。

彼を軍議に参加させるか否か迷ったが、参加させることにしてよかったとクラウスは思う。

本音では安全な場所に置いて、恐いことや不安になるようなことは耳目に入れず、心安らかな日々を送って欲しい。

けれど同時に王侶として、王とともに歩む者として、常に傍らにいて欲しいとも思う。

なによりも、難しいことは見せず聞かせず、ただ心安らかに楽しく日々を過ごして欲しいという自分の独りよがりな願いのせいで、ルルから『知る権利』を奪いたくないと、クラウスは己を誡めている。

もちろんルルが『難しい政や、戦の話は聞きたくないし考えたくない』と言えば、その願いを叶えただろう。逆に自分も参加したいと願うなら、クラウスは己の我情を抑えてルルの気持ちを優先したいと思っている。

軍議のあとルルを南翼棟の私室に送りとどけたその足で、クラウスは再び主翼棟の執務室にもどった。『知る権利』を奪いたくないという決意とは矛盾しているが、ルルの耳には入れたくない問題を話し合うためだ。

「同盟諸国の反応は？」

「基本的には協力的ですが、未だ『翼神復活』が成されないことに不信感を抱いて様子見を決めこんでいる国もあります」

いくつかの沿岸国の名を挙げて報告する軍務長官に、クラウスは眉間に皺を寄せながらうなずいた。

聖堂院勢力を駆逐して聖域を奪取することを共通の目的に、沿岸諸国と同盟を結んだときの決め手になったのは『翼神復活』だ。それがなくなったとすると、対聖堂院戦で共闘するにしても尻ごみする国が出てくるのは当然だろう。

この半年の間に、援軍派遣の条件見直しを要請してきた国も多い。もちろん戦略自体も大きく編み直す必要に迫られている。

「ルル様のことも露見してしまいましたし、特使のウガリト殿も捕まえて牢屋にぶちこんじゃったし、ついでに僕が聖堂院を裏切ったこともついにバレたっぽいので、真っ先に侵攻されそうなのが我が国(アルシエラタン)なんですよね」

ナディンが「ははは」と力なく笑って茶化すと、イアル・シャルキンが「笑ってる場合か」と釘を刺す。

「聖堂院側にナディンの裏切りを知られたということは、これまでのように情報を得られなくなるということか――」

いつかはそうなると覚悟はしていた。だが、彼がこれまでアルシェラタンにもたらしてくれた様々な情報と恩恵を考えると、その優位性を失ってしまうのは本当に惜しい。

「あ、情報に関しては、これまでより危険で難しくはなりますが、まったく入手できないわけではないのでご安心を」

「そうなのか⁉」

　クラウスより早く、イアルが驚いて確認する。

「ええまあ。中央大聖堂院を出るまえにいろいろ抜け穴を作っておいたので、それを利用したり隙をついたり隠し技を使ったりして」

「その情報というのは、いったいどうやって入手してるんだ？　前々から不思議なんだが」

　イアルの問いに、執務室に集っていた他の面々――軍務長官や内務長官（アルベルト・バッカス）、護衛隊長（バルト・ル＝シュタイン）、各騎士団長なども首を傾げてナディンを見つめる。

「説明するのは構いませんが、たぶん訳がわからないと思いますよ？」

　ナディンの答えに、幾人かが警戒したのを察知したクラウスはやんわりと手を挙げた。

「誤解するな。別に秘密にしたくて誤魔化してるわけじゃない。俺も以前教えてもらったが、確かに訳がわからなかった。だが、まあ、簡単に言うと『夢のなか』で情報を得るそうだ」

「夢⁉」

「喩えです。もっとくわしく言うと、目が覚めてるときと同じ感覚で動ける夢とでもいうか。こうやって手で触ったり目で見たり五感で確認できる物理的な世界とは別の場所…空間、領域、次元…う～ん、なんて説明すればいいんでしょうね。とにかくそういう場所に魔族たちが溜めこんできた情報が膨大にあって」

ただし、それは整理されておらず、すべてが混沌とした状態なので、そのなかから目的の知識や情報を得るにはコツがいる。

「正しく問わなければ、欲しい答えが得られないんです」

「なるほど」

うなずいたあと「訳がわからん」とイアルが小さくつぶやくと、他の面々も同様にうなずいて首を傾げた。しかしナディンの情報源に関して、未だ聖堂院とつながっているのではないか、二重内通者ではないかと疑っている重臣たちはそれで少し納得したようだった。

他にもいくつか報告を受け、指示を出し、打ち合わせがひと段落して会議は終了した。

執務室にもどる途中でナディンがふと思い出したように訊ねた。

「そういえば、ウガリト殿の処遇はどうなさるおつもりですか？」

「尋問したあと処刑する」

執務室の前で立哨している護衛騎士が開けてくれた扉をくぐりながら、感情を消して答えると、ナディンも当然のようにあとに続いて入室してくる。

「それがよろしいでしょうね。ウガリト殿は『血の記憶』を持つ高位家格の出身。拷問されようが懐柔されようが同朋を裏切ることはないでしょうから、生かしておいても使い途がない」

クラウスはちらりとナディンを流し見て目を細めた。情を挟まず損得勘定に徹した判断が下せるところはイアルと似ている。ふたりの仲があまり良くないのは同類嫌悪でもあるのか？

などと思いつつ、気になった言葉について訊ねた。

「『血の記憶』というのは？」

「言葉のとおりです。魔族は憑依した肉体の血脈によって記憶を受け継いでいます。その意味では人の肉体に依存してますね。その血脈が長ければ長いほど位が高い。いわゆる貴族です。その最も高い位は『翅』。聖導翅聖下と呼ばれています。翅は源初からの記憶を保っていると言われていて、その記憶を保つことだけが存在目的になっています。だから下界の事柄には関わらない。中央を頂点にした世界中の聖堂院を実質的に統べているのは『嗣』。聖導嗣猊下と呼ばれています」

「なるほど。それが敵の頭目か」

「魔族を弱体化させるなら『翅』を斃すのが一番手っとり早いのですが、護りも一番強固です。奴らの力の源泉は記憶でもあるので、それを壊していけば、いずれ贄の儀も行えず、自分たちが何者でどこから来たのかもわからなくなり、元の無秩序で害悪なだけの寄生体に成り下がるでしょう」

「そして、人間の赤子に憑依して周囲を不幸にする？」

「人の手で殺せるのは憑依している器、肉体だけなので——。魔族自体を滅せる武器、または宝具が、天の浮島のどこかに封印されているという言い伝えがあります。だからどうしても、翼神に復活してもらいたいんですが……――」

ナディンは「はぁ…」と大きく溜息を吐いて両手で頭を抱えた。鳥の巣のような髪がさらに乱れてくしゃくしゃになる。けれど当人はまるで気にしていない。

クラウスは執務室の窓辺に立ち、みぞれまじりの雪が降りしきる曇天から、幾筋か射しこんで地上を照らすあわい陽光に目を細めた。

「『捧げる』以外に、なにか示唆する情報は見つかったのか?」

「――いいえ。申し訳ありません。新しい情報は、まだ」

「そうか…」

中央大聖堂院からの使者であるウガリトを処刑する以上、開戦は避けがたい。

ルルと、多くの民たちを護るためには戦う以外に道はない。

――天におわす翼ある神々よ。ルルと民を護るためなら、俺はこの身を捧げる覚悟だ。だからどうか、魔族たちとの戦いに加護を与えてくれたまえ。

クラウスは窓辺に射しこんだ光の筋をにぎりしめ、迫りくる戦いの困難さを憂いて歯を食いしばった。

大陸中央、すなわち聖域にもっとも近いふたつの国が共謀して、国境を接する隣国ウォルドに侵攻を開始したのは、それからふた月足らず後。聖暦三六〇一年四ノ月のことだった。

❋　❋　❋

ウォルドはアルシェラタンの真東、竜の背骨山脈を境に接する隣国のひとつだ。残念ながら同盟国ではない。そのウォルド国王からクラウスのもとに救援を求める使者が到着したことで、城内はにわかに気色ばみ、臨戦態勢に入った。そうして一ヵ月が過ぎた。

「ウォルドに援軍を送るの？」

眺めと風通しの良い露台のひとつで摂（と）ることになった昼食の席で、ルルは気になっていた案件について訊ねてみた。

日除（ひよ）けに張られた紗幕（しゃまく）の下、折り畳みの簡易食卓（テーブル）が広げられ、白い布が敷かれる。その上に大きな籐籠（とうかご）に詰めこまれて運ばれた焙（あぶ）り肉、薄切り麺麭（パン）、新鮮な野菜、果物、乳脂（バター）、乾酪（チーズ）などがところ狭しと置かれ、主だった長官たちや将軍、側近たちと参謀が相伴に与（あずか）っている。

蜜漬けの乾果に乳脂（バター）を混ぜたものをたっぷり塗りつけた麺麭（パン）を頬張ったルルに、クラウスが野菜も食べろと皿に盛りつけ、その横に骨付きの焙り肉を食べやすく解して置きながら答えた。

「いいや。非同盟国に軍兵を派遣する余裕は、今のアルシェラタンにない。自国の防備と、同盟国の要請があったときのために備えるだけで精いっぱいだ」

　そう言いながら親鳥が雛(ひな)に餌をやるようにかいがいしくルルの世話を焼くクラウスの様子に、相伴に与っているパッカスやイアル、軍務長官等が微笑ましさと微妙な困惑が混じった表情で見守っていた。ナディンだけは見慣れた様子で自分の食事に集中している。

「とはいえ、ここでウォルドを見捨てると次はアルシェラタンが標的になりかねません」

　優雅な手つきで切り分けた肉を無表情に咀嚼(そしゃく)していたイアルが、呑みこんでから答えた。

「それに救援要請を断ったことを恨まれて将来の禍根になるのも避けたいので、物資だけ援助することになりました」

　会話はさらに、援軍要請自体が陽動の可能性があること。ウォルドだけでなく他国の動静にも注意が必要であること。その際に抑えるべき要衝の確認など、本来ならば軍議でなされるような内容がぽんぽんと飛び交う。

　ルルは自分が聞いてもいいのだろうかと心配になり、となりで黙々と麺麭(パン)に挟んだ薄切りの燻製(くんせい)肉と野菜を咀嚼しているクラウスに、ちらりと視線を向ける。

　クラウスは大丈夫だと言いたげに大きくうなずいてから、そっとルルに耳打ちした。

「ウガリトの事件以来、君がいろいろ不安や疑問を抱いているようだと護衛隊長(バルト)から聞いた。すべてというわけにはいかないが、国の現状を知ってもらおうと思って彼らを相伴させた」

　良い機会だから知りたいことがあればどんどん質問して構わないと言われて、ルルは一番の疑問を口にした。

「ウォルドが侵略された理由って、やっぱり贄の儀のための人間をさらうためですか？」

「十中八九そうでしょう」

重々しくうなずいた将軍の答えに、イアルが補足を加える。

「大陸で勃発する戦のほとんどすべてが、原因をたどれば生贄欲しさに起きています」

そのあと続いた彼の説明を要約すると、次のようになる。

中欧諸国が贄の儀を好む理由は、便利で効率的な道具を使いたいから。

そのためには継続的な生贄の供給が必要。だから生贄欲しさに他国を侵略。

侵略戦争で勝つために強力な武器が必要で、そのためには贄の儀が必要になる。

そんな救いのない糸車をぐるぐるまわしているせいで、いつまでたっても戦がなくならない。

もちろん、侵略された側がいつでも一方的に負けるわけではないけれど、だいたい七対三の割合で贄の儀推進国が勝っているという。

「でも、そんなことを続けていたら、そのうち人間が少なくなりすぎて困らない？」

「そのあたりは聖堂院がうまく調整してます」

飄々と答えたナディンに、イアルが無意識にだろう眉根を寄せる。

「そういうのを飼い殺しというんだ。やはり悪循環は元から絶つべきですね」

一同がうなずく。ここにいる皆はクラウスが提案した『対聖堂院戦』という壮大な挑戦に、基本的に賛同しているそうだ。けれど。

聞けば聞くほど事はそう簡単にいかないことがわかる。アルシェラタン一国でどうこうなる問題ではないし、戦いでもない。

「だから同盟を組んで、贄の儀反対派同士で協力するんですよね？　前にもそうやって対抗しようとした国はなかったんですか？」

ルルの素朴な疑問に、一同がそれぞれのやり方で溜息を吐いた。

「昔は何度かそういう試みもあったが……――」

「三五六八年の〝エイウェルの悲劇〟。エイウェル王国陥落事件ですね」

ナディンの指摘に、クラウスが重々しくうなずく。

「ああ。あの戦争以来、多くの国は贄の儀推進国との争いを避けたがっている」

「気持ちは分かります。私の生まれる前のことですから当時のことは記録でしか知り得ませんが、凄惨な結果になったと。エイウェルの民は今でもバトワ、レグバ、そしてアウ＝リサの奴隷として命と労働力を収奪されているのに、周辺諸国は助けることもできないでいる」

「〝エイウェルの悲劇〟って……？」

初めて聞く不穏な言葉に、ルルが首を傾げておそるおそる訊ねると、クラウスは食事の手を止めて目元をゆがめ、低い声で話しはじめた。

「三十三年前。反対派の雄だった東の大国エイウェルが、推進派である西隣国のバトワと南隣国のレグバに挟撃されて倒れ、三千万ほどいたエイウェルの民すべてがレグバとバトワ、さらに両国を扇動して策を授け、贄の儀で得た兵器や物資などを支援した中央諸国のひとつアウ＝リサの奴隷、すなわち贄の儀用の家畜に堕(お)とされた事件だ」

このことは当時も今も、大陸中の贄の儀反対派国の深い心の傷(トラウマ)となっている。

規模は小さいながらも同様のことはもうずっと長い間、大陸中の至るところで間歇泉(かんけつせん)のように起きていたという。しかし。

国力もあり戦力も高かった大国エイウェル陥落の報と、その後エイウェルの民が味わった悲惨極まりない待遇については、遥(はる)か遠く離れた国々を震撼させるのに充分だった。

大陸の東端と西端ほどにも離れたアルシェラタンにもその報せは届き、当時国王だったクラウスの父も『エイウェルほどの大国でも斃(たお)れるのか…』と愕然(がくぜん)とし、人身売買組織や誘拐組織の黒幕国への報復戦をためらい、思い留まったという。

クラウスも〝王の証〟を捜して大陸各地を旅してまわっている間に、風の噂でどこそこの国がどこそこに攻め入ったとか、勝った負けたという話はよく耳にしたと告げた。

「それでも。諸悪の根源である聖堂院に弓引くという発想が、そもそも自分たちにはなかった。祖先たちも同様だ。せいぜい豊かな中央から聖導士が忌避して近づかない海沿いの地域に逃げ出し、痩せた土地を開墾して国を建てるのが精いっぱいだった――」

それなのに、同盟国を募って対聖堂院戦をクラウスが決意したのは…僕のためだ――。

以前そのことを教えてくれたイアルをちらりと見てから、ルルは食卓(テーブル)の下で両手をにぎりしめた。

——僕のためにクラウスも皆も危険を冒そうとしてる。それなのに僕は…どうして……。

どうして翼神は復活してくれないんだろう…。

気にするなと言われても、気にしないわけにはいかない。アルシェラタンの命運が自分の肩にかかっているような重圧に胃が痛くなる。

いざとなったら自分の命などなげうっても、アルシェラタンとクラウスを護らないと——。

「聖堂院が〝贄の儀〟の対価として与える兵器は、それだけ凄まじい威力がありますからね」

淡々と事実を告げるナディンの言葉に、ルルも皆と一緒に慄然とした思いで背筋を伸ばした。

風が吹いてどこからか花びらが舞いこんでくる。

誘われて視線を上げると、陽射しを弾いてきらめくカルディア湖の美しい姿が目に入った。

小波立つ銀色の湖面には商船や漁船がいくつも行き交い、岸壁沿いに点在する街の姿が遠くまで見はるかせる。街の周囲には豊かな緑や果樹園、畑や牧草地が広がり、整備された街道は荷馬車や騎馬、行商人や旅人でにぎわっている。

平和なひととき。おだやかな日々のひと幕。それを聖導士たちの思惑や、生贄欲しさの戦で失いたくない。クラウスが必死に護ろうとしているものを、自分のせいで壊されたりするのは絶対に嫌だ。ルルが拳を強くにぎりしめたとき、

「さて、そろそろ現場にもどろうか」

食事を終えたクラウスのひと言で、相伴していた長官たちや将軍がそろって立ち上がる。

このあとは新たに増築中の街壁の視察と、市街戦を想定した軍事訓練があるのだという。

「ナディンは午後から王侶と一緒に防壁（シールド）の最終点検をたのむ。ルル、力を使いすぎて無理しないように」

「うん。はい」

ルルはついさっき心に決めた悲壮な決意を悟らせないよう素直にうなずくと、クラウスに応えて立ち上がった。皆の前で抱擁と軽い唇接けを受けるのは、未だに少し照れくさくて慣れない。けれど、どんな状況だろうとクラウスと触れ合うのは心地好くて元気が出る。

「クラウスも気をつけて」

抱擁を解かれたルルが手をふって見送ると、クラウスはふり返りながら意気揚々と拳を軽く突き上げる仕草で応えて去っていった。

重臣や側近たちに囲まれた王の背中が見えなくなるまで見送ったルルは、ふっ…と気を引かれて横を見た。ナディンが、自分と同じようにクラウスを見送っている。その瞳と表情からにじみ出る気配――憧憬（しょうけい）と親愛の情が入り混じった敬意のようなもの――にハッと息を呑む。

ルルの視線に気づいたナディンは『しまった』と言いたげに一瞬だけ目を瞠り、すぐにいつもの軽やかで飄々とした表情をとりつくろって微笑んだ。

「城中での華やかな普段着も魅力的ですが、略式軍装もお似合いですね」

「え…？　あ、うん」

臨戦態勢に突入してから、ルルは普段着ているひらひらふわふわした衣装ではなく、クラウスと同じような準軍装を用意してもらっている。

脚にぴったりした脚衣に短靴、襞（ドレープ）や装飾の少ない中着（シャツ）にそで無し胴着（チュニック）、そして外衣（マント）。

どれもいざというとき動きやすいよう過剰な装飾を排して機能的だ。もちろん生地や仕立ては最上級で、すそや釦孔（ボタンホール）など、目立たない場所の始末に意外なほど繊細で凝った刺繍がほどこされていたり、身体に沿った曲線がとても美しいのは、さすが王侶のために特別に用意されたものだと納得できるものだ。

「最初からこういうのでよかったんだけど。なんでか、刺繍織（レース）とかひだがたっぷりな服が用意されてて。王侶だからかなって思って素直に着てたんだけど、本当はこういう服の方が気楽で動きやすくて好きなんだ」

「おや。ご存知なかったんですか？　ルル様が普段身に着けているご衣装や装飾品は、だいたいクラウス様の好みで仕立てられているんですよ」

「そうなの⁉」

「はい。政務の合間に、難しい顔をしてなにかを書きつけているのかと思ったら、ひらひらふわふわした可愛（かわい）ら…美しい衣装の意匠（デザイン）だった、ということがありまして」

「そうなんだ…」

会話を交わしながら、城壁上の歩哨通路を歩いて点検作業をしているうちに、なんだかうまく誤魔化された気がしてルルは立ち止まった。

ついさっきナディンが見せた表情と気配の意味について、きちんと確認しておくべきか。

迷いながら口を開きかけた瞬間、ナディンが目を瞠ってルルの背後――カルディア湖を指さし、パクパクと口を開閉させた。

「――あ…、あっ…！　ぁあ…っ――!!」

なにか言おうとしているのに、驚きのあまり言葉にならない。そんなナディンの様子に驚いて、ルルもあわててふり返り、彼が指している先を見て同じくらい驚愕する。

「え…？　は…？　え…――？」

――なに…あれ？　船…が何隻…も、どうして増えて…どこから出てきた……？

「て、て…敵襲――――ッ!!」

慣れない大声を出したせいで裏返ったナディンの、悲鳴じみた絶叫をとなりで聞きながら、ルルは自分が今見ている信じがたい光景に声を失った。

青く輝くカルディア湖の水面に突然、次々と黒い船影が現れはじめたのだ。

最初は切り絵のような黒い影として。

やがて靄がはらわれたように色がつき立体感が出て、見る間に近づいてくる。

最初は小指の爪ほどだった船影が、みるみるうちに小指一本ほどになる。

それも一隻や二隻ではない。十、二十、三十…さらに背後から続々と現れる。

「なに…あれ。どうしていきなり船が何隻も現れるの？　いくつ出てくるわけ…？」

しかも、遠目にもわかるほど禍々（まがまが）しく艤装（ぎそう）されている。

「ルル様！　ここにいては危ない！　護衛隊長、王侶殿下を城の奥に避難させて…！」

あわてふためくナディンの声に、ルルと一緒に呆然と湖を見つめていた護衛隊長（バルト・ル＝シュタイン）が我に返る。護衛隊長に腕を取られてルルは一瞬あらがいかけたが、すぐに彼の職務を邪魔してはいけないと思い直した。素直に移動をはじめながら、湖面に現れた艦隊がなんなのか気になって、走りながらふり返る。

ナディンが懐から取り出した遠眼鏡で湖面の船影を凝視しながら、歩哨たちに向かって「敵襲だ！」とくり返し叫んでいる姿が見えた。

「正体不明の敵艦隊、多数接近中！　数は少なくとも五十隻以上！」

自分の腕をつかんでいる護衛隊長の手にグッと力が入る。痛いと思ったが注意する余裕がない。代わりにルルは護衛隊長の腕を軽く叩いて「ナディンさんも早く避難させて」と頼んだ。

「ナディンさんになにかあったら取り返しがつかない！　あの人の知識がなければ対聖堂院戦に勝てない！　僕よりナディンさんを、早く…！」

自分が『王侶』として大切に、特別扱いされているのは嫌というほどわかっている。

けれどナディンの重要性も自分と同等、場合によっては自分よりはるかにクラウスとアルシエラタン王国にとって必須な存在だ。これまで見聞きしてきたクラウスと側近たちの会話から、ルルはそのことに気づいている。

当然、護衛隊長もわかっているはずだ。バルト・ル＝シュタインの足取りがわずかにゆるむ。

「僕はここでじっとしてるから、ナディンさんをつかまえて連れもどして」

歩哨通路の牆壁（しょうへき）に身を寄せたルルの固い意思を察して護衛隊長（バルト・ル＝シュタイン）は立ち止まり、素早く周囲の安全を確認してから「すぐにもどります。絶対に動かないでください」と言い置いて、王の参謀（ナディン）を連れもどすために駆け出した。

あっという間にナディンに近づいた護衛隊長は、そのまま有無を言わさぬ強引さで王の参謀を肩に担ぎ上げてルルのもとに駆けもどりはじめた。

ナディンは護衛隊長の肩に担がれながら遠眼鏡で湖面を観察し続けている。そしてもうすぐ手が届くという地点で、ナディンがいきなり腕をふりまわして叫びはじめた。

「伏せて！　隠れろ！　〝血の砲弾〟がくる…‼」

――〝血の砲弾〟…？

伏せろと言われたのに、言葉の不思議さに思わず牆壁の隙間から湖面をのぞき見たルルは、黒々とした艦隊の中心に向かって、赤黒く発光する靄のようなものが渦巻きながら集束していることに気づいた。どこかで見たことがある――。あれは、特使ウガリトがクラウスに向かってふり上げた手からほとばしり出たものに、よく似ている。

けれど規模が桁違いだ。

「ルル様…ッ！　防御膜（シールド）を…ッ‼」

規模は桁違いだがウガリトが放ったアレと同じ原理なら、自分が展開する防御膜（シールド）で防ぐことができるはず。ナディンの叫びから一瞬でそのことに気づいたルルは、素早く立ち上がって両手を広げ、意識を集中した。

クラウスと城のみんなを護りたい、その一心で癒しの力を凝（こ）らせてゆく。

湖面に突然出現した艦隊の中心部に集束しきった禍々しい赤黒い点が、一気にぶわりと膨脹したかと思うと、一条の極太い奔流となって王城に放たれた。目標は王宮城壁と城門だ。

「――させるものか…っ！」

ルルが両手を突き出すとそこから放たれた光が一瞬で放射状に広がって、まるで翼のように、繊細な刺繍織（レース）のように、城の前面を覆う。

百もの稲妻を束ねたような敵の赤黒い〝血の砲弾〟は、ルルが展開した巨大な防御膜（シールド）によって阻まれ、城壁と城門のどちらも破壊できず消えてゆく。まるで防御膜（シールド）と共食いするように、侵蝕しあいながら激しく音を立てて溶け落ち、地面に触れる前に霧散してくれる。

「――――ぅあ…ッ‼」

衝撃の反動でうしろに弾き飛ばされたルルは、護衛隊長とナディンのふたりに受けとめられて怪我をせずにすんだ。けれど視界がぐらぐらして目がまわる。今にも気を失いそうだ。

「あ…ありがと…」

「礼にはおよびません。よくぞ城を護ってくださいました！　お怪我はございませんか？」

心配する護衛隊長の横で、ナディンがふらふら身を起こして牆壁の隙間から遠眼鏡を構える。

ルルはめまいがひどくて動くことができず、昏倒（こんとう）しないよう必死に癒しの力を自分に使いながら、息を整えることに集中した。

「どこの国かわかるか？」

国か。それとも聖堂院か。護衛隊長の問いに、ナディンが遠眼鏡を覗きながら答える。

「艤装の色と模様からの推測ですが、おそらくウナリとカラグルの連合軍のようですね」

「ウナリとカラグル…！」

そのふたつは、一ヵ月ほど前に東の隣国ウォルドに侵攻した国だ。

「——だとすると、ウォルドへの侵攻は陽動だったのかもしれない」

拳であごを押さえ眉間に皺を寄せた護衛隊長のつぶやきに、ルルは背筋が凍る思いがした。

ウォルドが侵攻された報を聞いてから、アルシェラタンでは国境沿いの砦（とりで）を増強するため兵と騎士を多く配置してきた。なにか事が起こるならウォルドとの国境沿いからだろうと。

その読みが完全に外れたことになる。

「——…って言うか、王都の湖にいきなり艦隊が現れるなんて、誰が予想できる…？」

ルルはなんとか息を整えて身を起こしながら、独り言のようにぼやいた。

「急ぎ陛下に報告を。根本的な戦略変更が必要になります」

護衛隊長は、駆け寄ってきた歩哨と警備兵に手早く指示を与えて城中に向かわせた。彼らが城壁から降りる階段に姿を消したのと入れ替わりに、騒ぎに気づいたのだろう側近たちを従えたクラウスがもどってきた。顔ぶれは先ほど別れたときとほぼ同じだ。

「ルル！　無事か⁉　ナディン！　なにが起きた⁉」

駆け寄りながら真っ先に自分の名を呼んでくれたクラウスに、手をふって応えながら、

「クラウス…！　僕は大丈夫。ナディンさんも、バルトさんも無事だよ」

ルルは立ち上がって駆け寄ろうとした。けれど最初の一歩でよろめいてその場にへたりこむ。護衛隊長があわてて手を差し出し身体を支えようとしてくれた。その腕が触れるより早く、一気に近づいてきたクラウスが、さらうようにルルの身体を引き寄せて抱きしめる。

「ルル…！」

——ああ…。

心配しなくても大丈夫だと伝える前に抱き寄せられた胸の頼もしさと温かさに、ルルは言いようのない安堵を覚えて目を閉じた。いつもはそれほど意識することがない。けれど、今みたいに力を使い果たしたときは、彼の匂いや、その存在全体から放たれる滋味の豊かさと力強さに溺れそうになる。

「もっと強く抱きしめて…、唇接けを——」

唇接けが欲しい。それが一番早く滋味がもらえるから。ううん。一番は肌と肌を重ねてこすりつけあうあの行為なんだけど。さすがに今ここでそれをするのは無理がある。だから――。腹を空かせた雛のように唇をわずかに開いて顔を上げると、焦らされることも諭されることもなく、クラウスはすぐに願いを叶えてくれた。

唇が重なり舌がからみ合う。甘くて芳醇な果実のように、ルルはそれを貪った。干涸らびた身体が潤ってゆくのがわかる。でもまだ足りない。もっと欲しい。もっと、早く、たくさん――。

可能なかぎりクラウスから滋味をもらって「ふう…」とひと息つき、クラウスからわずかに身を離してそっと目を開けたとき、

「二砲目がきます…――」

遠眼鏡で湖面を凝視したまま、先ほどまでとは打って変わって抑揚のない、それだけ絶望感が伝わるナディンの警告が聞こえて心臓が跳ねた。周囲でも一様に息を呑む気配がする。

――あれが、もう一度来る…？

ルルはクラウスにしがみつき、震えて萎えそうになる脚に力を入れて立ち上がると、牆壁越しに敵艦隊と、その中央に生まれつつある赤黒い靄の焦点をにらみつけたけれど。

「――総員退避！」

クラウスの声と同時に抱え上げられてしまったルルは、あわてて彼の肩を小さな拳で叩いた。

「駄目、逃げない！　ここで僕がもう一度あれを防ぐ！」

「駄目だ、危ない」

石砲や弩弓の威力なら予想もつくし対処もできる。しかし、贄の儀によって錬成された兵器の威力は話に聞くばかりで、目の当たりにした者はこれまでいなかった。クラウスが心配するのも無理はない。でも――。

「あれの直撃を受けたら、避難しても、城壁の陰にかくれても一緒に吹き飛ばされる」

周囲に与える影響を慮って小声で告げると、ぎょっとした様子でクラウスが足を止める。

クラウスはとなりにいた護衛隊長とナディンに素早く視線を走らせ、ふたりの瞳と表情から、ルルの言葉を否定する材料がないことを悟ったらしい。天を仰いでから覚悟を決めたように息を吐き、静かにルルを地面に下ろす。そうして背後に立つと、肩に手を置いた。

「できるのか？」とか「大丈夫か？」といった言葉は発さず、無言でルルを支える体勢を取る。

それを頼もしく感じながら、ルルは再び防御膜を展開するために集中した。

正直、きつい。防ぎきる自信もない。

けれど、やらなければ自分もみんなも死んでしまう。

湖面に浮かぶ艦隊の旗艦らしき船の中央で、再び赤黒い光がぶわりとふくらむ。

「来る……――！」

禍々しい邪気を孕んだ血色の巨砲が、再び極太い稲妻のように放たれる。

一撃目とちがって湖面を這うように進んだそれは、王城前の岸壁を斜めに横切り、バリバリと激しい音を立てながら城壁を、王城中央に向かって這い上ろうとしている。

世界が反転して夜のように暗くなる。その闇に対抗するように、ルルの両手から生まれた光の筋が煌めき輝く翼のように王城前面を楕円に覆って、濁った血色の主砲を受けとめた。

けれど、今度はすべてを防ぎきることができなかった。

銅鑼を間近で鳴らされたような強い振動が起こり、暴風に煽られたように湖面が波立つ。

まるで自分の身体の一部を吹き飛ばされたような衝撃を受けた瞬間、ドーンという破砕音とともに岩や煉瓦、混凝土が砕け散る音と、悲鳴や怒号があたりに響きわたった。

同時にルルの視界に、炎が紙を燃やし尽くしてゆくような、自分が張った防御膜が赤黒い無数の粒子によって侵蝕され、溶け崩れていく様子が映し出された。

——防ぎ…きれなかっ…た……？

「ルル…ッ！」

衝撃で弾き飛ばされた自分の身体をクラウスが受けとめ、力強く抱きしめてくれたのを感じながら、ルルはそれ以上意識を保つことができず昏倒した。

✧ 戦乱。予期せぬ再会、そして――

身体をすっぽり覆うまあるい殻を壊そうと、必死に叩いてもがく夢を見た。

殻は自分を護ってくれる盾でもあるので、壊してしまうと剝き身で戦わなければならない。

恐い……――。けれど、これ以上かくれていることはできない。

殻を割って外に出たい。そして――と一緒に戦いたい。

なぜなら僕たちは、元々ひとつの魂だったのだから……――。


ぽかりと目を開けると見慣れない場所にいた。

「――…どこ、ここ…?」

「お目覚めですか、ルル様」

見慣れない天蓋と見慣れない寝台、壁、床の模様に戸惑っていると、聞き慣れたフォニカの声が聞こえてきてほっとする。同時に昏倒する前のできごとがよみがえり、胃の腑をひっぱられたような震えが走る。ルルは前髪をくしゃりとかき上げて、ぐらぐらする身体をなんとか起こしながら訊ねた。

「フォニカ、クラウスはどこ？　無事なの？　他のみんなは？」

自分だけ見知らぬ場所で目覚めたのはなぜなのか。一瞬、恐ろしい考えが脳裏を過ぎりかけて、あわてて首を横にふる。

「ここはどこ？　クラウスはどこにいる？」

「ご安心ください。ここは王宮地下にある避難壕です。そして陛下はご無事です。今は地上の軍令部にいらっしゃいます。少々お待ちください。今、伝令を走らせますので」

自分を安心させるために嘘をついてるわけじゃない。フォニカの表情をじっと見つめて、そう判断したルルは、ほ…っと力を抜いてひと息吐いた。そしてようやく頭がきちんと動きだす。

「無事……。よかった……――」

「避難壕…？」

――ああ、思い出した。万が一他国から侵攻されて贄の儀による兵器攻撃を受けた場合、通常の城壁や建物では防ぎきれない可能性がある。そのときに備えて、地下に堅固な避難場所を作っておくべきだと、ナディンの助言で建設された施設が王城敷地内のどこかにあると聞いた。

それがここなのか…。

確かに室内を見まわしてみても窓がない。いや、窓を模した絵が飾られている。

耳に綿をつめられたような静けさに戸惑いながら起き上がると、すぐさま夏用の薄い上着が肩にかけられた。「すぐに食事をお持ちします」と言って部屋を出ようとしたフォニカを呼び止めて、ルルは着替えを要求した。

「食事はいいから先に服を用意して欲しい。クラウスに会いに行く」

フォニカはあわててもどってくると、よろめきながら寝台を降りようとするルルを支えた。

「陛下でしたら、少しお待ちになれば会いに来てくださいますよ」

地上の軍令部にいるという言葉を思い出して、ルルは首を横にふった。

「そんな…駄目だよ。忙しいのに呼びつけるようなことはできない。僕の方から行く」

「ですがルル様。陛下のご指示で、ルル様には安全な場所にいていただくようにときつく言いつかっております。少しお待ちになれば陛下はすぐにおいでになられます。これまでも毎日、日に何度も足をお運びになって、ルル様のために——」

ルルは、なんとか自分を押し留(とど)めようとするフォニカをやんわり遮って立ち上がる。

「わかった。でも、僕がクラウスに会いに行きたいんだ。動きやすい服を用意して。あと食事は歩きながら食べられるものがいい。飲み物も。それから…僕はどれくらい眠ってた?」

主(ルル)の強い意志に根負けしたフォニカは、覚悟を決めたように扉の外から別の侍従を呼び寄せ、次々と指示を出しながら「五日です」と答えた。

「正確には四日と半日あまり。今日は五ノ月八日、今は夜明け前です」

四日半。あれだけ力を使って、その程度で目が覚めたのは僥倖(ぎょうこう)といっていい。

大事なときに昏倒してしまう己の不完全さに歯噛(はが)みする代わりに、前向きに気をとりなおして着替えをはじめた。

　フォニカが用意してくれたのは、五日前に昏倒したときに着ていたものと基本的に同じ種類。ただし中着(シャツ)と胴着(チュニック)の間に、軽くて薄いが驚くほど頑丈な鎖帷子(くさりかたびら)が増えている。古代の遺構から発掘された王家に伝わる宝物のひとつだ。剣や弓矢くらいなら、貫通を許さない防御力がある。着慣れないそれをフォニカの手を借りて身にまといながら、戦(いくさ)がはじまっているのだと気持ちを引きしめる。

　それから自分が眠っている間に起きたこと、戦況の変化、突然現れた艦隊がどうなったのか、なにより王都や王宮、カルディア湖周辺の街や集落は無事なのかを立てつづけに訊ねた。

「私はルル様と一緒にこの地下壕に入りましたので、あまり地上の出来事については詳しくないのですが…」

　フォニカはそう前置きして、彼が知る範囲の情報を教えてくれた。

　まずは五日前にルルが防ぎきれなかった二撃目の敵主砲によって、王城城壁の一部が損壊したこと。それから王都湖岸に停泊中だった艦船と商船、漁船がほぼ壊滅状態になったこと。

「二撃目のあと、敵艦隊が湖岸に押し寄せて一斉砲撃してきましたが、これはなんとか撃退しました。城づめの騎士様方や兵たちが奮闘してくださって」

　王城や王都は垂直に切り立った岸壁沿いに築かれている。天然の要塞に加えて、さらに城壁や街壁で補強されているので、無傷のこれを湖の側から攻略するのはほとんど不可能に近い。

ただし今回は二撃目の主砲でその一部が崩壊した。

敵はそこを狙って攻め寄せてきたものの、敵船から放たれた通常の砲弾は、ルルが力を注いで防御力を上げた城壁によってほとんど阻むことができたという。そしてこちらからの石砲や弩弓の反撃は、高い位置から放つことができるため威力が増す。

「初日の攻撃のあとはこちらの射程距離外まで艦を退いて、大きな動きはないそうです」

「わかった。怪我人は？」

「ルル様の力を必要とするほど重篤な者はおりません」

重傷者でも事前に作った護符と、医師の治療でなんとかなる範囲に収まっているという。

「よかった。敵艦隊の規模はわかる？」

「船の数だけなら一〇〇隻近いと」

「一〇〇……──」

予想以上の規模に慄然とする。それでも手早く着替えを終えたルルは、蠟引き紙に包まれた食べ物──香辛料を効かせた挽肉と細切れ野菜の固め焼きを薄焼き麵麭で包んだもの──にかぶりつきつつ部屋を出た。敵艦隊の数を聞いて食欲は失せたけれど、食べたほうが癒しの力を浪費せずに体力を回復させられるから、必死に咀嚼して飲み込む。

細長い通路に出ると、扉の外に待機していた護衛隊長が影のように付き従い、ちらりとフォニカに目配せする。フォニカが小さく首を横にふると、主と侍従のやりとりを推測したのか、護衛隊長はフォニカを安心させるよう小さくうなずいてみせた。

「城壁以外の被害は？」

精いっぱい大きな歩幅でせまい通路を進むルルの問いに、フォニカに代わって護衛隊長（バルト）が答えてくれた。

「二日前に敵艦隊の一部がチャタルを襲撃しましたが、事前に陛下が食料一切合財を持って避難するよう指示を出しておりましたので、人的被害は最小限ですんでいます」

チャタルは湖岸南東にある集落だ。浜辺があるため上陸されやすい。夜のうちにこっそり小舟を下ろして攻め入った敵は、もぬけの殻のチャタル村に腹を立て、腹癒せに火を放って焼いたあと、近隣から救援にかけつけたアルシェラタン軍に気づいて退却したという。

「そのあとは艦に引きこもって動く様子がなく、膠着（こうちゃく）状態です」

「こちらから攻撃はできないの？」

「したいのは山々ですが、王城前に停泊していた主力艦艇が初日の主砲でほぼ壊滅してしまいましたので——。今は急いで湖岸の街から商船や漁船を徴発して軍用に艤装（ぎそう）中です」

「艤装…」

「船の先端に衝角——尖（とが）った金属の棒ですね、これを装着して敵の船体に突っこみ、穴を開けて沈没させるんです。あとは装甲板を張ったり、石砲や弩弓を搭載したりと…。まあ急場しのぎではありますが、しないよりはマシということで」

多くの主力船がほぼ壊滅状態の今、小さな漁船まで駆り出して、総出で対応せざるを得ないらしい。

敵艦隊が出現した当日の夜にはフロスのナハーシュ鉱山から騎士たちが、翌日には兵たちの大部分が王都に帰還している。本日中にウォルドとの国境を護る竜の背骨砦(とりで)からも、必要最低限の人員をのぞいた部隊が川船を使った緊急輸送路で帰還予定だという。

「それから数日中にはカプート港に配備した艦船が帰港予定です。こうなってみると、王侶(おうりょ)殿下の意見をもとにカプートに艦船を増強させていたのは正解でしたね」

声に称賛の響きがある護衛隊長の言葉に「うん…」と曖昧にうなずきながら、ルルは小走りに先導してくれるフォニカのあとを追って短い階段を何度か上がり地上に出た。

軍令部は宮殿内の一室ではなく、王宮と練兵所の間にある大庭園に張られた天幕群だった。屋外に設置したのは各所からの出入りがしやすく、もしも宮殿が砲撃で倒壊しても被害に遭いにくいという理由らしい。

わずかに青ずんできた未明の空の下、必要最小限にしぼられ灯(とも)された篝火(かがりび)に整然と設営された大小の天幕群が浮かび上がる。そこかしこに立ちならんであたりを警戒している歩哨(ほしょう)たちと、鋭い視線で身元を検(あらた)めている近衛(このえ)たちの間を、ひっきりなしに人が行き交っている。

「伝令！　伝令！」

「ティルスの街から救援要請！」

「南ベルテ市から技師と医師の派遣要請！」

「南キーフォスからも援軍要請です！」

「援軍が欲しいのはこっちだ！　ティルスには街門をしっかり閉じて籠城に徹しろと言っておけ！　無闇に撃って出るなとあれほど言っておいただろうが！」

「誰だ、こんなところにじゃがいもの箱を置いたのは！」

重大なものからささいな事柄まで多くの伝令や人々が声高に、ときに声をひそめて交わす会話がそこかしこから聞こえてくる。

夜明け前にもかかわらず騒然とした天幕群の間を誰にも邪魔されることなく進んだルルは、王の御座所を示す白と青に彩られた大きな天幕にたどりついた。王と王侶だけが使用できる正面の出入り口が、王侶(ルル)の訪(おとな)いに気づいて姿勢を正した立哨によって左右に開けられる。

おかげで歩調をゆるめることなく足を踏み入れると、会議卓に集っていた大勢の家臣や側近たちがいっせいにふり向いて左右に割れる。

その間から驚き顔で立ち上がるクラウスの姿が見えた。

クラウスはすぐさま玉座から離れると、会議卓を迂回(うかい)してルルに近づいてくる。

羽根か鱗(うろこ)のような小さな金属片を重ね合わせた甲冑(かっちゅう)が、動きに合わせて灯火を弾(はじ)く。

慣れた手つきでさばかれた長い外套(マント)。腰には大剣。訓練用でも略式でもない、正式な軍装に身を包んだクラウスは、威風堂々とした王者の風格を漂わせている。

彼がいれば大丈夫。なんとかなる。自然とそんなふうに感じる頼もしさがある。

少なくともルルにはそう見えた。

怪我もなく元気そうな姿を確認した瞬間、鼓動が前触れなく跳ねる。

クラウスは両腕を広げて歓迎の意を示しながら、驚きと安堵（あんど）と『なぜ安全な場所にいてくれないんだ』と言いたげな困惑が混ざった表情を浮かべた。

「ルル、目が覚めたのか…！　体調は？　無理していないか？」

「クラウス…！」

ルルは有無を言わさぬ強いひと蹴りでクラウスに飛びつくと、小言を言われるまえに唇で唇をふさいだ。つま先が地面をはなれ、横抱きに抱き上げられる。そのままクラウスの首筋にしがみつきながら、砂漠の遭難者が水を求めるように唇接（くちづ）けを深めて滋味（エナジア）を得た。

周囲にいた人々が思わず洩（も）らした声と吐息、そして視線を感じつつ、場所を変えたり言い訳する余裕もなく、角度を変えて何度も唇接けをくり返す。

そうして気づいた。あれほど大きな力を使ったのに、なぜこれほど早く目覚めたのか。

——クラウスが毎日何度も、僕に会いに来てくれたからだ。

死ぬほど忙しい合間を縫って会いに来て、抱きしめて唇接けてくれた。睦言（むつごと）のような甘い言葉をかけながら頬を撫（な）で、頭を撫でて抱きしめてくれた。ありったけの愛と滋味を注がれた。

眠っていたから覚えているわけがないのに、ありありとそれらの情景が目に浮かぶ。

眠りながら滋味を蓄えることができたから、こんなに早く目を覚ますことができたんだ。

「ありがとう」

唇をすこし離した隙に礼を言うと、クラウスは不思議そうに片眉を上げたものの、微笑んで「どういたしまして」と答えてくれた。

ひとしきり抱擁を交わして滋味を得たあと改めて視線をめぐらせると、天幕に集った人々は行儀良く背を向けて王と王侶の私的なやりとりから視線を逸らしてくれていた。ルルはぺこりと頭を下げて「お騒がせしました」と皆に詫びたあと、ふと視線をめぐらせた。

天幕の端に設えられた簡易な仕切りのなかに置かれた椅子に、ナディンが座っているのに気づく。目を閉じて、一見すると居眠りしているようにも見えるけれど、どうやら違うようだ。

ルルの視線に気づいたクラウスが、苦笑しながら教えてくれる。

「ナディンは今〝検索〟中だ」

「検索？」

「夢のなかにある大図書館で調べ物をする、みたいなものらしい」

ナディンからの受け売りだという大雑把なクラウスの説明に首を傾げながら、ルルは『よくこんな騒がしい場所でそんな難しそうな作業ができるな…』と感心した。その視線に気づいたのか、ナディンはうつむけていた顔をゆっくり上げて、パチリと目を開けた。

しぱしぱと眩しそうにまばたきする目の下に、黒ずんだ隈ができている。

「おや…王侶殿下、お早いお目覚めでなによりです」

「――…ごめんなさい。〝検索〟の邪魔しちゃった?」

「いえいえ。ちょうど面倒くさい相手に見つかりそうだったので、離脱できて助かりました」

「?　?　?」

どういう意味かと訊ねたかったけれど、今はそんな余裕はないと思い直して口をつぐむ。

それよりちゃんと眠っているのかと確認する前に、ナディンに気遣われてしまった。

「体調はいかがですか?　あの〝血の砲弾〟を弾いた防御膜は素晴らしかった!　おかげで我が軍は勝機を得ました。ルル様の防御膜がなかったら今頃アルシェラタンはカラグル・ウナリ連合軍に陥落していたところです。さすがは翼神の末裔!　本当にありがとうございます!」

両手をにぎってぶんぶん上下にふられながらにぎやかに感謝されて、ルルは『やっぱり寝てないんだな…』と確信した。だから「陛下!　カラグルとウナリ軍船の構造は――」と言いながら椅子から立ち上がろうとしたナディンをそっと押し留め、癒しの力を注いで静かにさせた。

もちろん、憑依している魔族を消し飛ばしたりしないよう肉体だけに意識を集中して。

その後、朝食を摂りながらクラウス、イアル、ナディン、時々パッカスや軍務大臣などから説明を受けて、ルルはようやく状況を把握することができた。

「敵艦隊の正体はカラグル・ウナリ連合軍」

「それから間違いなく中央聖堂院が一枚嚙んでますね」

「敵艦隊の総兵力は五万から十万」

予想幅が大きいのは、漕ぎ手が奴隷か国軍兵かで計算が変わるからだ。奴隷の場合は戦力と見なす必要がほぼない。

「その代わり、贄の儀要員の可能性があるので油断はできませんが」

敵が湖の中央部に引きこもって動く気配がないのも、漕ぎ手を使った贄の儀を行っている可能性が高いと、ナディンは言う。

「二日前にチャタル村を襲ったのは、まちがいなく贄の儀用の生贄を捕らえるつもりだったんでしょう。ですがそれに失敗した」

「前々から陛下が、いざというときは逃げるか壁門を閉じて籠城しろと布令を出し、逃走経路と備蓄庫の整備を徹底させていましたからな。おかげで死者を出さずにすみました」

クラウスは五日前に敵の砲撃を受けたあと、すぐさま王都を含めた湖周辺の街や集落すべてに門を閉じて籠城戦に備えよと警告を出し、防壁のない集落は贄の儀用に捕らえられないよう分散して逃亡せよと厳命したという。

逃亡する際は食糧を携え、持ちきれない分は焼くなどして破棄し、敵の手に落ちないよう徹底させて。そのための逃走経路と避難先の準備は、前々から国費で整備させてあったらしい。

同時に、各地に分散している兵力を召集するよう命じている。

「今回カラグル・ウナリ連合軍が侵攻してきた目的は、領土でも財宝でもなく、十中八九、贄の儀用の奴隷捕獲だろう。向こうの目的は殺戮ではなく、生け捕りだ」

局所的な戦闘で勝てる見こみが薄ければ、とにかく捕まらないことが最優先となる。

「彼らはおそらく初日の〝血の砲弾〟で王城を吹き飛ばし、そのまま攻めこんで一気に制圧する作戦だったんでしょう。一撃目で途方もない破壊力を見せつけて王と王侶を殺し、もしくは捕らえ、逆らえば二撃目を放って王都を壊滅させるぞと脅せば、抗える者はそういませんし
もったりした麦粥を持てあましたように匙で半分に分け、さらに半分に分けながら説明するナディンの皿に、葡萄酒でやわらかく煮こんだ燻製肉——ナディンの好物——を放りこんでやったイアルが、すました顔でつづける。

「エイウェルの悲劇、再び——ですか」

だがその計画はルルの防御膜によって予想外に阻まれたため、計画変更せざるを得なくなった。

「あの規模の〝血の砲弾〟を贄の儀で錬成するには、生贄が万単位で必要だったはず。それを二砲も用意して、さらに一〇〇隻の艦艇を瞬間移動させるために使った生贄は、おそらく十万以上」

「──愚かすぎるな」

クラウスが、口元を拭いた布を放り出して心底忌々しそうに嘆息する。

「向こうにしてみれば、十数万の生贄を使って、新たにアルシェラタン国民一千三百万人を奴隷にできれば、お釣りがくるくらい安い買い物でしょう」

「反吐が出る」

眉間に思いきり皺を寄せたイアルが皿を脇に寄せ、果物を手に取って皮を剝きはじめる。

「あちらは短期決戦での勝利を疑っていなかったのでしょう。だから兵站は最小限のはず」

その証拠に初日以外は大攻勢をしかけてこない。

敵は三日目まで防備の薄そうな湖岸の街を襲撃していたが、喫水が深い大型艦では威力のある石砲の射程距離まで接近できず、かといって小型船で押し寄せれば、街からの一斉砲撃で反撃にあう。なんとか上陸に成功してもほとんどの住民は避難したあと。深追いしたところを、救援にかけつけたアルシェラタンの騎士たちに蹴散らされて退却──。

ということを何度かくり返したあと、水深の深い中央部に固まったまま、大きな動きがなく今に至るらしい。

「兵站…て、食糧とか武器とか装備に関することだよね。それが少ないなら、このまま湖に封じこめて自滅を待てばいいんじゃない？」

自信がないのでルルが小声でそう耳打ちすると、クラウスは広げた新しい布巾のまわりにいくつかの果物と、数本のフォークを置きながらうなずいた。

「その通り。いい着眼点だ」

どうやら布巾はカルディア湖、果物が大きな街、そしてフォークは湖にそそぎこむ河川と流れ出す河川を示すらしい。布巾のまわりに置いたフォークのひとつをクラウスはつついた。

「敵の船が逃走に使うだろうベルテの河口は、すでに封鎖してある」

ルルが思いつくくらいだから、当然クラウスや参謀たちも考えて対策したのだろう。

「とはいえ、やつらの兵糧が尽きるのをぼんやり待っているわけにもいかない」

「先ほども言いましたが、敵が動かず静かにしてるのは、贄の儀で新しく〝血の砲弾〟を錬成してるからだと思いますよ」

イアルがきれいに剝いた果実の半分をもらって頰張ったナディンの言葉に、会議卓に集ったすべての面々が「ぐぬぅ」とうめき声を洩らす。

「初日の〝血の砲弾〟に近い威力の兵器を錬成するには、一万超えの生贄と半月近くの時間がかかります。奴隷の漕ぎ手を生贄にすれば、その分の食糧が浮く。一石二鳥といったところでしょう」

イアルが皮を剝く端からもらって果実を平らげたナディンが、満ちた腹をさすりながら陰惨な予想を語る。イアルは反対側のとなりに座った護衛隊長が、半分に割ってさりげなく差し出してくれた無花果(いちじく)を受けとりながら、

「鬼畜の所業だな」

吐き捨てて、無花果にかぶりついた。

「〝血の砲弾〟攻撃に失敗したあとすぐに準備にとりかかったとすれば、猶予はあと十日！　それまでにこちらから攻勢をしかけねば！」

立派な口ひげをたくわえた軍務長官が、拳を掲げて志気を煽る。

「だが今はまだ兵も艦も足りない。各地に分散している兵力が集結するのを待っていては間に合わない」

「敵の兵器錬成が先か、カプート港から艦が帰還するのが先か……」

「ウナリとカラグルから増援が送られてくる可能性は？　今回の艦隊みたいに瞬間移動で」

「幸いなことに、その可能性だけはかなり低い」

「どうも、あの艦隊すべてが訓練された水軍というわけでもなさそうだ。どちらかというと、捕らえた捕虜を輸送するための容れ物ではないか、というのが我が水軍司令殿の意見だ」

日に灼けた禿頭の、目鼻のくっきりした四十代前後の男がクラウスの言葉に深くうなずく。

いくつもの意見が交わされ、各地からかき集めた様々な情報を吟味した結果、とにかく敵が次の攻撃に出る前にこちらから攻勢をしかけて相手を戦闘不能にすることが第一目標となった。

作戦はこうだ。

陽動その一。敵が攻めやすい（と思いこめる）湖岸の集落から、王都に向かって大量の避難民を移動させる。避難民には変装させた騎士と兵たちを大勢まぎれこませておく。

陽動その二。この避難民(エサ)に敵艦隊が食いついて湖岸に押し寄せたら、王城前に集結しておいた船団を向かわせる。

敵が二方向からの陽動に注意を奪われている隙に、ベルテ河口にひそんでいたアルシェラタン水軍主力が、敵旗艦を急襲。

最優先目標は、敵艦にひそんでいる聖導士たちの殲滅(せんめつ)。

万単位の敵軍のなかから数人の――しかもいざとなれば兵士や水夫に変装して逃げ出す可能性がある――聖導士を見つけだすことは不可能に近いんじゃないか。ルルはそう心配したけれど、これの解決策はナディンが与えてくれた。

「私が急襲部隊に同行して、居場所の探知と真贋(しんがん)の見極めをおこないます」

自ら挙手して淡々と宣言するナディンに、ルルは思わず声を上げた。

「ナディンさん、聖導士の見分けがつくんだ？」

「ええまあ。臭うというか…見た瞬間に『知ってる』と感じる感覚というか。おそらくたぶんですが、ルル様もわかるのでは？　見ただけで『なんとなく嫌な感じがする』と……おっと、これは失言でした。すみません。今のは撤回。もちろん急襲部隊に同行するのは僕だけです」

余計なことを言うなと、岩をも割りそうな眼力でにらみつけてくるクラウスに、ナディンがあわてて弁解する。クラウスのその態度が、逆にルルの心を決めさせた。

「僕も同行します」

「駄目だ、ルル」

間髪容れずにクラウスが拒否する。これまで見たこともない険しい表情で断固反対を唱える王に、多くの家臣たちも同意する。万が一にも〝癒しの民〟を失うわけにはいかないと。

けれどルルはめげなかった。

「ナディンさんを失ったら大変なことになる。でも、僕が一緒にいれば護ることができる」

初日に防御膜（シールド）を張って城を護ったように。

「ナディンの護衛には五〇の精鋭をつける。これが破られて彼の身に危険が迫るときは、この作戦自体が失敗に終わるときだ」

「それじゃ駄目でしょ。失敗させないために僕が同行する。誰に駄目と言われても僕は行く」

「ルル――」

「これは王侶である僕が、アルシェラタンという国と民にしなければならない責務だ」

そして、翼神を復活させられない自分ができる、せめてもの償い。

ルルは立ち上がって胸に手をあて、絶対にあきらめないという不退転の決意をこめて、王であり軍の最高指揮官であるクラウスを強く見据えた。

その眼差し（まなざ）しの強さにたじろいだように、クラウスは瞳を揺らめかせた。

一瞬の刹那に様々な計算と思惑――ルルが同行することで得られる利点、成功率の増加――

と王としての責務と覚悟、そして私的な想いが入り乱れるのがわかった。表情は変わらない。けれど正面から見つめあったルルには、クラウスの瞳にあふれた様々な想いが伝わってきた。

――俺は君を失いたくない。万が一にも傷ついて欲しくない。安全な場所にいて欲しい。

『わかってる。でもクラウス、あなたが僕に対してそう願うように、僕だっていつもあなたのことを心配してる。でも僕はあなたを閉じこめたり、自分のそばに縛りつけたりしないでしょ。そんなことをしたら、あなたが苦しむってわかってるから。したくても我慢してる』

だからあなたも我慢して。王侶としての義務を果たす僕を認めて、受け容れて。

「――――…」

無言で、瞳と瞳だけで語りあったあと、クラウスは降参したように天を仰ぎ、大きく息を吐いて渋々と無念そうに「わかった」と告げた。

作戦決行日は朝から快晴。風もなく、湖面は凪いで鏡のように静かだった。ただし昼頃からは急変して雨になると、天気をよく読む漁師たちが口をそろえて断言している。

陽動作戦はほとんど予定通りに進み、正午までに敵艦隊をほぼ三つに分断することに成功。敵は戦力の三分の二以上を湖岸の避難民襲撃と、王城前から進軍してきた船団との応戦にふり分けた。湖の中央――安全地帯――に残ったのは、設えや装飾から見てカラグル・ウナリ軍の上層部、おそらく貴族階級が乗船している旗艦とその僚艦、そして護衛艦だ。

「ここまでは狙いどおり」

飄々（ひょうひょう）としたナディンのつぶやきに、護衛隊長（バルト・ル＝シュタイン）が生真面目に応じる。

「ここからも狙いどおりで頼みます」

作戦決行に先立って王城の対岸にあたる河口の街ベルテに移動したルルとナディンは、水門の下流域にひそませていた水軍主力艦隊のなかにある快速艇に近づいた。

『位の高い聖導士はおそらく敵旗艦か、それに準じた主力艦に乗艦してると思いますが、下位の聖導士がどれくらいいて、どの艦に乗っているかは、近づいてみないとわかりません』

ナディンの探査能力は精々二〇ヤード（約一〇メートル）程度だという。そのためとにかく小回りが利いて船足の速い中型艇に乗りこみ、敵艦のひとつひとつに近づいて確認することになっているからだ。

艇に乗りこむ途中、翼神の末裔であるルルの存在に気づいた兵士たちがどよめいた。

「聖なる癒しの民だ」という声は小波（さざなみ）のように広がり、熱気を帯びてゆく。

彼らの期待に応えてルルは手を軽く上げ、よく通る澄んだ声で祝福を与えた。

「翼神の末裔たるアルシェラタン王侶ルル・リエルの名において、皆に翼神の祝福を与えます。あなた方が戦いで傷を負ったとき、僕がすぐそばに駆けつけてあげられなくても、僕を通して翼神の祝福が必ずあなた方に注がれます！」

羽根を模した小片を繋(つな)ぎ合わせた帷子が、ルルのわずかな動きにあわせてきらきらと輝く。長く伸びた黒髪をなびかせ、世界を包みこむように両腕を広げたその姿は、神殿に描かれた翼神そのもの。ルルがこれまでおこなってきた数々の奇跡、癒しの力を知っている軍兵の目には、そのように映った。

「そしてたとえ命を落としたとしても、魂は魔族たちの手に落ちることなく、尊厳を奪われることなく、空の浮島の上にあるという天上の楽園に導かれ安らぎと安寧を得られます。だから怖れることなく戦ってください！　聖なる癒しの民である僕が、みなさんを守ります！」

ルルが宣言すると同時に「うぉおおお…ッ！」と抑えた声で兵士たちがどよめく。

「翼神の祝福は我が軍にあり‼　勝機は我が軍にあり！　いざ出陣だ！」

続けて水軍長が拳をふり上げて鼓舞すると、騎士も兵士も水夫たちも拳を突き上げて気力をみなぎらせた。そのままきびきびと乗艦する動きが、それ以前に比べてあきらかに良くなっている。志気の高まりは戦闘の結果を左右する大事な要素だ。

水軍長がルルに目礼して感謝を伝えてきた。

ルルも小さくうなずいて返礼すると、決意をこめた足取りで快速艇に乗りこんだ。

ベルテ河口を出たアルシェラタン水軍――三段櫂漕(トライリーム)の快速船は、昼前から湖面に立ちはじめた霧の助けを借りて、ほとんど音を立てずまたたく間に湖中央の敵艦隊に肉迫した。

気づいた敵艦が大きな図体をのろのろと回頭させて迎撃態勢に入る前に体当たりをしかけ、船首に取りつけたかぎ爪つきの折りたたみ式雲梯(うんてい)を渡すと、怒濤(どとう)の勢いで乗りこんで機先を制した。

しかし有利に進んだのはそこまでだ。敵が態勢を整えて反撃をはじめると、そこかしこで激しい戦闘がはじまった。

ルルとナディンが乗りこんだ中型の快速艇は、敵艦の注意を引かないよう慎重かつ敏速に移動しながら、聖導士の有無を確認しつづけていた。

「敵旗艦にふたり…、いや三人？　となりのあの艦(ふね)、金ぴかの敵艦(あれ)にたぶんひとり乗ってると思います…。あとは――」

耳栓をして目を閉じ意識を集中したナディンの探索結果は、角灯(カンテラ)を使った通信によってまたたく間に共有され、最優先の攻撃目標となる。白兵戦で仕留めるのは襲撃隊の仕事で、ナディンの役目は聖導士の捕捉と追跡、ルルはナディンの護衛役だ。

それでも、目の前で船同士が激突して大破したり、半壊した甲板から湖面に向かってボロボロと人が落ちてゆく様を見てしまうと、祈らずにはいられない。

ルルは護衛たちに護られながら甲板の上で両手を組み、味方に向かって癒しの力を届けた。軽い怪我なら痛みが消え、活力が増し、怖(おそ)れや不安も軽くなるように。

戦況が刻一刻と変化するにつれ、天候も崩れてゆく。青かった空は分厚い雲に覆われ、湿った風が吹いて霧が立ちこめはじめる。

快速艇は戦いを避けながら敵艦に近づいては離れるという作業を続け、ナディンはさらにふたりの聖導士を見つけた。未探索の敵艦はあと五隻。

旗艦が襲撃されたことに気づいた敵僚艦が、ふぞろいな漕ぎ使いでぎこちなく接近し、アルシェラタンの艦艇に砲撃をしかけるのが見えた。贄の儀で錬成した兵器ではなく通常の石砲弾だ。

「そんなひょろひょろ弾が当たるかよっ」

「油断するな！　錬成兵器をかくしているかもしれない！」

一瞬、風に乗ってそんな怒声が聞こえてくる。けれどすぐに騒音でかき消されてしまう。

ナディンはさらに元仲間――聖導士の気配を探ろうと舷側に近づいて意識を集中させている。

霧が深まり、腕を伸ばした先の指すら見分けにくくなった頃、突然大音響とともに敵旗艦が傾き、あたりが騒然とした混戦状態に陥った。旗艦を助けるために接舷しようとした敵僚艦が、距離を見誤ってぶつかったらしい。

敵艦が見境なく打ちこんだ石砲のせいで粉塵が舞い上がり、周囲が騒然となる。

「艦上で仕留められてなければ、逃げ出してきますよ。警戒してください」

砲撃と白兵戦に巻きこまれて消えた聖導士の気配はふたつ。ナディンが捕捉できた六人のうち残り四人はまだ生きている。すでに戦場は混乱を極め、敵味方が入り乱れて騒乱状態だ。

「ここからが我々の出番ですな」

となりに並んで速度を合わせた別働隊の隊長が、身ぶり手ぶりで受け取った情報をきびきびと各艇に伝え指示を与えると、ナディンが指さした方向に向かって速度を上げてゆく。

快速艇の船長も船員に指示を出し、残りの未探索艦に向けて操舵(そうだ)を続ける。

時間が経(た)つごとに霧がいっそう濃くなる。角灯(カンテラ)で連絡を取りあうのも困難な状態だ。

「ナディン殿、聖導士の気配は？」

最後の一隻に接近した船長に問われたナディンは、弱々しく首を横にふった。

「――わかる範囲にはいません。たぶん」

追跡と掃討に向かった僚艦からの連絡を確認している船長を横目で見つつ、ルルは疲労困憊(こんぱい)のあまりへたりこんでいるナディンに近づいて、そっと癒しの力を注いだ。探索の途中で癒しの力を使われると、精度が鈍ると言われて終わるまで待っていたのだ。

「ありがとう…ございます。ルル様もお疲れでしょう」

「僕は」

緊張してただけで特になにもしてないから…と答えようとしたとき、ナディンがぼんやりとした表情で顔を上げた。遅れてルルも、奇妙な気配を感じて背後をふり返る。

周囲で湧き起こっている騒然とした怒号と剣戟(けんげき)、砲撃と破砕音が入り交じった場所からかすかに聞き覚えのある声が聞こえた気がして、ルルは耳を澄まし、濃霧の向こうに目をこらした。

「――にぐずぐずしてるの！　もっと早く――なさいよ…ッ」

深い霧を透かして、湖面のやや上方に緋色がちらちらと見え隠れしている。

苛立った、そして命令することに慣れた高い声音は女性のものだ。

どうやら身分の高い女性が、漕ぎ手に命じて小船で逃げようとしているらしい。

その声。聞く者にその言葉は真実だと思いこませる説得力に満ちた声。けれどその裏側には、驚くほど利己的で酷薄な残忍さをあわせ持っている――。

――まさか…ハダル？

ルルは護身用に帯びている腰の剣柄に手をかけながら、船縁に駆け寄った。

「ルル様、突然どう…危険です！　あまり身を乗り出さないで――」

「しっ」

護衛隊長の注意を後ろ手でさえぎって、ルルは手摺りから上半身を乗り出して目を凝らした。

風が吹いて霧がわずかに薄くなる。そのときこちらに気づいた女性が顔を上げ、大きく目を見開いたあと、急いで胸元をまさぐるのが見えた。

――ハダルだ！

一瞬で体温が上がり、うねるような熱いなにかが鳩尾で弾ける。

「船長！　あの小舟を追って！」

ルルが叫んだのとほぼ同時に、ハダルが胸元から取り出したなにかを頭上に掲げた。

その瞬間カッと光がほとばしり、あたりが真っ白になる。

真夏の太陽を一〇〇個並べられたかと思うほど強くまばゆい光。目が痛くて開けていられない。耐えきれず、皆が次々と苦痛のうめき声をあげながら両眼を覆ってその場に膝をつく。

衝撃から一番に立ち直ったのは、自分に癒しの力を使って視力を回復させたルルで、二番目はルルを庇(かば)うために覆いかぶさっていた護衛隊長(バルト・ル＝シュタイン)だ。

「ご無事ですか、ルル様」

「僕は…大丈夫。バルトさんは？」

「残念ながら、目が…まだ、使い物になりません」

「わかった。癒しの力を注ぐから、じっとして動かないで」

ルルは素早く護衛隊長を癒したあと、船縁に駆け寄ってハダルの行方を捜した。霧の彼方にうっすらと緋色が見えた気がしたけれど、すぐに消えてしまう。

「船長…！」

甲板をふり返ったルルは、うめき声を上げる護衛と船員たちに気づいて拳をにぎりしめた。

――駄目だ。今から皆に癒しの力を注いで回復を待ってからじゃ間に合わない。

このままじゃ、逃げられる。

小舟にはハダル以外、漕ぎ手のふたりしかいなかった。隙をつければ、できるはず。

ルルはもう一度ぐっと拳をにぎりしめたあと、うめき声を上げている護衛と船員たちに急いで駆け寄り、癒しの力を注ぎ終わると、剣を腰帯(ベルト)から外して手摺りの上に置いた。

「ルル様？」

怪訝(けげん)そうに眉根を寄せる護衛隊長の声を聞きながら、両手を天に向けて伸ばし、そのまま鳥に変化する。最初は身が軽く飛び立ちやすい小鳥に。

「ルル様‼」

意を察して目を閉じたまま自分を捕らえようとする護衛隊長の手をかいくぐって舞い上がったルルは、快速艇の上空をひとまわりする間に大型の——猛禽類(もうきんるい)に似た鳥の姿に変化した。

そうして手摺りめがけて滑空すると、両足でガシッと剣をつかんで再び舞い上がる。

「——…ッ‼」

自分の名を叫ぶ護衛隊長の声を背後に聞きながら、ルルは一直線にハダルの小舟に向かって翼を羽ばたかせた。

緋色の衣装はよく目立つ。ルルはハダルが乗った小舟を見つけると、上空で何度か旋回して時宜(タイミング)を図った。好機(チャンス)は一度だけ。失敗したら無理せず、鳥になって逃げる。

無謀と勇気は違う。ここで僕が命を落としたり、万が一にも捕らわれたりしたら、護衛隊長の首が飛ぶ。船長や他の護衛たちにも罰が与えられる。

ルルは自分に言い聞かせると、鷲(わし)づかみしていた剣を上空に放った。

——それでも、僕はここで彼女を見逃したくない！

「ハダル！　逃げるな…ッ！　卑怯者‼」

人間の姿にもどったルルは、空中で剣をつかんで鞘から抜き放つと、小舟に向かって飛び降りざま、ハダルに斬りつけた。

「よくも…ッ、クラウスを騙したなッ！」

信じて保護して妻にまでした相手を、騙して心底傷つけた。

「よくも、僕の大切な〝運命の片翼〟を苦しめたな…‼」

保身のために自分を殺そうとしたことよりも、人の良いクラウスを騙して傷つけたことのほうに腹が立つ。怒りが湧く。

同じ癒しの民――翼神の末裔でありながら、贄の儀で大量の人間を殺し、さらに奴隷を狩るために他国を侵攻してきた軍に混じって現れたハダルに、心の底から怒りが湧く。

「きゃぁッ！」

左肩から右腰にかけて斜めに斬り下ろされたハダルは悲鳴を上げながらうしろに倒れ、痛みにもがいてうつぶせた。そのまま気絶したのか動かなくなる。

ルルはハダルから注意をそらさず、驚いて固まっているふたりの漕ぎ手にちらりと視線を向け、彼らがハダルに忠誠を捧げているわけではなさそうな様子を見てとり、投降を呼びかけた。

「邪魔したり抵抗しなければ殺さない」

言いながら、止めを刺すため一歩近づこうとした瞬間、目にも止まらぬ速さでハダルが右手をふり上げた。

「くそ餓鬼が！　いい気になるな…ッ!!」

音もなく空を切った指先から、濁った血色の光弾が飛んでくる。

ルルはとっさに防御膜（シールド）を張りながらうしろに跳びすさり、剣を空に放り投げて鳥に変化した。

小鳥から急いで大型鳥に変化して、水中に落ちる寸前の剣をつかみ取って上空に舞い上がる。

あきらめたわけじゃない。水面に近い場所で旋回して、すぐに快速艇を見つけると、顔面を蒼白（そうはく）にして船縁に立つ護衛隊長の眼前をすいと横切り、注意を引いて先導する。

「ルル様!?」

「きゅぃッ！」

察しの良い護衛隊長（バルト・ル＝シュタイン）が船長にルルの意図を伝えてくれたおかげで、快速艇はすぐに舳先（へさき）を調整して軽快に走り出した。そしてあっという間にハダルのいる小舟に追いつく。

「気をつけて！　彼女は小さいけど〝血の砲弾〟を持ってる！」

ルルは鳥から人の姿にもどって甲板に降り立ちながら叫んだ。護衛隊長は顔を引き攣（つ）らせて自分の外套（マント）を外し、裸のルルに巻きつけながら部下に指示を飛ばした。

「全員防御態勢を取れ。誰か、弩弓を」

そのまま船室に避難させられそうになったので、あわてて「見張ってないと防御膜（シールド）が張れない」と言い張り、甲板に残る。

ルルは護衛たちが掲げてくれる盾の陰にかくれながら、船縁から湖面を見下ろした。

ハダルの小舟は快速艇が起こした曳き波でぐらぐら揺れ、今にも転覆しそうだ。そのなかに、緋色の衣装を血で赤黒く染めた女が倒れている。ふたりの漕ぎ手は櫂をまっすぐ立てて天に向け、投降の意思を示している。

「王侶殿下、どういたしますか？」

護衛隊長に殺すのか生け捕りか指示を仰がれて、ルルはきゅっと奥歯をかみしめた。

「女は、生きているなら捕らえて相応の報いを。漕ぎ手は――」

捕虜に…と言いかけた瞬間、ハダルがむくりと顔を上げて絶叫した。

「死ねぇ――……ッ」

叫びながらルルに向けた指先から、暗い血色の光弾が飛んでくる。

ルルはとっさに手のひらを向けて防御膜を張り、禍々しい攻撃を弾き返した。意図して防御膜の角度を調節したおかげで、砕けた血色の光弾の欠片がハダルに向かって飛んでゆく。

「きゃぁッ！」

悲鳴を上げてよろめいた瞬間を逃さず、となりにいた護衛隊長が弩弓を放って止めを刺した。

ドスンと鈍い音がしてハダルは船底に縫い止められた。

驚きあわてた漕ぎ手のふたりが争うように水中に飛びこんだせいで、均衡を大きく崩した小舟が呆気なくひっくり返る。

肩で息をしながら注意深く身を乗り出して湖面を覗きこむと、緋色の長衣が未練がましく波間にただよっているのが見えた。けれどそれも長くは続かない。ざぶんと打ち寄せた波にもまれて、水底に棲むという水妖に引っ張られたように緋色と小舟が消えてゆく。

ルルは手摺りをにぎりしめて身体を支えながら、自分とクラウスにとっての仇敵である稀代の悪女の最期を見送った。

「ルル様、お怪我は？」

埃でも入ったかのように、眉間に皺を寄せてしきりにまばたきしている護衛隊長に問われて、ルルはゆっくりと首を横にふった。

「――ないよ…、…ありません。バルトさんは？　目がまだ痛そう」

「すみません。忠告を無視して、痛みがあるうちに開けてしまいました」

まばたきするたび涙をにじませて謝る護衛隊長に、ルルは改めて癒しの力を注いだ。

「僕の方こそ心配かけてごめんなさい。それから、ありがとう」

ハダルの止めを刺してくれてとは口にしなかったけれど、護衛隊長はすべてを理解している表情で小さくうなずいてくれた。

「ナディンさんは？」

「あそこで腰を抜かしていますが、怪我はありません」

視線で示された先、巻上機の横でへたりこんでいるナディンに目を向けると、手を挙げて無事だと示してくれた。癒しの力で肉体的な疲労は回復しても、探索で酷使した精神的な疲労は抜けなかったのだと、あとで教えてもらった。


ナディンが気配を捕捉できた聖導士のすべてを始末し終わったのは、日暮れ前だった。

敵艦の多くは図体が大きく小まわりがきかず、聖導士を失って頼りにしていた〝血の砲弾〟も使えないまま、雨風と地の利——どこに浅瀬や急な水流、藻の群生などがあるか——を味方につけたアルシェラタン水軍の巧みな攻撃によって翻弄され、一隻、また一隻と沈没または航行不能に陥り、逃げ場を失って降伏していった。

戦いの間ルルは湖上に留まり、運び込まれる重傷者を癒したり、激しい戦場に向けて癒しの力を届け続け、騎士や兵士、水兵たちから絶大な感謝を捧げられた。

「王侶殿下がいてくださって、本当に良かった」

そんなふうに言ってもらえると、翼神を復活させられない罪悪感とうしろめたさが、少しだけ和らぐ。

「僕の方こそ感謝します。僕がアルシェラタンで暮らしていられるのはクラウス国王陛下と、こうして戦場で戦ってくださる皆さんのおかげですから」

ルルが指環をなくしたことに気づいたのは、皆と一緒に帰城したあとだった。

「よくやった、ルル！　無事でなによりだ。ナディンも、よく働いてくれた」

城門前で出迎えてくれたクラウスに抱きしめられたルルは、ひと目を気にする余裕もなく彼の唇接けを貪るように受け容れた。とにかくへとへとで、滋味を補給しなければ今にも昏倒しそうだったからだ。

「クラウス…、あの」

「簡単な報告は受けている。あの女を見つけて始末したと。よくやってくれた」

どう伝えるべきかいろいろ考えて悩んでいたのに、言い出す前にさらりと褒められて二の句が継げなくなる。「あ…う…」と唇を動かしているうちに膝裏をひょいと抱え上げられ、そのまま横抱きで城に運びこまれた。

「騎士と兵士と水兵たちに食事と乾いた衣服と寝床を。今回出撃した者たちには充分な休息を与えるように。予備兵たちを哨戒と警戒配備に。捕虜の扱いは軍務長官に――」

頭上で次々と指示を与えているクラウスに「下ろして」と頼んで邪魔するのも申し訳なく、ルルは首に腕をまわして胸に顔を埋め、素直に抱えられて移動することにした。

〝血の砲弾〟と敵艦隊による砲撃の心配がなくなったことで、安全だが不便な地下壕ではなく王城一階に用意された臨時の居室に送り届けられたルルは、駆け寄って出迎えてくれたフォニカの手を借りて戦塵にまみれた軍衣を脱ぎながら、ふと自分の胸元をさぐって息を呑んだ。

「――…ッ、無い……！」

ふたつの指環を通して首にかけていた白金の鎖がない……！

それが意味するところを理解するまえに血の気が引いて、手足の感覚が消える。

――まさか…そんなはずない！　約束の指環をまた失うなんて……！

祈る思いでなんども首筋と胸元、そして脱いだばかりの軍衣をまさぐって必死に探す。まだ身に着けている肌着のすみからすみまで、襞(ひだ)のひとつひとつをすべて確認して呆然とする。

どんなに捜しても見つからない。

ハダルを追うために鳥に変じたあと、もどって服を着たときにはちゃんとあったのに。

鏡を見ると、首筋にうっすら細い朱線が残っていた。細い鎖が強く引っ張られ、千切れたときについた傷だ。暴れる怪我人を押さえつけて癒しの力を注いだとき？　それともそれとも…。

いつそんなことがあったのか、今となっては思い出せない。

「うそ…、どうして…――」

ルルは脱いだばかりの軍衣を鷲づかみして部屋を飛び出した。

「ルル様…⁉　どこに行かれるのですか⁉　ルル様！　お待ちください…！」

驚いたフォニカがうしろから追いかけてくる。けれど説明する間すらもどかしい。小走りに廊下を進みながら軍衣を着直し、少しまえに通り抜けたばかりの城門に向かった。

「門を開けて！　船を…！　小さな船でいいから用意して…！」

探しにもどらないと、無くした場所へ。見つけなければ。あの指環がないと、僕は……――。

横殴りの雨に濡れそぼる城門前広場には続々と帰還してくる騎士や兵士、水軍兵たちであふれ返っている。彼らは王侶の姿を認めると、驚きつつも好意的な表情で身を引いて道を空けてくれた。そのなかを喘ぐように息をしながら必死に走りつづける。うしろから追いかけてくるフォニカや護衛たちが必死に呼び止める声にも、足を止めることができない。

――あの指環をなくしたら、僕はまた……！

薄氷を踏みぬいて冷水のなかに落ちてしまうような焦燥感に追い立てられてルルは叫んだ。

「お願い！　船を……――！」

用意してと訴えかけた瞬間、うしろから強い力で腕をつかまれ引き寄せられた。

「ルル！」

「――……ッ」

「どうしたんだ⁉」

驚きと心配に満ちた表情で自分を覗きこむクラウスを見た瞬間、ルルは視線をそらして窮地をごまかす方法を見つけようとした。けれど。

「なにが起きた？」

深くて温かみのある、気遣いにあふれた声でやさしく訊ねられて、張りつめていた気持ちが破れてあふれた。ひゅっ…と息を呑んで、せばまった喉から声をしぼりだす。

「──び、わ…、指環…を……なくし…た──ッ」

死に値する罪を告白するような、悲痛な声で正直に告げながら、強くにぎりしめた拳で両眼を覆ってほとばしる涙を押しとどめる。

目を閉じて世界を閉めだせば、自分が犯した過ちを見なくてすむと思いながら。

クラウスが、冷たい瞳で『証（あかし）がないなら追放だ』と言い出すのを見なくてすむように。

「ぜっ…たいに、なくさないよう気をつけて、いたのに…──っ」

「指環…？〝約束の指環〟のことか？」

なんだ、そんなことかと言いたげな声音に驚いてゆっくり顔を上げると、どこか気抜けした表情を浮かべたクラウスの顔が見えた。怒っていないし、落胆もしてない。どうして…？

「──責めない…の？」

大切な指環だ。それを持っているだけで、愛される証となる〝約束〟の指環なのに。

ぬぐっても押さえても止まらない涙に濡れた声で、おそるおそる訊ねた瞬間クラウスが浮かべた表情は、彼のほうこそ大切なものをなくしたような、取り返しのつかない過ちを糾弾されたような、痛恨の極みと言いたげなものだった。

クラウスは心臓をひと突きされた痛みをこらえるように、目元をゆがめながら苦笑した。

「責める理由がない」

溜息のようなささやきとともに抱きしめられ、「すまない」と謝られて混乱する。

「ど…して…?」

なぜそこでクラウスが謝る?

「不安にさせてすまない。──本当にすまなかった」

濡れた髪をかきわけて、耳朶におしつけるよう唇を寄せて、ルルにだけ聞こえる声でクラウスは言い募る。

「指環などなくても、証がなくても、俺は君を二度と離さない。君を苦しめたりしないと誓う……──」

信じてくれと、祈るような心の声が聞こえた気がして、ルルは胸元に押しつけていた腕をのばし、にぎりしめていた拳を開いてクラウスの背中を抱きしめ返した。

その夜。ルルはクラウスに抱かれて痛いほど愛を注ぎこまれた。なくしてしまった指環の代わりに、中指のつけ根をなんども甘噛みされて赤い環痕を刻まれた。

一緒になくしてしまった章印指環の代わりに、クラウスが小指に嵌めていた指環をもらった。アルシェラタン王家の印である羽根の意匠がほどこされた美しいものだ。

「正式なものは、この戦が落ちついたらまた作らせよう」

「それも…また、なくしたら…?」

「なんどでも作り直せばいい。だから心配するな」

軽くにぎって口元に運んだルルの左手に唇接けを落としながら、クラウスが微笑む。

ルルはその唇に自分の唇を重ねて、愛を返した。


こんなに想いを重ねているのに、どうして翼神は復活してくれないんだろう――。


夜半。温かなクラウスの胸に顔を埋め、背中を抱き寄せてくれる腕の力強さに安堵しながら、ルルはふいに忍びこんだ冷たい疑問に息を止めた。ルルが身を強張(こわば)らせたことに気づいたのだろう、クラウスがやさしく背中を慰撫(いぶ)しながらこめかみに唇接けてくれた。

「どうした…？　大丈夫だ――。安心して、眠れ…」

半分寝入りながら吐息まじりのささやきで、波立ったルルの気持ちをなだめてくれる男のやさしさに涙が出そうになる。嬉しいのに切なくて。

ルルはきゅっと奥歯を食いしばり、額をクラウスの肩口にこすりつけて目を閉じた。


ルルはクラウスと手をつないで巨大な崖の縁を歩く夢を見ていた。

こんなに際(きわ)を歩いていたら危ないのに。ここから離れて、もっと向こうの安全なところに行こう。クラウスにそう言いかけた瞬間、足元が崩れて宙に放り出された。

あ、落ちる。

つないだ手を離さないと、クラウスまで巻き添えで落ちてしまう。

そう思ったのに、身体は頭と裏腹に、ぎゅっと力をこめてクラウスの手をにぎりしめていた。

――墜ちる…。一緒に墜ちてしまう…！

一万の刃で身を削ぎ落とされるような恐怖に襲われて、救いを求めて腕の先を見ると、にぎりしめていたはずの手が消えていた。もちろんクラウス自身も。

地面に叩きつけられた玻璃のように、身体と心が粉々に砕け散る恐怖と絶望のなかでふりまわした腕がむなしく空をきる。

その瞬間、バリバリと轟音を立てながら赤黒い巨大な稲妻が天空を切り裂くのが見えた。

生き物のようにうごめくその先端が自分に向かって伸びてくる。避ける間もなく貫かれた赤黒い閃光の衝撃でルルは目を覚ました。

「――…ッ⁉」

鋭く息を吸いこんでカッと目を見開いた視界の端に、となりで眠っていたクラウスが勢いよく飛び起きる姿が映った。なにが起きたのか理解できないまま胸元を探り、そこが少しも傷ついていないことを確認してホッと息を吐きながら、ルルも起き上がろうとした瞬間、ふたたびバリバリと天を引き裂くような轟音が聞こえた。

同時に空気が波立つような揺れと振動を感じて息を呑む。

「何事だ⁉」

王の声音で叫びながら、クラウスは素早くルルを一瞥して無事を確認すると、すぐさま剣をつかんで扉に駆け寄った。ルルも急いで起き上がり、靴を履いて上着を羽織る。それから天蓋のくくり紐を抜きとると、翼のようにたっぷりとした両袖をまとめてめくり上げ、ついでに寝衣の裾もたくし上げて帯に挟んで動きやすくする。

「なにが起きたの？」

急いで衣装箱から引っ張り出した腰帯に細剣を吊るしてクラウスに駆け寄ろうとしたとき、ふたたび『ドォーン…』『バリバリ』という轟音と振動が伝わってきた。さらに遠くで誰かが叫んでいるような声、怒号、悲鳴や足音、なにかがぶつかって壊れる尋常ではない音と振動が聞こえてくる。

用心深く扉を開けて細い隙間から外の様子を確認していたクラウスが、ふりかえって唇に指を立てる。音を立てるな。その動きと表情で、寝室の外に襲撃者が現れたのだと理解したルルは、小さくうなずいて彼の指示に従った。

もどってきたクラウスは手早く衣服を着こんで寝室の奥に移動すると、壁の二箇所を同時に押した。魔法のように壁が手前に飛び出し、横に引くと人がひとり通れる小さな隙間が現れる。かくし階段だ。

ルルはクラウスから受け取った光珠——油も炎も必要としない、古代の遺構から掘り出された王家の宝物のひとつ――でふたりの足元を照らしながら細い階段を下っていった。

そのまま進めば安全な場所に出られたはずだけど、途中で壁が崩れて階段がふさがっていた。ついさっき見た崖縁の夢を思い出して、思わずクラウスの手を引っ張ると、クラウスはうなずいて二十段ほど引き返し、寝室でしたのと同じように二箇所を同時に押した。

落ちてくる砂埃を手でよけながら開口部をくぐり抜けると、黴くさい物置のような部屋だった。狭くて空気が淀んでいる。

クラウスがかくし扉を元にもどしている間に、ルルは光珠を消して腰帯にくくりつけた。

それからふたたびクラウスに手をとられ、部屋を出て廊下を進んだ。

扉をくぐったり廊下を曲がったり階段を降りるたびに、壁が崩れたり天井が落ちるような破砕音と悲鳴や怒号が間近にせまったり遠のいたりする。もうもうと埃が立って視界がさえぎられた場所や、汚泥や腐った藻、排泄物をぶちまけたような臭いが立ちこめた場所がある。

そうした場所を巧みに避けながら走るクラウスに手を引かれて、ルルは息を喘がせた。

いったいなにが起きたのか。起きているのか。

全身から噴き出した汗で濡れた寝衣がまとわりつく。それを鬱陶しいと感じはじめた頃、ようやく疑問の答えに行き当たった。

巨大な敵艦艇が、城の壁をぶち抜いて廊下をふさいでいたのだ。

子どもがおもちゃの船を無理やり箱に押しこめたように、ひしゃげてたわみ、できた隙間から泥混じりの水と漕ぎ手奴隷、カラグル・ウナリ連合軍の兵たちがこぼれ落ちるように湧き出てくる。彼らの多くは血を流していたが、その匂いに酔ったように目をぎらつかせ、剣や斧をにぎりしめていた。

「——…瞬間…転移…？」

贄の儀で錬成された脅威の技術。

「ああ。…くそっ！　どうやら殺しそこねた聖導士がいたようだ」

クラウスは素早く身を隠し、敵に遭遇しない別の通路を選んだ。ルルにはわからない目印を確認し、ときどき指笛で合図を送り、立ち止まって返ってくる音に耳をすませると、ふたたび進む。その時間は永遠のようにも感じたけれど、実際はわずかだった。そして唐突に終わった。

「陛下！　ルル様…！　ご無事でしたか！　ああ…よかった！　南翼棟に突っこんだ敵戦艦を見たときにはもう終わりかと…——いえいえクラウス様にかぎってそんなことはないと信じておりましたとも。ルル様もご一緒ですしね」

崩れ落ちてくる瓦礫と立ちこめる粉塵のむこうから現れたナディンが、一気にまくしたてながら近づいてくる。そして途中で立ち止まりふたりの背後を覗きこむように首を傾げた。

「イアルさんとバルトさんはご一緒ではないんですか？」

「——イアルとバルト？　いや。俺たちはふたりだけだ」

「おや、行き違いですか。それじゃ呼びもどしたほうがいいですね」

ほんの一瞬ためらったクラウスの答えから、ナディンは秘密の通路の存在を推測したらしい。けれどそこには言及せず、よれた胴衣の懐から水晶盤を取り出すと「うまくつながるといいんですけど…」とつぶやきながら、表面を撫でて目を閉じた。

「駄目です。つながりません。たぶん敵と交戦中なんでしょう」

「敵の規模——いや、敵艦が何隻、どこに突っこんできたのかわかるか？」

「南翼棟の真んなかに一隻、南翼棟と主翼棟の境目に一隻、それから主翼棟の北側に二隻。ちょうど僕の部屋があるあたりですね。いやぁ、危なかった。部屋で寝てたら今頃ぺしゃんこの挽肉になってるところでした」

ナディンは「ははは」と力なく笑い「まさかこんな滅茶苦茶な戦法に出てくるとは」と溜息を吐き「それ以上くわしいことはよくわからない」と正直に告げた。

「ちょうど、眠れないからイアルさんの部屋に押しかけて、そしたらバルトさんもやってきて、なんだか気まずくなったんで、みんなで哨戒台に上って敵艦の見張りでもしながら今後の対策を練ろうかって話になって、移動してる途中でこの騒ぎですよ。イアルさんとバルトさんは南翼棟に敵艦が突っこんだのを見た瞬間、すっ飛んで行ってそれっきり。僕は——」

滔々（とうとう）と話していたナディンはそこでふと口を閉じて後退（あとずさ）り、ふたりと距離をとった。

「僕は——やつらの、もしくはやつの狙いが自分だと気づいたので、あえて南翼棟には近づかず、敵を攪乱（かくらん）するために動きまわっていたんです」

「や、やつというのは生き残りの聖導士か」

クラウスはさりげなく背後にルルを庇い、周囲を油断なくみまわした。

「はい。僕がむこうを探知できるように、むこうも僕を探知できますから」

ナディンも周囲に視線をめぐらせてから、さらに後退って距離をとろうとする。

「おふたりも僕から離れて、そのまま安全な場所に避難してください」

自分はひとりでも大丈夫だからと、笑いながら遠ざかろうとするナディンにむかってクラウスは素早く踏みこんだ。手をにぎられたままのルルの爪先が空に浮くほどの勢いで。

「なに馬鹿なことを言ってるんだ。おまえも一緒に来るんだ」

有無を言わさぬ強さでナディンの首根っこをつかんで引き寄せると、そのまま左腕にルル、剣を持った右腕でナディンを抱えてクラウスは歩きはじめる。

ルルはクラウスの代わりに背後や左右を警戒しながら、ちらりとナディンを盗み見た。

元聖導士の青年は申し訳なさと居たたまれなさで塗りつぶそうとしてもにじみ出てしまった嬉しさを、誤魔化そうとして失敗した困惑顔でクラウスを見つめていた。そしてルルの視線に気づくとあわてて視線を泳がせ、最後にうつむいて顔をかくす。それで確信した。

――やっぱり…ナディンさんて、クラウスのことが好きなんだ…。

ルルが気づいたことに、気配でナディンも気づいたらしい。顔を上げてなにか言いかけ、そのまま口を大きく開けて声を張った。

「危ない！　上！」

クラウスと一緒にルルも上を見た。天上が崩れて大きな石材と瓦礫が落ちてくる。同時に自分を抱えるクラウスの腕に力が入り、ぐっと持ち上げられて運ばれるのがわかった。

視界がぶれて息が苦しくなる。少し遅れて、そこかしこで硬いものがぶつかり合う音が響いて砂埃が舞い上がった。途中でひときわ大きく視界がぶれて、クラウスが「ぐ…ッ」と息を呑んでこらえる気配が伝わってくる。怪我をしたのだと瞬時に察して、ルルは身体を震わせた。

今すぐ腕をふりほどいて傷を癒してあげたい。そう思って顔を上げた瞬間ナディンともども壁際にある瓦礫の陰に押しやられた。

「ナディン！　ルルを護れッ！」

ひそめた叫びと一緒に飛んできた小剣を危うい手つきで受けとったナディンは、状況を見てさすがに無駄口は叩かず「はい！」と小声で答えて鞘から刃を抜き、ルルを連れて安全だと思える場所に逃げこんだ。

親鳥が敵の注意を自分に引きつけながら巣を離れて雛を守ろうとするように、自分とナディンから素早く遠ざかったクラウスが、剣を構えて壁のごとく立ちふさがりながら進んだ先に、カラグル・ウナリの兵装を身にまとった男たちが現れたのが見えた。

男たちはクラウスに気づくと、いっせいに殺意をみなぎらせてじりじり近づいてくる。

幸い、まだ自分とナディンの存在には気づいていないようだ。数は六人…いや七人だ。

皆、武器を手に持ち、戦い慣れた様子が見てとれる。万全の状態でもひとりで相手をするのはきつい。しかもクラウスは怪我をしている。

ルルはいつでも加勢に飛びこめるよう自分も剣を抜いて構えながら、万が一にも敵に捕まってクラウスの足でまといにならないよう状況を注意深く確認する。

自分たちが今いるのは広間の巨大な柱と柱に囲まれた壁嚢（アルコーヴ）のなかだ。入り口をふさぐ形で天上から落ちてきた巨大な瓦礫があるため、外からは見えにくく、なかからは外の様子を窺（うかが）いやすい。

「ルル様は周囲を警戒して、怪しい気配や人影を見つけたら教えてください！」

壁嚢（アルコーヴ）のなかのさらに奥まった場所にルルを押しやり、蓋をするような——いざとなったら自分が敵の攻撃を引き受けて、その間にルルを逃がせるような——体勢のナディンにひそめたささやき声で言われて、ルルは「うん」とうなずいた。本当はクラウスの様子を見守りたいが、油断して背後を襲われたら目も当てられない。

「クラウスは？」

「ひとり…、いや、ふたり倒しました。投げ小刀（ナイフ）で喉をひと突きと、瓦礫を投げつけて昏倒させました。すごい腕力だ」

説明される少し前に「ぐはッ」「うぉッ」という悲鳴じみた呻（うめ）き声と息を呑む気配、そしてどさりぐしゃりという物音が聞こえてきたので、見えなくても状況が目に浮かぶ。

「残り五人…」

「見張りを交替して」

有無を言わさずナディンと場所を交替して、ルルは瓦礫の向こうで戦うクラウスを見つめた。見つめながら剣をにぎりしめた手を重ねあわせて、癒しの力が少しでもクラウスの助けになるよう祈りを捧げる。

防御膜(シールド)で敵の攻撃を弾き返せたらいいのだけれど、それはできない。ルルの力はあくまでも盾や鎧(よろい)、壁といった物を介して発揮される。直接対抗できるのは〝血の砲弾〟のような、念を凝縮した攻撃だけだ。

固唾(かたず)を飲んで見守るルルの視線の先で、クラウスは怪我をした左腕を庇いながら剣をふるい、同時に前後から襲いかかってきたふたりを神業のような素早さで斬りはらった。最初に前から来た敵に自ら半歩踏みこんで逆袈裟懸(けさが)けに斬り上げ、その勢いを使ってふり返り、背後から襲いかかった敵の刃を紙一重で避けると真一文字に斬りはらったのだ。

「残り三人」

一対七という圧倒的優位で迫ったはずが、あっという間に半数以上を戦闘不能にされた敵がたじろいで警戒を強めるのがわかる。優位にあぐらをかいて油断していたことを認め、改めて剣を構えなおして間合いを詰める。

突然クラウスがなにかに気を取られたように左手を見た。そのままぐらりと身を傾げて片膝をつく。怪我がひどくて倒れそうなのかと、ルルは一瞬で血の気が引いて、思わず壁嚢（アルコーヴ）から飛び出しかけた。

気づいたナディンに肩をつかまれ押し留められたのと、隙ありとみて剣をふりかぶり踏みこんできた敵兵を、クラウスが下からの刃一閃（いっせん）で斬り伏せ、間合いから逃げ遅れたもうひとりの敵にも肉迫して袈裟懸けに斬り倒したのがほぼ同時だった。

最後に残ったひとりは味方をすべて失い、さすがに動揺して戦意を喪失したようだ。ガタガタ震えながら逃げ場を探して視線をさまよわせている。

おそらくこの場にクラウスひとりしかいなければ、戦意を喪失して逃げだそうとする相手の命を奪うことはしなかっただろう。けれどクラウスは容赦なく、最後のひとりも裂帛（れっぱく）の気合いで追いかけ斬り倒した。さらに、最初に瓦礫を投げつけて昏倒させた敵兵にも止めを刺す念の入れようだ。

そこまでするのは自分とナディンを護るためだと、誰に言われなくてもルルには理解できた。

だから。残兵がいないか用心深く確認したあと、今度はふりではなく、本当によろめきながら壁嚢（アルコーヴ）にもどってきたクラウスにルルは駆け寄った。

「クラウス！　怪我したとこ見せて！　肩？　頭⁉　しゃがんで、傷が見えない！」

「僕が見張ってます。クラウス様はルル様に傷を癒してもらってください」

ナディンが渋るクラウスを引っ張ってルルのとなりに押しつけ、ふたりの盾になる。

額からあふれ出た血のせいで片目をふさがれたクラウスは、はぁはぁと荒い息を吐きながら素直にルルの前に片膝をついて傷の在処(ありか)を近づけた。ルルを抱えていた左側の額が骨が見えそうなほどえぐれている。それから左肩も、おそらく骨が砕けている。これほどの傷を負いながらよく七人もの敵兵を倒せたものだと、クラウスの剣技と気力の強さに圧倒されながらルルは歯を食いしばった。

服を裂いて確認するまでもない。目に見えるほど陥没して血がにじみ出ている場所に手をかざし、意識を集中する。

――僕を庇ってできた傷。

また助けられた…と、ルルは泣きそうになりながら癒しの力を注ぎこんだ。

額の傷がふさがり、肩の負傷も完治しかけたところで、ふいに目を開けたクラウスがこちらを見つめた。それから自分の左手に視線を向けて唇をかみしめたあと、口を開く。

「三年半前…」

「――三年半前、初めて君を連れてアルシェラタンにもどってしばらく経った頃、食事の席で『俺が贈った指環をなぜしていない』と君に訊ねたことがあっただろう」

覚えているかと訊ねられて、ルルは曖昧に「うん」とうなずいた。

忘れるわけがない。指環に執着していたルルのために、クラウスが道中せっせと編んでくれた手作りの指環だ。今思えば、あれは〝誓い(ゼ)の(ラ)印(ニス)〟だった。ハダルを娶(めと)ると決めたあとでも、クラウスなりに誠意を示してくれた証。でもあれは…——。

「うん…。あのときは説明できなかったけど」

声は出なくても身ぶり手ぶりで説明する前に、ハダルが倒れてクラウスの注意を引き、それきりになってしまった。

「壊れてしまったんだろう？」

「——…！　どうしてわかった？」

壊れてしまったあとも小さな袋に入れて首から下げ、肌身離さず持ちつづけていた残骸も、そのあと投獄されたときに取り上げられてしまい、そのあとどうなったのかは知らない。たぶん処分されてしまっただろう。記憶を取りもどしたあとも、そのことはずっと心に残っていた。でも、あえて話題にする機会もなくきたけれど。今さらどうしてクラウスが訊いてきたのか。

不思議に思って首を傾げた瞬間、クラウスが左手をわずかに上げた。それで閃（ひらめ）いた。

先刻、戦いの最中にクラウスの注意が一瞬、左手に落ちた。敵をあざむくための演技かと思ったけれど、もしかして——。

「婚姻の儀で、君にもらった指環（ゼラニス）が…壊れてしまった」

言いながら震える左手をなんとか持ち上げて見せようとするクラウスを、ルルはそっと手を置いて止めた。動かしちゃ駄目だよと注意しながら。

「そっか。うん…。そうだと思った」

「すまない」

　動く方の右手で目元を覆ったクラウスが嘆息しながら、呻くように謝罪を口にする。

「どうして謝るの？　〝誓いの印(ゼラニス)〟は大切にして肌身離さず身に着けていればいるほど、壊れやすいって知ってるから、僕は怒ったりしないよ？」

　顔の上半分を手で覆い隠したクラウスが、唇だけで苦笑する。

「そうか…。俺は知らなかった。だからあのとき、三年半前の食事の席で、俺が贈った指環を君がしていないのを見て——今ならわかる、傷ついたんだ。ハダルを選んだ俺に君が失望して、俺の手作りの指環なんてもうしたくないと思われたのかと…——。身勝手きわまりない話だが、俺は衝撃(ショック)を受けたんだ。それで君を責めるような口調になってしまった」

　当時はどうして傷ついたのか、その意味をきちんと理解できていなかった。だからこそ約束の指環という物証に惑わされてハダルを選び、君を見捨てるという愚行を犯したのだが。

「すまないルル。本当にすまなかった……。何度詫びても、いくつ謝っても、君に対して犯した過ちと罪が消える気がしな——」

　自責の念で押し潰されそうなクラウスの唇に、ルルは自分のそれを重ねて謝罪を遮った。

　それ以上、もう謝らなくていいよと伝えるために。

　でも、過去に埋めこまれた小さな棘(とげ)が、こうやってひとつずつ抜けて消えるのは嬉しい。

「この戦いが一段落したら、もうひとつ指環(ゼラニス)を作ってくれるか？　今度はもっと大切にして、大事な儀式や特別なときしか使わず、長く保つように気をつけるから」

　ルルはふふ…っと笑い「いいよ」と約束した。

「壊れたら何度でも作り直すから、いつでも身に着けて欲しいな。それからクラウスも、僕にもうひとつ作ってくれる？」

「ああ、もちろんだ」

　顔を覆っていた手をどけてクラウスが微笑む。その唇にもう一度、ルルは自分から唇を重ねた。純粋に触れあいを求めて。同時に滋味をもらい、返礼のように癒しの力を注ぎこみながら。

　心配していた襲撃を受けずになんとか傷を癒し終わり、もう少し休めば動けるようになる、そう思ってひと息ついたとき、広間の向こうから聞き慣れた声が聞こえてきた。

「ナディン！　そこにいたのか！　陛下とルル様は見つかったのか？」

　剣を構えたイアル・シャルキンが、壊れかけた扉の向こうから姿をみせる。そのうしろから油断のない目つきで周囲を警戒しているバルト・ル＝シュタイン、さらに近衛騎士たちが続々と姿を現す。

　ほっと息を吐いて、緊張と警戒を解いたナディンがゆらりと足をふみ出して手を上げた。

「イアルさん…！　ご無事でなによ――」

　安堵でゆるんだ声が途中で不自然にとぎれ、動きも止まる。わずかに遅れてナディンを貫いた赤黒い斜線の残像が見えた。

空気が震えてナディンの一部だったものが赤い飛沫となって周囲に飛び散る。腹部に大きく空いた穴の向こうに、驚愕の表情を瞬時に消して警戒態勢をとり、斜線の発射元に向けて弩弓を次々と放つ近衛騎士たちの姿が見えた。

くしゃりと音を立ててナディンが崩れ落ちる。

「ナディン…ッ‼」

止める間もなく、クラウスが叫びながら飛び出して床に倒れ伏したナディンに覆いかぶさる。間髪容れず、その上にルルは防御膜(シールド)を張った。クラウスは防御膜(シールド)の存在に気づくと急いでナディンを引きずって壁嚢(アルコーヴ)に、ルルのとなりに連れもどした。

クラウスがなにか言うまえに、ルルはナディンに飛びついて傷の具合を確かめた。

かなりまずい。今にも心臓が止まりそうだ。

「イアルさん！　バルトさん！　クラウスを護って‼」

癒しの力を注ぎながら、同時に防御膜(シールド)を展開する余裕はない。

王(クラウス)の守護とナディンの救命。

ほんの一瞬、どちらを優先すべきか迷ったけれど、先刻見せたクラウスの迷いのない行動。そして少し前にナディンが垣間(かいま)見せた切ない思慕の情。なによりも、ナディンを失ったときにアルシェラタン王国が被る損害の大きさと、クラウスが味わう喪失の痛みがありありと想像できて心を決めた。

「――絶対に助ける」

　宣言して手をかざし、目を閉じて全力で癒しの力を注ぎこむ。

　それは、水中に落ちて溶け崩れていく砂糖細工を、必死にかき集めて元にもどそうとするようなものだった。最初は徒労に終わるかに思えた努力が、やがて少しずつ実を結び、手応えが返ってくる。

　ルルは冥い死の水底に落ちていく魂のかけらをつかもうと、なんども手を伸ばして力を注いだ。指先から伸びた光の糸が螺旋を描きながらナディンの魂を追いかけ、抱きしめ、巻きついて引きもどす。その過程で、魂にこびりついていた赤黒い羽虫のような染みを払いのけると、それは散り散りに砕けて消えてしまった。そんな心象風景とともに、ルルは自分の寿命が尽きる寸前まで癒しの力を全力で注ぎつづけた。

　吹き飛ばされた内腑を再生して血の管をつなぎ、砕けた骨や様々な繊維も再生する。それらを新しい皮膚で覆うと、肉体は元通りよみがえった。あとは光の糸でつなぎ留めていた魂を入れなおすだけ。それも無事にすませると、ナディンは深々と息を吐いて目を開けた。

「――……あ……？　え……？」

　夢から覚めたような表情で身を起こそうとするナディンを押し留め、ルルはいつもの注意を与えようとした。痛みが消えるまで動いてはいけない。ナディンの胸に手を置いてそう言い聞かせようとした瞬間、向かい側からナディンを覗きこんでいたクラウスの斜めうしろ、騎士たちが盾を重ね合わせて鉄壁の護りを固めているほんのわずかな隙間から、赤黒い閃光が禍々しく煌めくのが見えた。

ルルは即座に防御膜（シールド）を展開しようとして、その力が自分に残っていないことを思い出し、次の瞬間クラウスに跳びかかった。

自分の身体で赤黒い閃光を遮るために。

クラウスが驚いた表情で自分を抱きとめる。その瞳が大きく広がって、狂気にも似た揺らめきを宿すのが見えた。

ルルは自分の背中が溶け崩れるような、弾け飛ぶような、痛みになるまえの強い衝撃に耐えきれず目を閉じた。必死にしがみついていた手がほどけるように、どうしようもなくなって意識を手放してしまう。

ごめんね、クラウス。

ずっと一緒にいるって約束したのに…。

そしてありがとう、大好きだよ。

光輝く闇に融（と）けていく意識の先端で、最後にそうつぶやいた自分の声を聞いた気がする。

それが、ルルが覚えている最後の記憶になった。

✧ 王の贖い

倒れこんできたルルを抱きとめて呆然（ぼうぜん）とするクラウスの目の前で、毒々しく赤黒い靄（もや）を虹色の淡光が食い止め、食い潰しあうようにほろほろと流れ拡散して消えてゆく。

ルルの唇が、いくつかの言葉をつむいで小さく動いた。

音はない。まるで昔の、まだ声が出せなかった頃のように唇の動きだけでクラウスに想（おも）いを伝えると、ルルははかなく微笑（ほほえ）んで目を閉じ、クラウスの胸に倒れこんだ。

開けた視界の向こうに、盾ごと身体（からだ）の一部を吹き飛ばされて倒れ伏したイアルと護衛隊長（バルト・ル＝シュタイン）の姿がある。さらにその先、離れた場所にある瓦礫（がれき）の陰から黒衣の男が勝ち誇った表情で現れ、叫び声をあげる姿が見えた。

「――ざまぁみろッ‼　ハダルを殺した報いだ！　ハダル、見たか！　仇（かたき）は取ったぞ‼」

男――ラドゥラ・カルアンサスは狂ったように嬌笑（きょうしょう）しながら手にした杖（つえ）を勢いよくふり下ろした。そして、それがなんの音も光も発しないことに気づくとあわてて逃げ出した。

ラドゥラの攻撃――血の砲弾を盾で受けとめた近衛（このえ）騎士たちは、直撃を免れた者もほとんど気絶状態だ。イアルは右腕を、護衛隊長（バルトル＝シュタイン）は左腕を失って昏倒（こんとう）している。

すぐに動けるのは自分だけ。瞬時に状況を確認したクラウスは、ぬるい水袋のようにぐったりしているルルの身体をそっとナディンに託して身を起こすと、気絶している騎士の手から弩弓（ときゅう）を拾い上げ、走りながら素早く構えた。

まずは一射。逃げるラドゥラの肩を射貫（いぬ）く。

「ぐぎゃ…ッ！」

悲鳴を上げてもんどり打ち、それでも無様に逃げようとする男の膝裏にさらに一射。

「ヒィ…――――アッ」

膝頭を完全に砕かれて転がり倒れた男に肉迫しながら、クラウスは弩弓を投げ置いて剣を抜いた。

「もう一度、さっきの台詞（せりふ）を言ってみろ」

冷たく抑揚のない声をかけると、目を血走らせたラドゥラがふり返る。

その口が、陸に上げられた魚のようにパクパク動いて「ハダルの」と言いかけた瞬間、クラウスは問答無用で剣を一閃（いっせん）させた。ラドゥラの首は「かたき…」とつぶやきながら胴体から切断され、離れた場所にゴトリと転がり落ちて静かになった。

クラウスはラドゥラの胴体を見下ろすと、無言で心臓に剣を突き立てた。魔族に憑依（ひょうい）された肉体に対する潜在的な恐怖と、ルルを傷つけた男に対する純粋な怒りから出た行動だ。

我が身と愛する人に降りかかった災難の元凶ともいうべき男の息の根が、完全に断ち切られたことを確認すると、クラウスは踵を返してルルの元に駆けもどった。

「ルル……!」

壁嚢をふさぐように倒れていた近衛騎士たちのうち、意識をとりもどした者はよろめきながら立ち上がって王の警護を再開しようとしている。そのうちの何人かを昏倒している怪我人、イアルや護衛隊長たちの手当にふり分けてやりながら、クラウスは蠟より白い顔色をしているナディンの——彼が守っているルルの傍らに膝をついて覗きこんだ。

ルルの身体はいつにも増して小さく、薄く見えた。

それは単なる印象ではなく、物理的にクラウスを庇って血の砲弾を受けた背中から腹部にかけてが、見るも無惨に消失しているせいだ。内腑や骨ごと、身体の一部が消えている。ほんの少し前に死にかけたナディンと似た状況だ。

「なるべく——あの…飛び散った分も集めて……、それで、これが…——」

精いっぱいだと、強張った口調でナディンはつぶやいた。ルルの血で真っ赤に染まった両手を震わせながら、携帯鞄からとり出した護符をふさがらない傷口——というより断面——に何枚も貼りつけ、「精いっぱい、集めたんです」と震える声でくり返す。

ルルが癒しの力を注ぎこんで作った護符は、傷口に触れた瞬間淡い光を発すると、またたく間に白い灰になり、すぐに消えてしまう。備蓄をすべて使いきって呆然としているナディンを視界の端にとらえながら、クラウスは身を伏せてルルに唇接けた。

唇を重ね、慎重に肩を抱き寄せながら、滋味を与えるために何度も角度を変えて唇接けをくり返す。けれど反応はない。

ルルは、大量に力を使ったときはいつもそうであるように、深く眠りこんでいるようだった。クラウスが身を寄せてもぴくりとも反応しない。投げ出された四肢は張りと血の気を失い、傷口から流れる血が止まる気配もない。損傷した箇所が再生される兆しもない。

なぜ…だ？　なぜ傷がふさがらない…？　どうしてこんなに血が流れる？　なぜだ…⁉

「――ルル…？」

その時点で、クラウスはようやく重大な異変に気づいた。

傷ついていないほうの胸に手をあて、鼓動を確認する。次に指先を首筋にあて、さらに手首に触れて脈拍をさぐり、最後に濡らした手の甲を口元にかざして生の息吹を探し求める。

信じられない。まさか、そんなわけはない。信じられない。

――違う。信じたくない。

「ルル…⁉」

名を呼んで抱き上げようとして、癒しの力で治癒したあとは痛みがなくなるまで動かしてはいけないという、何度もくり返し聞かされた注意を思い出し、抱きしめてゆさぶる代わりに、両腕をついてルルに覆いかぶさる。そのまま頭を撫で、頬を撫で、黙して語らない唇を親指でなぞって、なんとか生の痕跡を見出そうとする。けれど手応えはない。

手のひらから伝わってくるのは、過去に何度も味わったことがある――を失った者特有の…――。その先に思考が進みかけたクラウスは、頭をふって不吉な考えをふりはらった。

そんなわけはない。ルルが――わけがない。

「ルル？　力を使いすぎて疲れて眠ってるだけ…だよな？　ほら、好きなだけ滋味をやるから受けとめてくれ。頼むから…――目を覚ましてくれ…――」

クラウスはささやきかけながら、何度もルルに唇を重ねて滋味を与えようとした。それなのに。いつもは与える以上の喜びと温もりが返ってくるその行為が、今日はまるで石か虚空に唇接けているようだ。虚しい行為をつづけているうちに、時の流れが自分の周囲だけ切り取られたような感覚になる。

おかしい。まちがった場所に迷いこんでしまったような気がする。

呆然としながらまわりを見まわすと、悲痛な表情で自分たちを見守っている護衛隊長やその横で脂汗を流しているイアル、ルルよりも血の気をなくしたナディンの、のっぺりとした姿が目に映った。耳は水が入ったようによく聞こえない。

イアルが応急処置をほどこされた右腕を左手で押さえながら、顔を寄せてなにか言ってる。口が陸に揚げられた魚のように開閉しているのに、なにも聞こえない。

どうしておまえの口は動くのに、ルルは動かないんだ。

クラウスは再びルルを見た。打ち上げられた魚の腹のように、青白く張りがなくなった肌にどろりと血が流れ落ちる。

なぜ傷口がふさがらない？

なぜ目を覚まさない？

なぜ？　なぜだ…⁉

「――い、か…、陛下！　ここは危険です‼　ルル様と一緒に避難してください！」

ふいに聞こえてきたアルベルト・パッカスの怒鳴り声とともに、いくつもの腕が自分たちを取り囲み、なかのいくつかの手がルルに触れようとした。

「触るな！」

クラウスはかすれた叫び声をあげ、ルルに覆いかぶさった。自分以外が不用意にルルに触れ、それが取り返しのつかない過ちにつながるのが恐ろしい。

「陛下、このままではルル様が死んでしまいます。安全な場所で治療しましょう」

子どもの頃のように肩を抱き寄せたアルベルトに説得されて、クラウスはようやくルルの身体を担架に委ねることを許可した。クラウスが自分で抱き上げて運ぶのをあきらめたのは、それが不可能なほどルルの身体が崩れかけていたからだ。

続々と駆けつけてくる護衛騎士たちに前後左右を囲まれながら、地下に作られた避難壕(ごう)の、最も奥まった場所にある王侶(おうりょ)用の寝室にルルが運びこまれると、クラウスは侍医を呼んで傷口の縫合を命じた。侍医とその助手たちは一様に口ごもり、それから暗い顔でなにか言いはじめたが、クラウスには聞きとれなかった。――いや、聞こえはしたが認めたくなかったので聞こえないふりをした。

「いいから傷を縫え！　傷口をふさがなければ血が止まらないじゃないか」

「陛下…、王侶殿下は、もう…――」

「うるさい！　いいから傷を縫って治療しろ」

焦れったいやりとりのあとルルの傷――剝き出しの血管や内腑はきれいに縫合され、えぐれた部分は包帯で覆われ、こびりつき、どろりと固まりかけていた血もきれいに洗い清められた。そして、ただ静かに眠っているようにしか見えない姿に整えられたあと、侍医やアルベルトたちの助言により、王宮敷地内でもっとも聖なる力を宿しているという神殿の祈りの間に移された。

はるかな高みにある天窓から射しこむ光の筋に、ルルの姿がやわらかく浮かび上がる。

その脇に腰を下ろして、台座に肘を乗せたまま、クラウスは項垂れてルルが目を覚ますのをずっと待っている。

そのままどのくらい時が過ぎただろう。

薄暗くなって明かりが点され、そのままずっと灯火が点いている。こんなに明るいままではルルの眠りの邪魔になる。そう思って消すように命じたが、すぐに『いや、明るいほうが早く目を覚ますはずだ』と考え直し、命令を取り消した。

「ルル…、眩しいか？　もっと眠りたいか？　ずいぶん力を使ったものな…。だが、傷がまだ癒えていないのにずっと眠ったままだと傷が…治らない。いや、眠っていても癒していたはずだ。なのにどうして——。早く目を覚ましてくれ…——」

ささやきかけながら、以前ナディンに言われた『王子の唇接けで姫君は目覚めるものです』という言葉を思い出し、立ち上がって冷えた唇に自分のそれを重ねる。

けれどルルは目を覚まさない。まるで蠟細工のように冷たく固くなっている。

おかしい。こんなはずはない。ルルが——わけがない。

「陛下。残敵の掃討が終わりました」

背後から遠慮がちにかけられた言葉に、クラウスはゆっくり身を起こし、王の責務をかき集めてふり向いた。

軍務長官と騎士団長は腫れ物に触れるような慎重な面持ちで、城内に艦艇ごと転移してきた敵兵たちは、頼みの綱の聖導士——ラドゥラを失い、最後まで温存していたわずかな〝血の光弾〟も使い果たしたあと、次第に追いつめられて殲滅されたと告げた。

「——そうか。よくやった」

クラウスは低い声で、報告に現れた軍務長官と騎士団長を労い、まだなにか言いたげに佇んでいる彼らに向かって言い添えた。

「負傷者の治療用に〝王侶の薬草庫〟を開放させる。薬事長官と医務長官にそう申し伝えよ。第二、第三騎士団は水軍と協力して、湖と周辺の集落に逃げこんだ残敵を徹底的に掃討せよ。残りは城内と城下の被害者救出と救護に全力を尽くせ」

「はっ」

「カラグル・ウナリ連合軍将兵の投降は認めない。発見次第処刑せよ。奴隷の投降者は身元を確認したのち、希望者は生国に帰還させる。帰国意思のない者とできない者は、移民希望者として一時保護と教育を与えたあと、鉱山と塩山労働に従事させる。特殊技能の持ち主は、それに応じた待遇を与えるように」

「かしこまりました」

騎士団長が一礼して王命を果たすために退出すると、残った軍務長官に向かってクラウスは淡々と命じた。

「軍務長官、我が軍の被害状況をまとめて報告するように」

「はい。現在調査中でございます」

「同盟諸国にカラグル・ウナリ連合軍の暴虐な侵略行為を開示し、同盟約条に則って速やかに反撃軍の編成を要求するように。準備が調い次第カラグル・ウナリに報復をはじめると」

「――…はっ」

「それからウォルドの王に、援軍を派遣する代償としてカラグル・ウナリ両国に報復するための同盟締結と補給基地の提供、そして無条件の国内通行許可を要求すると伝えよ」

軍務長官がなにか言いたげに口ごもったあと、一礼して退出する。しばらくすると内務長官アルベルト・パッカスが現れた。

「陛下」

「――なんだ」

クラウスは冷え切ったルルの手に自分の手を重ねて温もりを与えながら、内務長官に背を向けたまま答えた。正直、しばらくふたりきりでいさせて欲しいと思う。けれど報告があるなら聞かねばならない。

「城内で開戦派と慎重派、反対派、そして聖堂院への帰順推奨派が、それぞれ徒党を組んで争いはじめています。このまま放置すると由々しき事態に発展しかねず。早々に処置すべきかと」

「――…聖堂院への、帰順推奨派？」

地の底からにじみ出るような冷淡極まりない声で確認すると、アルベルトは居心地悪そうに小さく咳ばらいして「主に、先王弟派の生き残りです」と告げた。続けて開戦派、慎重派、反対派それぞれ主だった者の名をあげてゆく。

「この期におよんでまだ聖堂院におもねり、魔族に人の尊厳と命を与えて我欲を満たし、栄華に浸ろうなどと画策する不届き者は、残らず捕らえて投獄せよ。罪状はアルシェラタンの建国理念に対する反逆罪だ！　カラグル・ウナリ両国、そして聖堂院と通じていないか厳しく取り調べ、罪が明らかになったら贄の儀推奨国に生贄として売り飛ばしてやれ。自分が生贄として供される立場になれば、少しは人の痛みが理解できるだろう」

「はっ、仰せのとおりにいたします」

「開戦反対・慎重派については――」

クラウスはひどい頭痛を覚えて目元を歪め、眉間を揉みながら言葉を途切れさせた。

主君の疲労に気づいたアルベルト・パッカスが自ら意見を述べてクラウスを補佐する。

「説得は続けておりますが易々と応じる面々ではございませんので、なにかしらの取り引き条件を提示して引かせるか、勅令による強権発動しかありますまい」

「――わかった。反対派への対処は考えておく」

頭が割れるほど痛い。反対派の筆頭に名を連ねる諸侯たちの顔と性格、弱点や家族構成、親族関係を思い浮かべながら、彼らの説得もしくは脅しに使える材料を記憶の底から浚い上げる作業に疲れを感じたクラウスは、生え抜きの忠臣アルベルトに軽く手をふって退がっていいと合図した。しかしアルベルトは一礼しただけで、なぜか去ろうとしない。

「なんだ。まだなにかあるのか？」

「いえ…。あの――」

アルベルトは言うべきか言うまいか迷うように視線をさまよわせたあと、意を決したように口を開いた。

「陛下、クラウス様…。どうかもう、お認めになってください。王侶殿下は…――ルル様はもう…お亡くなりになり――」

「嘘を言うな、アルベルト！」

一瞬で理性が弾け飛ぶ。我慢ができず途中で遮って怒鳴りつけた。

「たとえそなたでも、言っていい冗談と悪い冗談がある！」

アルベルトは失言を悔いるように手のひらで口元を押さえ、怒り狂った主君の剣幕に圧されるように一歩後退った。

「陛下…」

「もういい！　出ていけ！　ふたりきりにしてくれ」

間違った道筋を、さらに強引に押し進んで迷路に嵌まりこんでいる。自覚はあるが、どうすればそこから正しい道にもどれるのかわからないまま、クラウスは言い募った。

「そなたたちが騒ぎ立てるからルルがゆっくり休めない。休めないから傷も癒えないし目を覚まさないんだ――」

両手で顔を覆って溜息を吐き、改めてルルの手をにぎって唇接けをくり返し、早く目を覚ませとささやきつづける。

そうしてどのくらい経ったのか。

時間の感覚が抜け落ちているせいで、よくわからない。

「坊ちゃま…、陛下…クラウス様、おつらい気持ちはわかります。ですがもう…――」

ゆさゆさと遠慮がちにゆさぶられて目を開けると、目に涙を溜めたターラが口元を歪めてなにか言い募っている。「あきらめてください」とか「ルル様のためにも」と言われたが、結局、他の皆と同じような馬鹿げた訴えだったので、ゆるく首をふって否定する。

「騒がしくしてルルの眠りを邪魔しないでくれ。目覚めが遅れてしまう」

物言いたげなターラを退出させると、フォニカがやってきてルルの様子を確認し、氷室から運んできた氷を布に巻いていくつも置いたあと、ターラと同じように物言いたげな表情で去ってゆく。布に巻いた氷の塊がいくつも置かれた理由は理解できなかったが、フォニカはルルの忠実な従者なので、近づいて世話することを許した。

頭が割れるように痛い。息がうまくできない。

半身を物理的にもがれたように、胸が苦しくて吐きそうになる。

ふと気づくと、失った片腕を包帯でみっしり巻かれたイアルがすぐ近くで自分を覗きこんでいた。

「陛下、私が誰かわかりますか?」

「――……イアル。どうした。新手の冗談か？　腕の具合はどうだ。すまなかったな、俺たちを護るために……ありがとう。ルルが目を覚まして元気になったら癒しの力で元通りにしてくれと頼んでみよう。いや、頼むまでもないか。ルルは絶対、自分から癒すと言いだす……」

「クラウス様、しっかりなさってください」

イアルはなぜか泣きそうに目元を歪めて声を上擦らせた。腕の傷がよほど痛いのだろうか。いや、がまん強いイアルにかぎってそれはない。

ではなぜこの世の終わりみたいに悲壮な表情で、死にそうな顔色で自分を見つめているのか。

クラウスはぼんやりと首を傾げ、助けを求めて動かないルルに視線をもどした。

「なあルル。早く目を覚ましてくれ。そして元気になったらイアルとバルトの腕を」

「クラウス様……！」

臣下ではなく幼馴染みの声で名を呼ばれ、肩をつかんでゆさぶられた。両腕がそろっていればもっと強く、子どもの頃によくされたように襟首をしめ上げられていたかもしれない。

「おつらい気持ちはわかります、ですが正気にもどってください！　現実を認めてください！ルル様はもうお亡くなりに……ッ」

アルベルトに続いてイアルまで、許しがたいふざけた冗談を言いかけたので、クラウスはつかまれた肩を強くゆすってふりはらおうとした。

呆気なくイアルがよろけて膝をつく。片腕を失う重傷を負ったばかりなのだ。クラウスは己の失態に気づいて手を差し出し、イアルを助け起こした。

「すまない」

「いえ…、大丈夫です。私のことよりもルル様の死を」

「黙れ」

「ルル様の死を認めて、きちんと葬ってあげてください。このままでは」

「うるさい、黙れ。嘘を言うな。ルルは死んでなどいない！　眠っているだけだ」

「このままではお可哀想（かわいそう）です。このままここで朽ちるに任せるおつもりですか⁉」

「うるさい！　うるさい！　黙れ‼」

「いいえ黙りません！」

幼い頃によく聞かされた小言から逃れるように、クラウスは両手で耳を覆って目を閉じた。子どもじみたふる舞いだとわかってはいるが、どうしても耐えられなかった。

「ナディンを呼べ――。あいつなら、ルルが目を覚ます方法を知っているはずだ」

言ってから、そうだと気づく。どうして今まで彼の存在を忘れていたのか。

なにを言われても「ナディンを呼べ」とくり返すうちに、イアルは憔悴（しょうすい）した表情で肩を落とし、つらそうな溜息とともに姿を消した。

＊　＊　＊

イアルはナディンに「陛下がお呼びだ」と伝えたあと、心身の疲労に耐えかねて療養部屋にもどった。正しくは、目眩を起こして倒れかけ、従者たちに抱えられて運びこまれた。

　こんなときルル様が生きておられたら癒しの力を注いでくださったのに…と、健気な笑顔を思い出して胸が痛くなる。残された左腕で目元を覆って溜息を吐き、うとうとしかけたところでアルベルト・パッカスが現れた。

「陛下は正気を失っておられる」

　パッカスは開口一番にそう言ったあと、ふいごのように深い溜息を吐いて寝台脇の椅子に座りこんだ。赤味の強い栗色の髪をくしゃくしゃとかきまぜて懊悩するパッカスに、イアルは消極的な同意を示した。

「無理もありません。最愛の伴侶を…〝運命の片翼〟とまで称される伴侶を亡くされたのです。いかなクラウス様といえども、お気持ちは乱れましょう」

　先年、親友の訃報を聞いたときに受けた衝撃を思い出しながらイアルがささやくと、パッカスは絶望に満ちた面持ちで顔を上げた。

「しかしこのままでは困る。カルディア湖に出現した敵はなんとか制圧できたとはいえ、予断を許さぬ状況だ。次にまた瞬間転移で攻めこまれたらどうする？　同盟諸国と連携してカラグル・ウナリ両国に報復しようにも、ルル様もいない、王も不在では志気が保たない」

城内にはすでに『王侶殿下が亡くなったらしい』という噂がすみやかに駆けめぐっている。その上、王まで姿を現さなければ騎士や兵たちの動揺が増すだろう。

同室で療養中のバルト・ル＝シュタインも、パッカスの意見に同意した。見舞いに訪れる仲間や部下から、城内に流れる不穏な空気やよからぬ噂について耳にしていたからだ。

「せめて一度だけでも、王はご無事だと皆に姿を見せていただいたほうが――」

「わかっている。こうなったら、ナディンが陛下を説得してくれるのを祈ろう」

「うまくいくでしょうか」

バルトの問いに、イアルは目を据わらせた。

「いかなくても、あいつなら死ぬ気で方法を探すはずだ」

僕のせいでルル様が死んでしまったと、自分の方が死人のような顔で震えていたナディンの姿を思い出したイアルは両手を組もうとして無くした腕の不在に気づき、やるせなく瞑目した。

「あいつでも駄目なら、私がもう一度説得する」

それこそ、自身の命と官位を賭してでも。

「そのときは私もともに参ろう」

イアルの決意を察したアルベルト・パッカスの声に、バルトも続く。

「私も参ります」

幼い頃から側近くで支えてきたにもかかわらず、最愛の人を亡くして心が壊れかけた王を救うことができない不甲斐なさに、忠臣たちはそろって溜息を吐き、決意を固めた。

＊　＊　＊

クラウスはイアルを追い出したあと気持ちを落ち着けるために歩きまわり、すぐに疲れて台座にもどった。ルルのそばに座りこみ、必死に話しかけているうちにナディンが現れた。

いつにも増して服にはしわが寄り、髪はぼさぼさで、ルルに負けず劣らず青い顔をしている。腐りかけた魚の腹みたいな顔色だ。

ナディンは悄然とした面持ちでクラウスが腰を下ろしている台座の基まで近づくと、そこで深々と頭を下げ、そのまま跪いて床にめりこむほど強く額をこすりつけて謝りはじめた。

「申し訳…ございません」

「――なんのことだ？」

「わたくしの怪我を癒すために…力を使い果たしたせいで、ルル様は自らを癒す力が足りなくなりお命を落とすことに…――」

悲痛な声で告げられた意味不明な告白を、ぼんやり聞き流したクラウスは急いで訊ねた。

「そんなことはいいからルルが目を覚ます方法を教えてくれ。おまえなら知っているはずだ」

「それは…」

「わからないなら調べろ。急いで調べてくれ。ルルが目を覚ますなら俺はなんでもする」

イアルに言われるまでもなく、このままではまずいという危機感はある。それくらいルルの様子はいつもと違う。もしかしたら眠ったまま目覚めないかもしれない。その証拠に傷が少しも癒えない。どこに触れても硬く冷たく、唇を重ねても吐息が感じられない。

このままではまずい。ルルが目を覚ますなら俺はなんでもする。

「――心の臓を捧げろと言われれば、この胸をかき割って取り出してみせる」

比喩ではなく本気でそう言った瞬間、ナディンが大きく身を震わせて顔を上げた。

こぼれそうなほど大きく目を瞠り、血の気のない顔をさらに青ざめさせて。

「…――そ、や…」

引き攣った声でなにか言いかけ、思い直したように口をつぐむ。それから真剣な表情で、

「冗談でも、そんなことを仰るのはやめてください」と懇願された。

「必ず方法を探し出して参りますから、おかしな…早まったことはなさらないでください」

震える声で念を押されて、少しだけ哀れみを感じる。だから素直にうなずいてみせた。

「わかった」

クラウスは天窓から射しこむ細い光の筋をぼんやり見つめて、つぶやいた。

「だが、長くは待てない」

このままルルが目覚めない場合、俺は――…。

意識しないまま剣の柄に手を添えてそう告げると、ナディンは肩を震わせて一礼した。

「かしこまりました。明日の朝までに、必ず」

ナディンが退出したあと、クラウスは大きな溜息を吐いて目を閉じた。

❋　❋　❋

夜が更けて、城内の三分の二が寝静まったころ。イアルは静かに揺り起こされて目を開けた。目を凝らして腕の先を見つめると、寝台脇に幽霊と見紛うほど青ざめたナディンが立っている。

「――…どうした？」

となりで眠っているバルトを起こさないよう声をひそめて訊ねながら、片腕で身を起こそうとしたとたん目眩に襲われ力が抜ける。ナディンがのそのそと丸めた毛布と予備の枕を背中に押しこんでくれたので、なんとか楽な姿勢で身を起こすことができた。

「ひとつだけ、ルル様が目覚めて翼神も復活する…かもしれない、可能性がある方法を、思いついたのですが…」

耳元でささやかれた言葉にイアルは目を剝いて絶句した。

「‼」

普段からは想像できないほど暗く陰気な顔で、しなびた茄子みたいに生気のないナディンの襟首をつかんで引き寄せ、かじりつく勢いで怒鳴る。限界までひそめた声で。

「そんな方法があるなら、今すぐ陛下にお伝えしろ！」

「いいんですか…？」

呆気なく膝から崩れ落ちて寝台に手をついたナディンが、上目遣いで確認してくる。その様子を不審に思ったイアルは、歯嚙（はが）みしながらひそめた声で怒鳴り返した。

「どうして私に許可を取る⁉」

いつもはそんな殊勝な態度など、とったことがないくせに！

なんでも思いつくまま好き勝手に行動して、その結果の尻拭いはだいたい自分がする羽目になっていた。それが今さら弱気に伺いを立てるなど——と苛立（いらだ）ちかけて、ふと気づく。いつも許可を取っていた相手に、今は頼れないからか…と。

だからといって、なぜ私の許可が必要なのか。

ナディンは唇をかみしめ、にぎった拳に額を押し当てながら独り言のようにつぶやいた。

「十全の確信が持てないからです。今となっては確かめることもできない。ですが、たぶん、おそらくこの方法で合っているはず…——」

「なにを言ってるんだ？」

「イアルさん。この方法を陛下にお伝えすれば、陛下は間違いなく実行するでしょう。ですが、成功するとは約束できない。もしも僕の推測が間違っていたら、ルル様に続いて陛下のお命も失うことになる。だからあなたの許可が欲しいんです」

「なんだと⁉」

夜目にもわかるほど目を血走らせたナディンは、麦藁のようにくしゃくしゃな髪をさらに掻き乱して慟哭する。自己嫌悪と、喪失の痛みに肩を震わせて。

「僕だってこんな危ない橋は渡りたくない。でも、この方法が正しいのかどうか、僕にはもう確認しようがないんです！」

「だからなにを言ってるんだ！　わかるように話せ！」

ナディンはうっそりと顔を上げ、やつれた頬をさらした。

「ルル様の力で救っていただいたとき、僕のなかの…僕に憑依していた魔族が消えました」

「！」

「だから、それを媒介に行っていた〝探索〟ができなくなったんです」

何度も試してみたけど無理だったと、ナディンは項垂れた。

「だから、翼神復活の可能性が高い方法を見つけたといっても、あくまで可能性であって、確実じゃないんです…！　それでもクラウス様に進言してもいいですか…？」

そう問われて、イアルはぐっと拳をにぎりしめた。

「私が駄目だと言えば、おまえは進言をやめるのか？」

「……僕はすでに、僕のせいでルル様を落命させてしまいました。この上、クラウス様まで僕の進言で死なせることになったら、僕は——…」

憑依していた魔族が消えたせいか、それとも相次ぐ艱苦に心が折れたのか、ナディンはこれまでになく人間らしい動揺と悲哀にまみれた顔を伏せた。

「——その方法が間違っていたら、陛下も命を落とすと言ったな。ならば許可などできない」

イアルがそう断言すると、ナディンの面にわずかな安堵が浮かんだ。それはすぐに失望と落胆に代わり、最後に自嘲めいた表情を浮かべてきゅっ…と唇をかみしめた。

「…かりました」

ナディンはゆらりと立ち上がり「お邪魔しました」と頭を下げた。

その表情と答えだけでは、彼が結局どんな決断を下したのかよくわからない。

「おい、ナディン」

「お大事に…」

ナディンは引き留めようとするイアルの身を案じると、最後に深々と一礼して、ふらりと身体を揺らしながら部屋を出て行った。


イアルに「許可できない」と断言された瞬間、ナディンは安堵した。少なくともクラウスは失わずに済むと。直後、そう思った自分に落胆し、我欲の醜さを突きつけられて失望した。

イアルの許可を求めたのは、共犯者が欲しかったからだ。

自分ひとりで背負うには重すぎるから、誰かに一緒に背負って欲しいと思ってしまった。

魔族に憑依されていたときにはなかった弱気に自嘲がこぼれる。

悔恨の涙でぼやける視界をめぐらせ、救いを求めて虚空を見つめても、啓示はない。

あるのは現在の状況と、それがもたらす未来の予測だけ。

——ルル様を失ったまま聖堂院の大攻勢を受ければ、遠からずこの国は滅びる。

そうなればクラウス様もいずれ討ち果たされてしまうだろう。数多の剛勇果敢な勇士と賢者に支えられ、英傑だと詠われたエイウェルの王がそうであったように。

「ならば、どうせ死の運命しかないなら…試す価値はあるはず」

——そしてもしも僕の推測が間違っていて、ルル様だけでなくクラウス様の命まで失うことになったら……責任を取って後を追おう。

ナディンは一度強く閉じた目を静かに開けて、重荷をひとりで背負う覚悟を決めた。

＊　＊　＊

天窓から射しこむ月明かりで、祈りの間は青白い光に満たされている。

「陛下」

声をかけられて、クラウスは顔を上げた。

「――ナディン。方法は見つかったか？」

雨ざらしの帆布に似た顔色のナディンが、入り口の近くに立ったままぎこちなくうなずくのが見えた。その瞬間、クラウスは濡れた砂袋のように重い四肢に力をこめて身を起こした。

「よくやった。では教えてくれ」

言いながら彼に近づこうとして、思い直す。ルルの側から一時でも離れるのは嫌だ。クラウスはちらりと背後に横たわるルルを見つめてから、ナディンを手招いた。

「ここに来て、教えてくれ」

ナディンは歯を食いしばりながら、一歩一歩針の山でも踏むような足取りで近づいてくると、深々と一礼した。そして顔を伏せたまま声をしぼり出す。

「ルル様のお命を……――すでに肉体から飛び去ったルル様の魂を呼びもどせるかどうかは、定かではありません。ですが、翼神が復活する方法は…おそらく…――」

常になく歯切れの悪い参謀に痺れを切らし、クラウスはナディンの肩をつかんでゆさぶった。

「それはなんだ？　くだらない前置きはいいから早く教えてくれ」

ナディンはこくりと喉を鳴らして唇を開く。

「――陛下の、心臓を捧げるのです」

「――…心臓？」

それはすなわち命という意味か。

さすがに驚いて目を瞠り、目の前で震えている痩軀（そうく）を視線で射貫くと、ナディンは苦しそうに目元を歪めた。

「贄の儀では、血を使って様々な利器や兵器を創りだします。聖導士（まぞく）は翼神（よくしん）の末裔（まつえい）の血を食べて身を養い力を得ています。その理（ことわり）の裏を返せば、翼神もまた〝運命の片翼〟の血、それも翼神の羽根が宿るという心臓の血によって復活すると考えれば……筋が通ります」

「――なるほど」

ナディンの説明がストンと腑に落ちて納得した瞬間、希望が生まれて安堵の吐息が洩れた。

ずっと靄で覆われていたように昏（くら）かった視界が開けて、世界のすみずみまで見わたせるような気がする。悔恨と苦しさで塗りつぶされていた頭のなかがすっきりと澄みわたってゆく。

「言われてみれば、確かに筋が通る」

深呼吸しながら腰に帯びた剣に指先を向けた瞬間、ナディンがあわてたように言い添えた。

「ですが……！」

「なんだ」

「翼神が復活したとしても、陛下のお命の保証は……――」

「おまえの言った理（ことわり）通りなら、俺の心臓（いのち）で贖（あがな）うことになるのだろう？　わかっている」

それがなんだというのだ。それでルルが翼神として甦（よみがえ）るなら安いものだ。

翼神として甦るなら、滋味の供給源としての自分はいなくとも大丈夫なはずだ。

「陛下……」

ナディンが涙に濡れた顔をくしゃくしゃに歪めて、震える両手を伸ばしかけては引っこめ、また伸ばしかける。

「本当に、よろしいのですか…？　もしもルル様が翼神として復活したとしても、代わりに陛下が亡くなってしまったら僕は…——。いえ…ルル様は…きっと悲しんで——」

「翼神が復活すれば死者をも甦らせることが可能かもしれないと、以前ルルが言っていた」

あのときの会話とそのあとの幸福なひとときを思い出して、胸が抉られたような痛みと喪失感を覚える。時間を巻きもどしたいと本気で神に願いながら、クラウスはナディンに向かってわずかに目元を和ませた。

彼の心が磨り潰れるほど己を責め、クラウスに対する罪悪感で今にも死にそうだったからだ。

「ならば、目を覚ましたルルがひとりぼっちになったと泣くことはない」

今、俺が感じているこの苦しみを、ルルが味わうことはないはずだ。

「心配するな」

楽観的な希望を口にして慰めると、ナディンは目から雫を落として項垂れた。

「……申し訳ありません」

様々な思いがこもった謝罪をうなずきひとつで受け容れたあと、クラウスは命じた。

「長官たちと側近、それから諸卿を扉の外に呼んでくれ」

深夜に近い時刻だったにもかかわらず、半刻も経たず祈りの間前の廊下に集まってくれた諸卿らの前にクラウスは姿を現した。

ルルが眠る祈りの間の扉を護るように背中を押しつけたまま、長官、諸卿、側近たちに向かって足労をねぎらったあと、静かな口調で告げる。前置きを省いて、要点のみを簡潔に。

「我が後継はシュタルム家のラグナを養子に迎えて教育した後、立太子する予定であった」

これまでの狂乱状態と違い、落ちついた本来のクラウスらしい声音と態度に、不安気にざわめいていた家臣諸卿たちが一様に息を呑んで姿勢を正した。

「だが、ラグナはまだ三歳。俺が急逝した場合は王位継承順位通り、ラグナの祖父であるエラム・シュタルム卿が王位を継ぐことを固く命ずる」

エラム・シュタルムとその嫡男は研究者気質で野心はないが、愛国心は強い。決してアルシエラタンの民を苦しめるような統治はしないはずだ。

「これは王命である。今この場にいる皆が証人だ。くれぐれも俺と従兄弟が王位争いで国を二分しかけたような愚は、決してくり返さないよう厳命しておく」

そう念を押して遺言を続ける。

「俺が急逝した場合、対聖堂院戦と沿岸諸国との同盟を継続するか否かは、新しく即位した王の判断に任せる。――が、我が国はすでに聖堂院の魔族たちに目をつけられている。だが案ずるな。翼神が復活すれば勝機はある。翼神の導きに従い、君臣一体となって国と民を護るために賢明な判断を下すことを切に願う」

淡々と告げたクラウスの突然の宣言に、皆が一斉にざわめきはじめる。

「翼神が、復活するのですか⁉」

「陛下が急逝した場合…などと、不吉なことは仰らないでください！」

まるでこれから王が死地に向かうかのような宣言の数々に、長官や諸卿たちが不安げに視線を交わしあう。

アルベルトやイアルといった側近たちはクラウスの意図を察したらしく、顔面を蒼白にして今にも叫び出して跳びかかってきそうな様子だ。それを手と視線で制して言い聞かせる。

「たとえ翼神が復活しなくとも、カラグル・ウナリ両国には報復戦を行うこと。あのような暴虐卑劣な侵略を赦(ゆる)すような真似(まね)は絶対にしてはならない。侮られてはならない。これは勅命である。早急に軍備を整えさらなる侵略に備えておくように。そしてナディンと協力して〝血の砲弾〟や瞬間転移への対処法を編み出すよう全力を尽くしてくれ」

ざわめく臣下たちに向かって、クラウスは最後に言い添えた。

「我が国の民がこれからも安寧と繁栄を得られるかどうかは、ひとえにそなたらの行動にかかっている。上に立つ者の責務として、そのことを忘れないように頼む」

「――…上に立つ者の責務と仰られるなら、陛下にこそ王の責務を全うしていただきたい！」

叫び声を上げたのはイアル・シャルキンだ。イアルは肩をつかんで引きもどそうとするアルベルトの手をふりはらおうとしてよろめき、となりにいた隻腕のバルトに抱えられながら拳をにぎりしめて声を荒らげた。

「ナディンの馬鹿な進言など無視してください‼　あなたは王なのですよッ‼　国を民を、私たちを見捨てて、愛する伴侶を救うために自ら命を擲つ気ですか…っ！」

血を吐くような叫びに、その場に集った臣下たちが一斉に騒ぎはじめる。

「陛下、命を擲つというのは真ですか⁉」

「ナディン、そなたいったい陛下になにを進言した⁉」

「ナディンの馬鹿は、ルル様に命を捧げれば翼神が復活すると陛下を唆したんですよ。私は許さないと言ったはずだぞ、ナディン！」

憎々しげに指を差されて糾弾されたナディンは、塩をかけられた蛞蝓よりも惨めな様子でうつむいたまま、反論ひとつしようとしない。

誰かが衛士に命じてナディンを捕縛させようとする。クラウスはそれを厳しく禁じて衛士を退がらせた。他の衛士たちもすべて退がらせる。

「ナディンを責めるな。彼は俺の期待に応えてくれただけだ。決して罰してはならない」

「まさか本当に命を捧げる、などということはなさいませんよね？」

それまで黙って聞いていた者たちのなかから、耐えかねたように声が上がった。

「なにかの比喩か儀式の類いでは？」

「本当に我々を見捨てるおつもりなのですか⁉」

クラウスはその者たちの顔をひとつひとつ見定めて、わずかに唇を歪めた。

――イアルの言う通りだ。王なら、身体を半分もがれたようなこの状況でも、歯を食いしばって国のため、臣民のために生きながらえて務めを果たすべきなんだろう。……だが。

俺は以前、王の責務を優先してハダルを娶り世継ぎを成そうとした。約束の指環という物的証拠に惑わされたとはいえ、心の声を無視して義務に準じた結果があれだ。

今、ルルを見捨てて国と民を選べば、取り返しのつかない過ちを犯すことになる。

それだけは確信が持てる。

「こんな情けない王ですまない」

そう詫びて、クラウスは瞑目した。

王という立場や建前、義務という鎧を剝がした本音の奥底には、ただ人として、ひとりの男として、愛する者をなんとしてでも救いたいという純粋な欲求があるだけだ。

ルルに目覚めて欲しい。もう一度、あの笑顔が見たい。

そのためなら王という位を擲ち、命を差し出してもいい――。

「皆がこんな身勝手な王は認められないと言うなら、この場で退位を宣言する。エラム・シュタルム卿、前へ」

「陛下、馬鹿な真似はおやめください……！」

アルベルトとイアルが声をそろえて諫めるうしろから、シュタルム卿がおずおずと進み出て頭を垂れる。

「とんでもないことでございます。陛下。私は陛下の臣。陛下がご健在であるのに、王位など望みはいたしませぬ」

「では、健在でなくなったときはあとを頼む」

クラウスはそう言って王印が刻まれた指環をするりと外すと、呆気にとられているエラム卿の手に押しこんだ。皆が一斉に息を呑む。

イアルがなにか叫ぼうとして膝から崩れ落ちたのを見て、チクリと良心が痛み、大丈夫かと駆け寄りたくなったが、ぐっと堪えた。アルベルトが「衛士！　陛下をお止めしろ！」と叫ぶ。

それに応えて動きだそうとした衛士たちを、王としての最後のひとにらみで制止しながら、クラウスは後ろ手で静かに扉を開けた。それから皆を見わたして、

「これまで俺を支えてきてくれたこと、深く感謝する。アルベルト、長生きしろ。イアル、バルト、すまなかったな。すまなさついでにナディンを頼む。ナディン、アルシェラタンとルルを護ってくれ」

最後にそう言い残すと、細く開けた扉からするりと祈りの間に入り、間髪容れずに閂錠を掛けた。これで誰にも邪魔されず、目的を達成できる。

『陛下！』

『開けてください、クラウス様ッ！』

外からわめき散らしてドンドンと扉を叩く音がする。

クラウスはそれを無視して台座に近づきながら剣を引き抜いた。そのまま剣を逆手に持ち替えて祭壇に登り、倒れこんだときちょうどルルに重なる位置で膝立ちになる。

それまで激しく扉を叩いていた音が止んだ。代わりに斧か破城槌を打ちつけるような音が響いて扉がたわみはじめる。それをちらりと一瞥してから、クラウスは誰よりも愛しい存在を見下ろして、切っ先を胸に突きつけた。

その瞬間、扉がバリバリと音を立てて破れ、人々が雪崩れこんできた。

「陛下！　おやめください…‼」

真っ先に飛びこんできたイアルとアルベルトの悲鳴が、祈りの間に響きわたる。

「衛士！　ぼんやりするな！　お止めしろ…ッ‼」

この騒々しさでルルが目覚めてくれればいいのにと苦笑しながら、クラウスは皆に向かって「すまない」と言い残し、迷うことなく自らの心臓をひと突きした。

ルル。君が与えてくれたものすべてを俺の心臓で贖えるなら、いくらでもやる。

少しも惜しくない。

これが俺の愛。そして贖罪（しょくざい）だ。

どうか受けとってくれ。

「陛下……――!!」

「クラウス様……ッ!!」

遠くなる絶叫を意識のどこかで聞きながら、クラウスは自分の胸を見事に貫いた剣先が、銀色にきらめきながら背中から飛び出すのを見た。

己の背中が見えるのはおかしいという疑問は、すぐにどうでもよくなって消えた。

自分の胸から滴り落ちる鮮血が、白と青の衣服に身を包んだルルの胸を次々と紅（あか）く染めていくのも見えた。

そのことにえもいわれぬ安堵と満足感を味わいながら、クラウスは目を閉じた。

閉じたはずなのに、紅い血の色が金色に変わっていくのが視（み）える。

紅から金に。

金色はやがてまばゆい光になってクラウスをも包みこむ。

周囲の景色が水底から見上げる景色のように、ゆらめいて遠ざかってゆく。

目の前にあるのは、緋色と金色に染まったルルの姿だけ。

クラウスは陽炎のようにゆらめく自分の腕を伸ばしてルルを抱きしめた。腕のなかでルルは輝く無数の羽根になり、ふわりとほどけて光に融ける。

その光のひと粒ひと粒に寄り添うために、クラウスも自身を解いた。

無数の煌めく星になり、ルルだった光と融けあい睦み合う。

もう二度と離ればなれにならないために。もう二度と間違わないために――。

末期の息を大きく吐いた瞬間、こぼれ落ちた涙が頬を伝う。

それが、クラウスが地上で覚えている最後の記憶になった。

◇　翼神の末裔

「クラウス様……──ッ!!」

　必死の制止も間に合わず、自ら剣で胸を貫いた王(クラウス)が王侶(ルル)に覆いかぶさるよう倒れ伏した光景を目の当たりにしたイアル・シャルキンは、残された左手で髪を掻きむしって絶叫した。

　絶叫しながら泥のなかを泳ぐように台座へ駆け寄り、なんとか甦生(そせい)の道を探るため王の身体に手を伸ばそうとした。

　その瞬間、ふたりの身体が淡い光に包まれる。

　天窓から射しこむ月光が増したのか。最初はそう思ったが違う。淡く清らかな光は王(クラウス)と王侶(ルル)ふたりの身体から生まれている。正確には、クラウスの心臓から滴る血から。

　金色に輝きながら滴り落ちる鮮血を浴びた王侶の身体が、黒く染まってゆく。

　すべてを生み出す源初の闇色。漆黒に煌めく温かな光。矛盾を内包して存在する力。

　強大な力がふくれあがり復活するのを目の当たりにして、その場にいる誰もが言葉を失った。

　王侶だった肉体はほろほろと崩れて形を変え、まばゆい漆黒の光をまとって立ち上がる。

人の姿にも鳥の姿にも見えるそれは巨大な翼を広げて身を反らすと、玻璃と玻璃がぶつかり合うような美しい鳴き声を発した。

「――…翼神…だ…」

天上の雅楽か楽園の息吹かと思うほど美しい鳴き声の余韻に混じって、呆然とつぶやいたナディンの声が、同じく呆然と立ち尽くしていたイアルの耳に届く。けれど動くことも視線を向けることも、疑問をぶつけることもできない。

氷漬けのように硬直している臣下たちの目の前で、嘴の先から尾羽根の端まで夜空のように黒々とした、それでいて星々のような輝きをまとった巨大な鳥――翼神は優美に首を曲げ、愛おしそうに王に身をこすりつけた。そのままコロコロと悲しげな声を上げながら両翼でやさしくその身体を覆う。そして何度も啄接けるように嘴を近づけて、コロコロきゅるる…と風鈴のように甘く澄んだ鳴き声をくり返した。

「――…陛下、ルル様……」

ふたりの絆の強さと愛の深さを目の当たりにしたイアルの唇から一縷の希望が零れ落ちた瞬間、翼神は首をもたげてその場にいた全員を一瞥すると、再びゆっくりと翼を広げた。

そうして羽毛に覆われた巨大な両足で宝物のように王の亡骸を慎重に抱き上げて、両翼を強く羽ばたかせた。

ふわりと浮き上がった王の亡骸――心臓から、金色の光があふれて周囲を照らしだす。

翼神が再び大きく羽ばたくと、光の輝きが増して薫風が巻き起こる。
虹色石に似た閃光が世界の穢れを祓い、押し流してゆく。痛みが消え、傷が癒える。
失った腕はもどらなかったが、失血と心労で昏倒寸前だった心身が健やかによみがえってい
くのをイアルは感じた。その恩寵はイアルだけでなく、その場に集まっていた家臣たち、そ
して王城内外のいたるところ、薫風と閃光が届いたすべての場所で瀕死の病人や怪我人が命を
とり留めて起き上がり、穢れが祓われた。
伝説や神話で語られてきた浄化の力が、あまねく世界に広がったのだ。
ナディンの心痛も癒されたのか、死人同然だった顔色に血の気がほのかにもどっている。
まばゆい輝きと薫風が治まって視力をとりもどした皆の瞳に映ったものは、きらきらと光を
放つ幾千万もの純白と漆黒の羽毛が、混じり合い戯れ合いながら天窓を越え、空の彼方に昇っ
てゆく光景だった。
そうして残されたのは、空の台座だけ。
「いったい…なにが起きたのだ…――?」
その問いに答えられる者は、その場に誰もいなかった。

＊　＊　＊

殻が割れて転がり出た先で、ルルは迷子になった。故郷にもどるための翼がなかったからだ。最初に顕（あらわ）れた光の糸に導かれるまま昇っていけば星（こきょう）にもどれるとわかっていたけれど、愛しい人が何度も切なく自分を呼ぶ声に縫い止められて動けなくなり、ルルはその場に留まった。そうしているうちに今度は別の膜に捕まって包まれてしまい、波打つ玻璃の板越しか、薄い刺繍織（レース）越しのように視界が遮られてしまった。

その隙間から、横たわる自分の亡骸に寄り添うクラウスの姿がぼんやりと見えた。

——ルル…、目を覚ましてくれ、ルル…！

何度もくり返される悲痛なその声に『僕はここにいるよ』と答え、抱きしめて安心させてあげたいのに、やわらかな、けれど強固な膜に遮られて近づくことができない。

触れられない。声も届かない。もどかしい。

ルルはそのまま、クラウスがゆっくりと狂気に蝕（むしば）まれてゆく様を見守るしかなかった。

自分が死んだと思いこみ——実際、人としての肉体（いれもの）は損なわれてしまったので、そう思ったのも無理はない——けれどそれを認めることができず、心の均衡を崩してゆくクラウスの姿を見て、正直ルルは驚いた。

愛されていることはわかっていた。態度でも言葉でも伝えてもらっていたから。

けれど心のどこかで、クラウスは王様だから、いざとなったら自分より国と民を選ぶだろうと思っていた。一度捨てられたことがあるから、次に同じような状況になったらまた捨てられるんだと、心のどこかで覚悟していた。

無条件に信じて心を全部預けるには、傷つきすぎていたから。

——ごめんなさい…。

声も姿も隔ててしまう膜のなかで、ルルはクラウスに謝った。

そんなに悲しむなんて思っていなかったんだ。

僕はただ、あなたを助けたかった。あなたにだけは生きて欲しかったから。

そのためなら自分の命なんてどうなってもいいと思ってた。

隊商一家(ダリウスたち)と過ごしてたときと、ある意味同じだ。

——ごめんなさい…。残されたあなたが、こんなに悲しむなんて思っていなかった。

謝りたくても声が届かない。抱きしめたくても触れられない。

慰めたくても温もりを伝えられない。

クラウスが今、己に対して感じているものと同じもどかしさを突きつけられて、ルルはようやく、自分でも気づかないほど心の奥底に凝(こご)っていた冷たく大きな痛みと悲しみが、本当の意味で融けて流れてゆくのを感じた。

ごうごうと逆巻く川のような、嵐の夜のような、民たちが口々に叫ぶ万雷の歓声のような音を聞きながら、ルルはくるりと寝返りを打った。

まるで温かな湯のなかにいるように、苦もなく軽やかに動けることが心地いい。

けれど大切ななにかが足りなくて、寂しくて切ない。

このままこの流れに逆らわず運ばれていけば、新たな輪廻(りんね)の螺旋(らせん)に入るのだろうか。

忘却の川で記憶を洗われ、すべてを忘れて別の時代に新しい命として生まれ、もう一度あなたとめぐり逢(あ)う奇跡に期待して。

――そんなの…嫌だ。せめてもう一度だけ、僕(ルル)の記憶があるうちに、あなたに伝えたい。

クラウス。僕はあなたが好きだ。愛してる。だから、あなたには幸せになって欲しい。

伝えたいのに伝わらないもどかしさと悲しさで、こぼれた涙が星になり、いくつも流れ去ってゆくのが見える。その光を眺めるうちに、どれくらいの時が過ぎただろう。

突然、分厚く歪んだ膜越しに、クラウスが自ら剣を胸に突き立てる姿が見えてルルは焦った。

やめてと叫んだ声も止めに入ろうと伸ばした手も、やわやわとまとわりつく膜に遮られて届かなかった。居ても立ってもいられず暴れたけれど、どうしても声が届かない。腕が届かない。

それなのにクラウスがなぜ自ら胸を貫こうとしているのか、説明されてなくても理由だけは伝わってきて、胸が痛いくらい脈打って熱くなる。

これがクラウスの愛。そして誠意。

――もういい、わかった。もう充分だ。僕はあなたを赦す。

だから自ら命を断つような真似はやめて！

お願いだから、クラウス！

どんなにそう叫んでも声は届かない。拳を打ちつけても膜は破れない。

焦る気持ちとクラウスに生きて欲しいという想いで脈打つ胸の熱が全身に広がり、涙のように瞳からぽろぽろこぼれて落ちて、膜のなかを満たしてゆく。

その熱は、金色に染まった緋色の光——クラウスの心臓の血——が自分の亡骸に触れた瞬間、最大限にふくらんで弾けた。

どうやっても破れなかった膜に亀裂が入り、見る間に砕け崩れて消えてゆく。

今度こそ本当に、過去に受けた傷も痛みも癒されて、溶けて流れて消えてゆく。

愛する人が自ら命を断つ姿を目の当たりにしたにもかかわらず、自由になったルルの魂は両手を広げて歓呼した。

——欠くしていたものをとりもどした！　探し続けていたものを、ついに見つけた！

圧倒的な幸福感が押し寄せてきて、悲しみの記憶を押し流してゆく。なつかしさと愛しさ、そして嬉しさに心が躍って目を閉じていられない。

歓喜と愉悦に満たされたあと、ルルは自分の半身——〝運命の片翼〟を見下ろして哭いた。

——ああ…！

クラウス！　あなたの命とその献身が、僕の記憶と使命、そして真の姿をよみがえらせた！

そのことを喜び合いたいのに、自ら心臓を貫いて〝片翼〟をルルに捧げた魂の肉体は、目を閉じて事切れてしまった。

代わりに肉体から解放されて自由になった魂（クラウス）が、金色に光り輝きながら近づいてくる。

心から安堵している表情と、嬉しそうな笑みを浮かべて。

ルルが腕を伸ばすと、クラウスの魂も両腕を広げてそっと寄り添ってくれた。

ふたりの間を隔てていた牆壁（しょうへき）がなくなると、嘘も誤解も誤魔化しもない、ただ真心だけがまっすぐ伝わってくる。そして伝わる。

真の安寧と幸福に包まれて、互いに混じり合いひとつに融けてゆく。

そうしてどこまでもどこまでも果てしなく広がったあと、ルルはクラウスの亡骸を両足でしっかりつかんで抱え上げると、彼の魂と睦み合うように戯れながら天に翔（か）け昇った。


雲を超え、虹をくぐり抜けて、天（そら）の浮島へ――。

✧ 天の浮島

たどりついた場所は一面の霧に覆われていた。

美しく静かで、なつかしい匂いがする。

露をふくんだ青葉と小さな色とりどりの花が咲き乱れる野原に、ルルはしずかに降りたって、霧にかすむ花草の褥にクラウスの亡骸をそっと横たえた。

そうして空を仰いで翼を広げ、天の彼方から降り注ぐ癒しの力を受け止めると、それをクラウスの肉体に注ぎこんだ。

以前の自分が細い一本の糸なら、今は大樹のような太さの導管として力を与えることができる。肉体の損傷を繕い再生させ、千切れてしまった身体と魂を結ぶ銀色の糸も、丁寧に縒り合わせて結び直してしまうと、傍らに寄り添い興味深そうにその様子を眺めていた金色の魂が、寝床を見つけた兵士のように吸い寄せられ、そのまま砂金が流れ落ちるように肉体に還ってゆく。

しばらく待ってみたけれど、なぜかクラウスは起き上がらない。

ルルは首を傾げて男の顔を覗きこみ、大きな嘴でつん…とつついたり、頬を撫でたり甘噛みしてみた。呼吸は再開している。深く、規則正しく。けれど反応がない。

「きゅる…？」

心配になって鳴き声を上げると、クラウスは目を閉じたまま寒そうに身を丸めた。

まるで卵のように。

ルルは思いついてクラウスの身体を慎重にまたぐと、本能のままに身体を震わせて胸腹の羽毛をかき立てた。そのままふぁさ…っとしゃがみこんで男の身体を覆い包む。

そうして心の赴くまま、コロコロと子守唄のように喉を鳴らして眠りについた。

――いろいろあって疲れたからね。

――僕も、クラウスも。

❋　❋　❋

目を開けると、茫洋とした白い世界が広がっていた。

クラウスはゆっくりと瞬きをくりかえし、瞳を動かして周囲を見まわした。

淡い虹色がそこかしこに浮かび、内側から発光しているような明るい霧が、波のように揺らめいている。見上げればその合間からわずかに、見たこともないほど澄んだ青空がかすかに見え隠れしている。まばゆさに目を細めて手を翳すと、虹色の影が落ちた。

生まれたてのように瑞々しく、ちらちら陽炎のような光を放っている。

とても現実のものとは思えない。

――どこだ、ここは？　俺は…誰だ……？

目を閉じると、最前まで見ていた夢の余韻がよみがえる。

慟哭と悔恨と悲哀の果てにつかんだ一縷の希望。そして下した決断。そして――…。

そのあとどうなったのか。圧倒的な幸福感に包まれたことは覚えているのに、具体的になにが起きたのか思い出せない。

記憶の尾をつかもうと拳をにぎりしめ、その感覚の確かさに目を開けて、開いた指の隙間を澄んだ風が吹き抜けてゆく。

その風の冷たさに違和感を覚える。風はこんなに冷たいのに、どうして身体は温かい？

胸元から下半身にかけて至福の温かさに包まれていることが不思議で頭を上げて見ると、巨大な黒い毛玉が自分の上に覆いかぶさっているのが見えた。

その瞬間、喜びが弾けた。同時に記憶がもどってくる。

自分の名前。課された責務。あてども無く運命の相手を捜し続けた日々。

出会いと別れ、再逢してからの暮らし。再びの別れ、そして――。

ふくふくと、寝息と同じ律動でゆっくり羽毛を上下させながら虹色の燐光を放ち、黒々とした艶やかな羽根と羽毛に覆われた優美な鳥の姿をしているが、クラウスの目には遠い昔に拾って養った、愛しい毛玉と同じに見える。

「――…ふっ…」

思わず洩れた笑い声に気づいたのか、毛玉が揺れて首をもたげた。

見事な冠羽が風にそよいで七色の光を放つ。

虹色石(オパール)の瞳がくりっと瞬いて「コロロ…」と喉を鳴らしながらクラウスに黒々とした嘴を近づけてくる。その嘴を手のひらで受けとめて撫でさすりながら、クラウスは微笑んだ。

「それが翼神の…本当の姿か？　巨大な鳥の姿になっても、君は…本当に可愛(かわい)いな――」

本当に可愛くて愛しくて仕方ない。

もしもこのまま人の姿にはもどらず、ずっと大きな鳥の姿のままだと言われても、一生愛し続けることができると確信しながら、手のひらを大きく動かし、温かくなめらかな嘴を上下に何度も撫で下ろしていると、ルルは心地好さそうに身体を震わせてゆっくり身を反らした。

「きゅる…――」

甘い蜜のような鳴き声を上げて立ち上がると、翼神としての本性を取りもどしたルルはかぎりなく美しくしなやかに翼を広げて跳び上がった。

金色を帯びた七色の光をあたりにふりまきながら、翼は大きくどこまでも広がってゆく。

翼神と名づけられた所以(ゆえん)がよくわかる、立派で神々しい両翼を意味ありげに羽ばたかせた翼(ル)

神(ルル)は、空中でくるりと回転して光を弾く無数の羽根になった。そのままふわりと解(ほど)けて、きらきら輝きながら舞い降りてくる。そのなかから淡い光の衣をまとったルルが現れ、とっさに差し出したクラウスの両腕のなかに飛びこんできた。

「クラウス…！」

「ルル！」

神々しさは増したが、見慣れた——もう一度見られるなら心臓を捧げてもいいと願い、そのとおりにした——笑顔と声を腕に抱きしめて、クラウスは天(そら)の神々と古(いにしえ)の翼神たちに感謝を捧げた。心からの祈りを。

それからルルの頬に震える手を添えて顔を仰向かせ、そっと唇を重ねた。

❋　❋　❋

唇に重ねられたクラウスの愛と喜びを受けとめて、ルルは目を閉じた。

何度もついばむように互いの唇を唇で食(は)みあう内に、舌が触れあい絡まりあって、互いの口腔(こうこう)を探るように貪った。

その間、クラウスの両手はずっとルルの背中や肩や腰を確かめるように、やさしく捏(こ)ねるように撫でさすり、ルルもクラウスの背中や肩、腕を同じように愛撫(あいぶ)しつづけた。

クラウスの唇は甘くてやさしくて、押し寄せる圧倒的な愛情と献身、庇護と忠誠心の強さにくらくらする。

もう一度こんなふうに触れ合えたことが嬉しくて、唇接けを解いたあとも広い胸に顔を埋めて深呼吸をしていたら、クラウスが力尽きたようにずるずるとしゃがみこんだので驚いた。

「クラウス？」

「――…ルル」

ほとんど聞き取れないほど小さなかすれ声で名を呼びながら、クラウスは地面に座りこみ、そのままルルの下半身をぎゅっと抱きしめ、両膝に顔を埋めて肩を震わせた。

「ルル…――」

生き返ってくれたのか。

これは夢ではなく現実なのか。

それとも俺が死んで、ここは死後の世界なのか。

声にならない問いと、恐怖と安堵が混じりあったクラウスの疑問が、かすれた吐息と震える肩、そしてルルの下肢を抱きしめる両腕から伝わってくる。

「クラウス、僕は生きているし、これは夢じゃないよ」

「…――」

無言で顔を上げたクラウスは、雨に濡れた緑柱石みたいな瞳でルルを見て口を開いた。けれど声にはならず唇を震わせただけで、再び抱き寄せたルルの両膝に顔を埋める。

「あなたが僕に翼をくれたから、僕は翼神として復活できたんだよ」

だからそんなに泣かないでとささやきかけながら、ルルは身を折って震えるクラウスの肩を覆うように抱きしめた。

「…ルル、俺…は——」

「うん」

「俺は、君に…、君を失ったと、取り返しのつかない…、俺のせいで、また…——」

「あなたのせいじゃないよ、クラウス。僕はもう大丈夫だから」

「大丈夫…じゃ、ない」

クラウスは目元をぬぐってから顔を上げ、少し強い視線でこちらを見据えた。

「——俺を護るために、自分の命を犠牲にするのはやめてくれ」

ルルが答えるまえにクラウスは言い重ねた。

「君があのとき俺を護ろうとしてくれたことには、心から感謝している。本当に。君のその献身には最大限の敬意を表する。だが——」

クラウスはあの瞬間の驚嘆と絶望を思い出したのか、きゅっと唇を引き結んでまぶたを強く閉じてから、再びルルの瞳をまっすぐ見つめて懇願した。心底からの本音だとわかる声で。

「あんな…想いは、もう二度としたくない…——」

その気持ちは痛いほどわかる。自分も同じ気持ちでクラウスが心臓に剣を突き立てるところを見ていたからだ。ルルはくっと顎を上げ、少しだけ声を張った。

「クラウスも、二度とあんな真似しないで。しないって約束して」

ハッとしたようにクラウスが顔を上げる。

「ルル…」

「僕だって辛かった。声も届かないし手も出せない状態で見ているしかなくて、あなたが自ら命を断とうとしているのに止めることができなくて、すごく苦しかった」

「自ら命を断つつもりはなかった。俺はただ、君を助けたい一心で…」

「僕だってあなたを助けたい一心で――」

そこまで言葉を重ねたところで、クラウスがふっと気配をほころばせた。

つられてルルも口を閉じ、肩の力を抜いてうつむいた。

「ごめんなさい」

「俺の方こそ、すまなかった。そしてありがとう」

顎をそっと指ですくい上げられたルルは、伏せていたまぶたを上げてクラウスを見つめた。

「僕の方こそ、ありがとう」

そう言って微笑んだら、唇がそっと重なってきた。

けれどそれはすぐに離れて、代わりにやさしく抱きしめられる。

　それからしばらく、クラウスはとなりに並んで座ったルルの手を取り、指の一本一本を検分するようにつまんだりさすったり、頬に触れて瞳を覗きこんだり、胸にそっと手のひらを当てて鼓動を確かめたりした。

　おそらく、まだこの状況が夢じゃないかと半分疑っているんだろう。

　疑う理由のひとつ、ルルが鳥の姿から人の姿に変じたときにまとっていた美しい羽根模様の薄い衣服を指先でなぞり、なにか言いたそうに唇を震わせたあと、クラウスは再びルルの肩口に顔を埋めた。匂いをかぐように深く息を吸いこみ、脈動を確かめるように頬を重ねてから、ようやく口を開く。

「以前は、鳥から人の姿にもどるときは裸だっただろう。どうして今は服を着ているんだ？」

　これが夢だからではないかと言外に含まれた疑問と怖れに、ルルは小さく微笑んだ。

「たぶん、僕が本性をとりもどしたからだと思う」

「本性…、翼神としての、本来の力と姿か」

「うん」

　代わりに地上にあった肉体は喪（うしな）ってしまったけれど、という言葉は呑みこんだ。もう少しクラウスが落ちついてから説明した方がいいと思ったからだ。

　ルルがうなずきながら腕を天に向けて伸ばすと、指先から腕にかけて黒い翼に変わる。金粉のような燐光と虹色の光を放つ美しい黒翼の先端だ。そして軽くひとふりして下ろすと、美しい衣服の袖をまとった腕の形にもどる。

「――…変幻自在だな」

「そうみたい。たぶんもうちょっとちゃんと記憶がもどって練習したら、もっとかっこいい鳥の姿にもなれると思う」

「かっこいい？　さっきのあの巨大な毛玉みたいな姿で充分だと思うぞ、俺は」

本気で言ってるらしいクラウスに、ターラから教わった『恋は盲目』という言葉を贈りたい。

「気を抜くとあれになっちゃうんだけど、クラウスのとなりに並び立つ王侶として侵略国や魔族と戦うのに、毛玉はどうかと思うよ？　もっと威厳のある神々しくてかっこいい姿の方が、皆の志気が高まるでしょ」

王侶として戦うという言葉に、クラウスは贈り物をもらった子どものような笑みを浮かべたあと、少しだけ残念そうな表情になった。

「王侶…ではなくなるかもしれない。心臓を捧げるとき、退位の意を示してきたから」

「……！」

ルルは目を瞠り、クラウスが自分を救うために擲ったものの大きさに改めて息を呑んだ。

「俺が王でなくなっても、伴侶でいてくれるか？」

あたりまえじゃないかという言葉を期待しての問いではなく、本当に不安なのだとわかる。

だからルルはしっかりクラウスの瞳を覗きこんで、宣言した。

「あなたがただの旅人でも、王様でも、何者でも、僕はあなたとずっと一緒に生きるよ」

「――…ありがとう」

まぶたを伏せて少しうつむいたクラウスの目元が、かすかに濡れている。

ルルが手を伸ばして、親指でそっとそれを拭ってやると、クラウスは顔を上げて微笑んだ。

それからしばらく抱き合って、重ねるだけの唇接けを何度かしたあと、ようやくふっきれたように表情を改めて立ち上がり、腕を差し出してルルに手を貸しながらあたりを見まわした。

「そういえば、ここがどこか知っているか？」

「天の浮島」

クラウスは彩雲のような霧に覆われた周囲を一瞥してから、「――そうか」とうなずいた。

「ここがあの、伝説の…――」

しみじみとあたりを見まわしたあと、クラウスは自分の身体を見下ろした。

心臓を剣で貫いたときに空いた服の穴を指先でなぞってから、両手をにぎりしめたり開いたりして肉体の感覚を味わいながらつぶやく。

「俺も、生き返ったのか…？　ルル、君の力で」

「僕の…というか、翼神の恩寵のおかげ」

地上での肉体を喪ってしまった僕と違って、クラウスは肉体ごと甦生させることができた。

「そうか。ありがとう。本当に」

クラウスは頭を垂れて跪くと、ルルの両手を手に取り、その甲に額を押しあてた。

「我、クラウス・ファルド＝アルシェラタンは、伴侶であるルル・リエル＝アルシェラタンに心から感謝を捧げ、生涯の忠誠を捧げることを誓う」

厳かに宣誓されてルルは戸惑った。どう返せばいいかわからず「う…」「あ…」と口ごもっていると、クラウスが少しだけ顔と視線を上げて教えてくれた。

「〝許す〟と言ってくれればいい」

「――許すよ」

あなたが過去に犯した過ちも、あなたがこれから僕に忠誠を捧げてくれることも、許して受け容れる。すべての意味をこめてルルが応えると、クラウスはぎゅっと力をこめてルルの手をにぎったあと立ち上がり、晴れやかな表情を浮かべてルルを抱え上げた。

「ありがとう！　ルル」

「僕の方こそ本当にありがとう。大好きだよ、クラウス」

膝の裏を両手で抱え上げられて肩に腰かけたルルは、クラウスの顔を見下ろしながら微笑み返して身を屈め、両手で彼の頰をそっとはさんで唇を重ねた。

ついばむように何度もくっつけたり離したり、角度を変えたりしながら互いの唇を味わっていると、クラウスの両手が背中にまわり、爪先が地面に触れる。今度はクラウスがルルの両頰を手のひらで覆い、上から覆いかぶさるように唇を重ねてくる。

このまま押し倒されて愛し合うのかな…と、期待混じりの予想をしたけれど、クラウスは名残惜しそうに唇接けを解いてルルに微笑みかけたあと、表情を改めて周囲を見まわした。

「それにしても、なぜこんなにも霧に覆われているんだ?」

ルルとはぐれないようにしっかり手をつないでゆっくり歩きはじめていたクラウスは、なにかに気づいたように足を止めた。

「まさか、魔族が残留しているせいか?」

瞬時に警戒態勢をとりながら問うたクラウスに、ルルはふるふると首を横にふった。

「違う、と思う。安心して、ここに魔族はいない。魔族は天の浮島に長くはいられないんだ。密度が違いすぎるから、魔族にとってここは居心地が悪すぎる」

「密度?」

怪訝そうに首を傾げるクラウスに、ルルは頭に思い浮かぶまま説明を重ねた。

「うん。翼神が地上で長く過ごせないのと同じ。——喩えて言うなら、人間が水のなかには長く居られないみたいなもの…、魚が地上では息ができなくて死んじゃうのと同じ…かな」

「なるほど」

けれど裏を返せば短い時間なら可能ということだ。だから遥か昔、魔族の急襲を受けて翼神はことごとく地上に投げ墜とされてしまった。

そのときの悲哀や驚き、嘆きや怒りがそこかしこにたゆたっているようで、ルルは小さく身震いした。それを寒さのせいだと勘違いしたのか、クラウスはなにか言いたそうな顔をしながら自分の上着を脱いで肩に羽織らそうとしてくれる。

「ありがとう。でも、クラウスが寒くならない？」

「俺は平気だ」

地上では春と夏のちょうど境目の季節だった。クラウスが身に着けていた衣服もそれに合わせている。上着を脱いでしまえば、その下は薄い胴着(チュニック)しかない。

いざとなったら自分は鳥の姿に変じればいいし、今の薄着姿でも寒いということはないので上着を返そうとしたが、クラウスは受けとらない。吹き抜ける風は清らかだが冷たく、このままではクラウスの方が風邪をひきそうだ。

ルルは少し考えて、自分が温かい衣服に身を包んでいる姿を思い描いた。すると羽根模様の薄布が、晩秋の気候に合わせた衣装に変わった。厚手の白い胴着に、薄い毛皮で裏打ちされた青い上着、そして短靴。

「これならどう？」

驚きで目を丸くしているクラウスの前で、ひらりと一回転して見せると、クラウスはまたあの少し不安そうな表情を浮かべたあと、やっとルルの手から上着を受けとって身にまとった。

「君は……――」

本当に生き返ったのか？　今の俺は、黄泉(よみ)の国に去ってしまった妻を取りもどすために、冥府に至る坂を下った伝説のオルファヌスと同じなのではないか？　いずれ俺だけ地上にもどされ、君はここに置き留められてしまうのではないか？

クラウスの胸の内に生じた疑問と怖れを、ルルは正確に読み取った。けれどそれを払拭してあげることはできない。なぜなら自分にもわからないから。

代わりに建設的な提案をする。

「――とにかく、もう少し温かい場所に移動しようよ。せめて風を防げる、できれば建物がある場所に」

せっかくふたりで天の浮島に到達したのだ。地上に残してきた人々のことは気になるし、この先どうなるか分からなくて不安はあるかもしれない。でも、今はこうしてふたりで触れ合い、言葉を交わし、無事に意思の疎通ができているのだから。

「そう…だな」

クラウスは真実を見抜こうとするようにルルをじっと見つめたあと、ふっ…と息を吐いて肩の力を抜き、気を取り直したようにあたりを見まわした。

「ここが天の浮島なら、ナディンが言っていた〝翼神の宝具〟をぜひ見つけたい。それがあれば魔族を滅することができるという」

互いの無事を確認したとたん、地上に遺してきた国と民のことを考えるクラウスに、ルルは『なんだかんだ言っても、やっぱり王様だなぁ…』と思いつつ、問われた言葉に意識を向けた。

「宝具…」

その言葉を口のなかでくり返した瞬間、ふいに美しく神々しい建物と、水晶のような列柱が連なる宝物庫の光景が脳裏にひらめいた。

けれどそれは一瞬で消えてしまい、どこにあるのかは思い出せない。そう告げると、

「そうか」

クラウスは少し考えこみ、それからルルの手をしっかりにぎり直して歩きはじめた。

「とにかく、まずはあたりを探索してみよう」

流れる霧の合間からわずかに美しい青空が見え、十ヤート（五メートル）四方ほど草花が生い茂る野原が見えていた目覚めの場所から離れると、たちまち濃い霧に覆われた。

腕を伸ばした先の指先が見えないほどの濃霧のなかを進むのは、なかなか気疲れする。

特に足元は、油断して崖や段差に気づかないまま進むのは命取りになるので注意が必要だ。

自然、ルルもクラウスも下を向いて歩くようになる。

「僕が大きな鳥になって、クラウスを乗せて移動する？」

それだけ見れば牧歌的な草花が風にそよぐ地面と、濃霧に閉ざされた空を見上げてルルが提案すると、クラウスは少しだけ考えて却下した。

「――いや、空中にもなにがあるかわからないのは同じだ」

むしろ手探りで歩くより速度の速い飛行は危険だと言われて、ルルは素直に納得した。

自分の祖先たちが暮らしていた故郷とはいえ、一度魔族に襲撃されて壊滅した場所だ。どんな罠が残されているかわからない。

警戒しながらさほど進まないうちに、不思議な現象に気づいたのはクラウスが先だった。

ふいに立ち止まって来た道をふり返ったクラウスに釣られてルルもふり返ると、自分たちが通った場所だけ霧が晴れていた。特に、最初に目覚めてしばらくふたりで過ごした場所は広くぽかりと円形に霧が消えたまま、流れる霧に再び覆われることもなく地面が見えている。

クラウスは立ち止まって頭上を見上げ、そして来た道を足早にもどって再び頭上を見上げた。

「ここだと青空が見えるのに、他の場所だと見えないね」

クラウスの行動から、その差異に気づいたルルが指摘すると、クラウスは「ああ」とうなずいた。それから顎に拳を当てて考えこむ。

「過ごした時間が影響してるのか？」

そう言いながら、再び先ほど通って霧が晴れた道に移動してしばらくそこでじっとする。

「あんまり変わらないね」

ふたりの身体が触れた部分とその周囲の霧がわずかに消えただけで、それ以上消える気配はない。そして流れる霧に覆われてしまうこともない。

ルルはクラウスとずっとつないだままの右手を見下ろして、ふいに思いついた。

「ちょっと実験してみたいから、手を離していい？」

そう言って手を離そうとしたとたん、クラウスはにぎっていた手に力をこめただけでなく、離れようとしたルルの身体をぎゅっと抱き寄せて抱えこんだ。一時でも離れたら見失ってしまうことを怖れるように。耳元で小さく「駄目だ」とつぶやかれて、ルルはクラウスが味わった別離の辛さと喪失の恐怖の深さを思い知った。

「…──大丈夫だよクラウス、大丈夫」

「駄目だ…」

駄目だと譫言（うわごと）のようにくり返すクラウスの広い背中に手をまわして、頑是（がんぜ）ない子どもを慰めるようにぽんぽんと慰撫を重ねながら、ルルはやさしく言い聞かせた。

「僕はもう消えたりしない。絶対に。約束するから」

それでもクラウスはルルを抱きしめる腕の力を抜こうとしない。

──困ったな…。

これほど想われているのは嬉しい。でも困った。出会った頃はルルが親鳥にくっついて歩く雛（ひな）のようにクラウスを追いかけていたのに、これじゃまるで反対だ。押し寄せる愛しさと困惑を持て余して頭上を仰ぐと、さっきまで霧で遮られていた青空がわずかに見えた。

「クラウス、クラウス！　見て、ほら！」

ルルの肩口に顔を埋め、どさくさにまぎれて首筋に唇接けをしていたクラウスが、こめかみを手のひらで押しやられて天を仰ぎ、ひゅっと小さく息を呑んだ。

「霧が、薄くなったな」

最初に目覚めた場所ほどではないけれど、ただ歩いた場所とは明らかに違う、広い範囲で霧が消えている。青空が見える頭上を仰いでいたクラウスが、なにか良いことを思いついた顔つきでルルを見下ろした。

「なるほど。——試してみるか」

「?」

手を離してくれるつもりになったのかと思ったら、違った。クラウスはルルの腰を抱き寄せて顔を近づけてくる。唇接けするつもりだ。ルルは軽くまぶたを伏せてそれを受けとめた。

ふに…っと弾力のある唇が重なり、木苺でもつまむみたいに唇を食まれて舐められる。気持ちよくて開いた歯列の間から滑りこんだ舌で舌を突かれて、ルルもクラウスの舌を突き返した。

腰から背中にかけて支えてくれる大きな手のひらが、温かくて頼もしい。ときどき額やこめかみから髪をかき上げてはもどってきて、頬やまぶたに触れる指先が愛しくて心地好い。

うっとりしながら唇接けを堪能したルルがまぶたをゆっくり開くのと、クラウスがそっと唇接けを解いてわずかに離れたのがほとんど同時だった。

「——…やはりな。思った通りだ」

見てごらんと言いながらクラウスが視界から退くと、さっきよりもくっきりと青空が見えた。

周囲の霧も消えて地面が見える範囲が広がっている。最初に目覚めた場所と同じくらいに。

「！」

ルルは驚いて自分たちが立っている場所、目覚めた場所、そしてつい先ほどふたりが通ってできた細い道を見比べて、最後にクラウスの顔に視線をもどす。

「……？　もしかして、僕たちがくっついて仲良くすると霧が消える…とか、ないよね？」

「いや、ある。おそらく君の推測は正しい」

「ええぇ…!?」

「さすが神々の領域だな。訳がわからん」

そう言いつつも、クラウスはどこか嬉しそうな足取りで慎重に探索を再開した。

もちろんルルも彼と手をつないだまま、あっちが気になる、こっちはどうだと、気の向くままに足を向けてクラウスを導くように進んだ。

時々立ち止まって唇接けを交わしたり、抱擁したり他愛のない会話をしたりして霧を消しながらしばらく進むと、霧とは違う白さに輝く大きな階段を見つけた。

警戒しながらそろそろと、十段、二十段、五十段。いくら登っても果てがないので、唇接けと抱擁を交わして周囲の霧を晴らしてみたが、見上げた先にはまだ延々と階段が続いている。

「たぶん…だけど、ここは人の足で登りきるのは無理かもしれない」

またもや脳裏によみがえった記憶を元に告げながら、ルルはクラウスの袖を引っ張った。

「こういう場所にはある種の呪いがかけられていて、許可がないといくら登っても階上にはたどりつけない仕組みになってる…みたい。でも——」

言いながら、ルルは両手をふわりと広げて頭上に掲げ、そのまま大きな鳥姿に変じた。

そうして脚を折り、首のつけ根、肩のあたりを地上近くに寄せると、クラウスはルルの意図を察して肩口をまたぐように乗りこんだ。

「このあたりをつかんでも痛くないか？　重くないか？　大丈夫か？」

鞍も手綱もなく初めて乗る鳥の背にもかかわらず、素晴らしく均衡を保った姿勢とルルの負担にならない体勢になったクラウスが、心配そうに確認してくる。ルルは大丈夫だよと伝えるために「きゅるっ」と鳴いてうなずいてみせた。

「あまり高く飛ばず、ゆっくり進んでくれ。危険がないことを確認しながら」

心配症の母親みたいなクラウスの注意にうなずきながら、ルルはふわりと翼をはばたかせ、飛ぶのではなく十段飛ばしくらいに跳ねて階段を翔け上がる。

そしてほんの三翔け程度で、呆気なく階上にたどりついてしまった。

——やっぱりね。あの階段は翼神の飛翔でしか越えられないんだ。

そう思いつつ、調子に乗ってそのまま飛び続けようとしたら、クラウスに首筋をやわらかく叩かれて注意された。

「ルル、駄目だ。地上に降りよう。ここも霧が濃い。やみくもに飛ぶのは危険だ」

身の内によみがえった翼神としての本能――自由に飛びまわりたいという欲求――を抑えられて「むぅ」と不満気な声が洩れたけれど、心配するクラウスの気持ちも痛いほどわかるので素直に着地してクラウスを下ろし、人の姿にもどった。

そして手をつないで探索を再開する。

「ここは、下よりずいぶん暖かいな」

気温の変化に気づいたクラウスが、少しほっとした様子で周囲を見まわす。自分の前では平気なふりはしていたけど、やっぱりかなり寒かったみたいだ。

霧に包まれてなにも見えないのは下と同じなので、ふたりでそろそろと足元に注意しながら、ときどき立ち止まって唇接けしたり、思う存分抱擁を交わしたりしながら歩きまわった。

霧が晴れて見えてくるのは、どこもかしこも美しい清らかな花園の一画や、緑したたる庭園風の風景だ。霧で隠れているときは静かでなにもいないように思えたのに、霧が晴れると小さな羽虫や美しい鳥が現れて囀りはじめる。どこからか水が流れるせせらぎの音がする。晴れた霧の合間から見える青空には、虹色の彩雲がふわりふわりと形を変えながら流れてゆく。

「静かで、平和だな…」

「うん」

こんな場所に小さな家を建ててふたりで暮らせたら、きっと楽しいだろうな…と、クラウスが独り言のように小さくつぶやくのが聞こえた。

本気で言っているというより、見果てぬ夢や憧れを、叶わないと知りながら言葉にするだけで満足だと自分に言い聞かせるような響きがある。

千万もの民の暮らしや家臣たちの命運を背に負って生きなければならない、王としての重責を果たし終えた暁には、ふたりでそんな余生を過ごすのもいい。ルルがつないだ手にぎゅっと力をこめて「いつか実現しようね」と微笑みかけると、クラウスは不意打ちを受けたように目を瞠り、それから泣くのをこらえるように目元を歪めてきゅっと手をにぎり返してくれた。

それだけで幸福感がこみ上げてくる。

ふたりで同じ夢を描いて、未来を約束しあう。それだけでこんなにも満ち足りる。

「ふふ…」

思わず洩れた笑みに、クラウスがとろけるような甘い笑顔で「どうした?」と問うてくる。

「幸せだなぁ…と、思って」

ルルが素直に、簡素な言葉で気持ちを言い表すと、クラウスはこれまでに見たこともないほど嬉しそうな安堵と満足が入り交じった表情を浮かべた。

「クラウスも幸せそう」

「ああ」

クラウスは短い答えに万感の想いをこめて、ルルを抱き寄せた。

咲き誇る花々の庭園のなかに建つ小さな温室風四阿を見つけたのは、あたりが薄暗くなり、霧の合間から見える空が赤金と薔薇色の夕焼けに染まる頃だった。

多角形を成す柱と円蓋状の屋根を持つその建物は、ルルが暮らしていた王城の居間くらいの広さがあり、周囲は水晶らしき透明な板で覆われていた。雨が降ってもなかで景色を見ながら会話や茶を楽しむ用途で作られた四阿のようだ。数千年の時を経たとは思えないほど瑞々しい、大理石に似たやわらかな風合いの石材で造られた腰かけと卓がある。

なかに入り扉を閉めると、寒さがやわらぎ自然な温かさに包まれた。

「今夜はここに泊まろう。ルル、腹は減っていないか？」

雨風をしのげる場所が見つかって安堵したクラウスに問われて、ルルは首を横にふった。

「お腹は空いてない。クラウスの方こそ大丈夫？」

翼神としての本性をとりもどしたルルは、今のところ地上で暮らす人間のようには空腹を感じない。しかしクラウスは、ルルが甦生させた肉体を保ったままなので腹が空くはずだ。

「俺は——」

平気だと言いかけたクラウスの腹が、ぐぅ…と鳴って本音を主張する。

ルルはふふっと笑いながら頭上に右腕を上げ、なにかをつかんで引き下ろす仕草をした。

螺旋を描くように、ゆるりと手先を動かしながら引き下ろした右手を左手に重ねると、左の手のひらに瑞々しい果実と、半透明の煮凝りに似た燻製風の塊がいくつか現れる。

どれもゆらゆらと陽炎のような気配をまとい、薄い金粉を浴びたように輝いている。

「ええと、いわゆる神饌みたいなものなんだけど」

本来の神饌は人間が神々に供えるものだが、ここでは翼神が人間に贈与する食べ物のことを指して言う。クラウスの空腹を満たしてあげたいと願ったとたん、脳裏によみがえった記憶をもとにルルがそう説明すると、クラウスの表情が驚きから嬉しそうな笑みに変わる。

「ありがとう」

礼を言って神饌の数々を受けとったクラウスは、がぶりがぶりと豪快に平らげはじめた。

クラウスが食事をしている間に、ルルは翼神としての記憶を探って寝具を創りだした。要領は神饌を創りだしたのと同じだ。ふかふかの寝床とふんわりした上掛け。それから小さな角灯。

夜を過ごす準備が済む頃には、あたりはすっかり陽が暮れて宵闇に包まれた。角灯の光を受けた霧が輝くせいか、不思議な温かみのある闇だ。

食事を終えたクラウスが「ご馳走さま」と礼を言いながら、装束を解きはじめた。

眠るために服を脱いでいるだけなのに、なんとなく胸が高鳴る。

ルルも両手をひとふりして就寝用の衣に着替えた。以前ナディンからちらりと聞いた『クラウスの好み』らしい、ひらひらした薄衣の寝衣だ。

もう何度も褥をともにして、互いにすべてをさらけ出し合って肌と夜を重ねてきたはずなのに、一度〝死〟んで再生したからか、天の浮島という場所のせいか、初めてのようにどきどきしながらふり返ると、クラウスにそっと抱き上げられた。

「本当は一刻も早く宝具を見つけて地上にもどり、魔族を殲滅するための戦いを再開しなければならない。王としてはそれが最優先すべき事柄だとわかっている。けれど、俺は――」

クラウスは両腕を伸ばしてやさしくルルの腰を抱き寄せると、髪に顔を埋めてささやいた。

「君とこうしてふたりきりで過ごす時間が、なによりも代え難い、心臓を引き替えにしても得たいと願ったものだから…――」

「僕も…」と答えて、ルルはクラウスの抱擁と愛撫を受け容れた。そして自分からも積極的にクラウスに触れる。腕を伸ばして首に手をまわし、金色の髪に指を挿し入れてうなじから梳き上げると、クラウスはぶるりと胴を震わせてルルの首筋にかじりついた。

果実を食むように歯を立てて甘嚙みされると、ルルもふるりと震えて声を上げた。

「ぅ…、はふ…」

うなじと腰を支えるように、そっと褥に下ろされる。暖かくてやわらかい寝具に背を預け、上着と胴着を脱いで裸体をさらしながら覆いかぶさってきたクラウスの胸に手を当てて鼓動を確かめる。トクトクと、常より早い命の脈動を刻む胸の温もりに顔を寄せ、そっと唇接けると、頭上でクラウスが微笑む気配がした。

顔を上げると、クラウスはルルが羽織っていた薄布の前留めをひとつひとつ外して、ぴらりとめくったところだった。その視線に合わせて、ルルも自分の胸元を覗きこむ。

「傷が…消えているな」

「――…うん」

クラウスは罪を許された喜びをかみしめるように、指先でゆっくりとルルの胸を撫でた。

「クラウス、僕は…――」

これ以上言葉はいらないと言いたげなクラウスに唇をふさがれて、ルルは自分が地上でまとっていた肉体は喪われた。だから傷も消えたんだ、という告白を後まわしにした。

気をゆるめると本性にもどったり、水のように溶けて広がりそうになる翼神としての身体を人の姿に保ちながら、クラウスと愛し合うにはコツが必要だった。

いっそクラウスの肉体から魂を抜き出して融け合った方が百倍も気持ち良いのに…と思う。けれど地上で生きるための肉体を模した姿で睦み合うという、ある意味粗野で本能的な交わりに強く惹かれているのも事実だ。汗だくになって濡れた肌と肌をこすりつけ合い、クラウスの一部を自分のなかで感じるのは他には代えられない満足と昂揚感がある。

――この人は僕のもの。

互いに手のひらや唇で肌を味わったあと、うながされるままに脚を広げて腰を上げたルルは、猛るクラウス自身を後孔に迎え入れながら、下腹からこみ上げる独占欲に呻き声を上げた。

「クラウス…、あなたは、僕のもの…だよ。もう誰にもわたさな…い」

花の蜜に酔ったように息を上げながら腰を進めていたクラウスは、ルルの声に応じてうなずいた。

「ああ。俺は君のもの…だ」

声と一緒に腰を突き上げられて、ルルは鳥のような鳴き声を上げ、両手を伸ばしてクラウスの肩にしがみついた。身体の内側に分け入ってくる熱い昂(たかぶ)りをやんわり締めつけると、こめかみのあたりで「くっ…」と耐えるような声と吐息が響いて、逃げられないように抱きしめられたまま小刻みの律動がはじまる。入り口から浅い部分を軽く小突くように何度も抜き挿しされると、そこから痺れるような甘さと快楽がじわりと広がり、下腹から胸、そして喉元から頭頂に向かって金色の細い稲妻が走り抜ける。

「はっ…ぅ、ん…――」

大きく広げた脚の間に受け容れた男の腰が大きく動くたび、ルルは身をくねらせながら押し寄せる快感と愛しさに身を震わせて声を上げた。神と呼ばれる存在としてはどうかと思うけど、神だからこそ、露骨な愛の交歓を味わうべきだとも思う。

「あ…んぅ…う、あぅ…――」

この交わりで再び翼を失っても悔いはないと思う。

そのくらい、クラウスとの触れ合いは豊かで深い喜びと悦びを与えてくれる。

「クラウス…も、気持ち…いい…？」

猛る男自身を身の内に受け容れたまま吐精したルルは、はぁはぁと跳ねる息を整える間もなく、動き続けるクラウスに訊ねた。

「――…気持ちよくて、幸せで、……どうにかなりそうだ」

嘘偽りのない声とともに大きな手のひらが愛しそうに頬を撫でてくれた。その温かさが心地いい。手はそのまま首筋から肩、そして胸元へと触れてゆく。

「もっと…奥まで、来て…いいよ?」

自分を抱くときいつもそうだったように、クラウスは己の快楽よりもルルの満足感や心地良さを優先して動いている。今もそうだ。ルルが気持ちいいと感じる場所を見つけて、そこを撫で、噛み、舐(な)めてこする。

小刻みに前後する腰の動きに「ふぅ…」と大きく満足の息を吐いて、ルルは意識して身体の力を抜いた。そうすると、ゆるめた分だけクラウス自身が奥に入ってくる。

深く呼吸するたびに少しずつ、これまでは無理だった場所までクラウスの熱が届くと、下腹が疼(うず)いて息苦しくなる。

「まだ…だい…じょうぶ、もっと奥…まで――」

はっはっと小刻みに浅い息を吐いて、ルルは腹を割かれる魚みたいに男の侵入を受け容れた。開いてゆるめて受け容れることに、えも言われぬ快感が湧き上がる。ゆるめて奥まで迎え入れることと、熱い昂りを包みこむようきゅっと締めつけるのを交互に行うと、感極まったようにクラウスが呻いた。

「ルル…君は…、なんて…ことだ――」

小刻みだった律動が大きく長い振幅に代わったあと、今度は浅い場所ではなく奥深い場所で再び小刻みな抜き挿しになる。その動きはルルが感じる悦楽とぴったり律動が合っていて少しのずれもない。だんだん激しくなる揺籃(ようらん)にルルは両脚をクラウスの脚に絡ませ、両手でかき抱いた背中に爪を立てた。

「――…苦しいか?」

汗だくのクラウスに動きをゆるめた方がいいかと問われて、ふるふると首を横にふる。

「いい…、そのまま」

もっと激しくしてもいい。して欲しい。

揺さぶられて突き上げられて、もみくちゃに抱きしめながら続けて欲しいと何度も訴える。

ルルの願い通り、クラウスはこれまでの躊躇(ためら)いや気遣いをかなぐり捨てる勢いで、容赦なく情熱を注ぎこんでくれた。

「あ…ぁあ…――」

「くぅっ…――」

身の内にクラウスの情熱がほとばしったのを感じた瞬間、ルルは二度目の吐精を遂げた。

息が止まるほど強く抱きしめられて、ふぅ…っと気が遠くなる。

やわらかな光に包まれて、身体の感覚が溶けて消えてゆく。唇にクラウスの吐息と唇を感じて口を開くと、舌と一緒に蜜みたいな甘さが与えられる。

幸せで、気持ちよくて、それまで必死に保っていた人の姿が解けてしまう。

「ごめ…ん、クラウス…――」

翼神としての本能のまま両腕――翼を伸ばして仰け反ると、水晶板に覆われた天上越しに、煌めく満天の星々が見えた。その涼やかな美しさと、自分を抱きしめ、自分もまた抱きしめている男の温かさに我を忘れて、ルルは意識を手放した。


頭を撫でてくれる温かな手のひらの感触に懐かしさを覚えてまぶたを開けると、あたりはまだ暗く、背中に寄り添う逞しい裸体の熱が心地好かった。寝返りを打ってクラウスの胸に顔を埋めようとして、ルルは自分が黒い毛玉にもどっていることに気づいた。

「きゅる！」

ぴょんと身を起こすと同時に、意図せぬ声――囀りが嘴から洩れてしまう。その音に気づいてクラウスも目を開ける。

「起きたか」

しどけなく乱れた前髪を掻き上げながらゆっくり半身を起こし、内側から光がにじむような甘い笑みを浮かべたクラウスに毛玉姿の自分を見られると、なんともいえない恥ずかしさと嬉しさが同時にこみ上げる。毛玉といってもかなり大きい。半身を起こしたクラウスと脚を折って座りこんだルルの目線がちょうど合う大きさだ。

「きゅ、きゅぃ、きゅる…！」

僕、この姿で気絶しちゃったの⁉

そう訊ねたつもりが、ただの可愛い囀りになってしまった。ルルはあわてて両翼を広げ、人の姿にもどろうとした。けれどクラウスにやんわり止められてしまう。

「ここではその姿の方が楽なんだろう？　だったらそのままでいい」

「ぴゅぃぃ…」

後朝というには色気も神々しさもへったくれもない、黒い毛玉状態の我が身を見下ろして、ルルは情けない声を洩らした。それすら可愛くて仕方ないと言いたげに、クラウスは相好を崩してルルのふかふかした頭や肩、そして翼を撫でてくれる。気持ちいい。

ルルも負けじとクラウスに自分の身体を押しつけた。頭でぐりぐりと胸を押し、やわらかな腹部で身体全体を押し倒す。そのまま寝転んだクラウスの半身にまたがり上から見下ろすと、下から両手が伸びてきて抱きしめられた。

ふわふわの黒い羽毛に埋もれてクラウスの腕が見えなくなる。

ルルは引き寄せられるままクラウスのとなりにころりと寝そべり、天上を見上げた。

透明な水晶板越しに、氷粒のように煌めき瞬く星々が見える。気を失う前に見たのは、見間違いではなかったようだ。

「霧が…ずいぶん晴れたな」

「きゅぃ」

僕たちが仲良くしたからなら、明日はもう少し探索がしやすくなるはず。

そう思いながら、ルルはクラウスの鎖骨あたりに鳥の姿の顎を乗せ、肩口に嘴をこすりつけながらまぶたを閉じた。

「くぅ…」

思わず洩れた満足の吐息に、クラウスが応えるように翼のあたりをゆるりと撫でてくれた。

翌朝目覚めると、あたり一帯の霧が晴れて、遠くの方まで見わたせるようになっていた。

昨夜と同じように空中から取りだした神饌で朝食を済ませると、ルルはクラウスと一緒に探索を再開した。晴れて見通しが良くなったので、飛ぶことを反対されなかった。

ルルはさっそくクラウスを背に乗せて大空に舞い上がった。

霧が晴れた範囲内を旋回しながら見下ろすと、昨日昇ってきた階段の下側が見わたせる。

そこには白い方形の建物が美しく建ち並んだ街が広がっていた。街路は放射状と円環から成っていて、そのいくつかは清らかな水路になっている。街路は瑞々しい木々の緑で彩られ、街の外にも果樹と花樹林が広がり、起伏に富んだ草原があり、彼方には山脈も見える。

地上から見上げたときよりずいぶん広く感じた。

視線を転じると、遥か彼方にはまだまだ霧に包まれた未踏の場所がある。判明した部分から推測すると、天の浮島はひとつの塊というより円盤状の地面がいくつも連なって出来上がっているようだ。喩えて言うなら原木を螺旋状に取り巻く霊芝のような感じに近い。

下段にある土地には街が多く、上に向かうほど雰囲気が神聖で神秘的になってくる。人が暮らすような建物は減り、神殿らしき荘厳な建物が現れる。どれも水晶や緑柱石のようにすらりと天に向かって伸びていて、柱や壁には様々な紋様が刻まれたり浮かび上がったりしている。

ルルは霧で覆われた場所に来ると地面に降り、クラウスと手をつないで進んだ。白い大階段が現れると鳥姿になってクラウスを乗せ、跳び昇った。

そして陽が落ちると大樹の根元や小さな神殿風の建物で夜を明かした。

「こんなに満ち足りた気持ちで日々を過ごすのは、生まれて初めてだ」

「神様がくれたご褒美なんじゃないかな」

「神様?　神とは君のことではないのか?」

「ううん。地上で生きてる人たちから見て、僕たちが神と呼ばれるように、僕たちにも神と呼ぶ存在がいるんだ」

「神の…神?」

クラウスは驚いたように目を瞠ったあと、ふっ…と目元を和ませて理解を示す。

「確かに…。子が父母から生まれるように、どのような存在にも、それを創造したもうた神がいるのだろう」

クラウスはルルの頬に手を添わせ、愛おしそうに撫でながら微笑んだ。

「翼神(きみ)を創りたまいし神に心から感謝を捧げたい。これほど愛らしく美しく、健気で慈しみに満ちた存在を我ら人間に与えてくださったことに。君を俺の人生に与えてくださったことに」

✧ 最後の選択

薔薇(ばら)色の夜明けと紫紺の夕闇を幾度もくり返したあと、ルルはクラウスと一緒にようやく最上層にたどりついた。

見下ろせば、踏破してきた場所だけ霧が消えて姿を現した美しい浮き島の様々な景色が目に映り、見上げた先には黒に近い紺色の空だけが広がっている。

虹色の彩雲たなびく大階段を昇った先の頂に、白銀に輝く壁に囲まれた尖塔(せんとう)群が現れた。

「たぶん、このなかに封印されたっていう〝翼神の宝具〟があるんだと思う」

ルルは記憶によみがえった神殿風の建物にそっくりな外観を見上げた。

「聖域の壁に少しだけ雰囲気が似てるな」

クラウスが半歩進み出て閉ざされた巨大な門に手を当て、ぐっと力をこめる。

「――開かない」

コツコツと叩(たた)いてみても、声を出して呼んでみても反応はない。来訪を知らせる敲金(ノッカー)でもないかと周囲を調べてみたけれど、それらしきものも見当たらない。

鳥の姿になってクラウスを背に乗せ、門や壁を乗り越えようと試してみたけれど、上昇に合わせて門と壁も高くなり越えることができない。あきらめて地面に降りて人の姿にもどり、どうすればなかに入れるかふたりで頭をひねる。

「鍵とか、章印とか、合言葉が必要なのかもしれないな」

「あとは呪文とか？」

クラウスが手持ちの指環や剣の柄頭の章印を押し当てたり、覚えている限りの呪い図を指で描いてみたり、記憶を掘り返して四十九年に一度の祝祭で使われていた合言葉を思い出して唱えてみたが、門はウンともスンとも反応しない。

ルルも翼神としての記憶が他にもよみがえらないか飛んだり跳ねたり歌ったり踊ったり、地面に寝そべって目を閉じてみたりしたけれど、これといって有効なものは思い出せなかった。

「でも、絶対なにか方法があるはずなんだよ」

ここまで来て、鍵がないから入れないというはずがない。門にも壁にも拒まれている感じはしない。どちらかというと、開けるのを待たれている気配すらする。

「うーん、なにか忘れてる気がする…」

ルルが人さし指をこめかみに当てて小首を傾げると、クラウスも顎に拳を当ててなにやら考えこんだあと、まだわずかに残っていた霧の片鱗に目を留めて手を伸ばした。

指先が触れると霧は消える。それを何度かくり返していたクラウスは、ふと気づいたように顔を上げてふり返り、自分たちが仲良くするたびに霧が晴れて見晴らしがよくなった浮島の盤状大地を見下ろした。

「もしかして…——いや、しかし…」

「なに？　門を開ける方法が見つかった？」

「確証はないが…。おそらく——今夜遅く…か、明日の朝になれば開くかもしれない」

「今夜か明日の朝？」

星落花（ほしのおちたるはな）の野原みたいに、年に一度の会合周期（タイミング）でもあるんだろうか。

ルルが首を傾げて答えを知りたがると、クラウスは微笑（ほほえ）みを深めて「明日の朝になれば、たぶんわかる」とだけ言い、野営の準備をはじめた。

身を寄せる大樹も四阿（あずまや）もない、広々とした大階段の上にある門前広場だったので、野営の準備は主にルルが行った。せっかくなので寝心地の良い布団（マットレス）にふかふかの毛布、鞍嚢（クッション）を翼神の力で創りだして敷きつめ、四隅に柱を立てて薄布で覆う。自分たち以外、誰もいないとわかっているけれど、なんとなく囲いがあると安心できるからだ。天蓋はつけない。見上げた夜空の星が美しくて、隠してしまうのが惜しかったから。

「寒くない？」

神饌（ネクトール）で夕食を摂（と）ったあと、寒かったら鳥の姿になって抱いてあげるよとルルがささやくと、クラウスは悪戯（いたずら）を思いついた少年のように目を細めてルルを抱き寄せた。そのままやわらかな褥に縫い止めるように覆いかぶさられ、唇を重ねながら背中を大きく撫で上げられた。

「翼だけ出すことはできるか？　人の姿はそのままで」

「――やってみる」

ここは天の浮島で、自分は翼神としての本性を取りもどしている。思えばその通りに変化できることは、これまでの経験で理解している。ルルはなるべく美しい翼を思い描いて目を閉じ、ふう…と大きく息を吐いて、吸う。同時にバサリ…とかすかな音がして、貝殻骨のあたりから四方の薄布を押し退ける勢いで翼が広がった。

人の腕が残っているのに翼もあることに、最初は少し戸惑い、翼を羽ばたかせると腕も一緒にふわふわと水を掻くように動いてしまったけど、慣れるとなかなか楽しい。

「どう？」

身体をひねって黒翼の生えた背中をクラウスに見せながら訊ねると、クラウスは陶然とした表情で「素晴らしく美しい」と褒め讃えてくれた。

翼の付け根を指先で少し強めになぞられると、ぞくぞくと痺れるような震えが走り、腰のあたりが溶けるように力が抜けてしまう。くすぐったくて気持ちいい。それが悦びの兆しだということはもう知っている。ルルは背伸びするように身体を反らして翼を羽ばたかせ、悪戯な男の指と手から逃れようとした。けれど腰と腿を逞しくて熱い腕で絡め取られて引きもどされる。

捕まり、逃げる。逃げて、捕まる。笑いながら。唇接けを交わしながら。互いの胸や腰を重ねて離れ、また重ねる。溶けて混じってひとつになり、また別れてふたりにもどる。

最後はクラウス自身を受け容れながら、両翼の先端を天に向けてバサリと羽ばたかせた。

黒い羽が無数に散って、煌めく星々と踊るように混じり合うのが見えた。


朝になって目を覚ますと、帰還した同朋を招き入れるように門が開いていた。

ルルは巨大な毛玉にもどった我が身を嘴で毛繕いしながら、昨日クラウスが言ったことの意味を理解した。

――なるほどね。仲良くすると霧が晴れるだけじゃなく、扉も開くんだ。


開いた門のなかに入ると、色とりどりの小さな花が咲いた前庭の向こうに、神殿に似た荘厳な建物が佇んでいた。天に届きそうな巨大な白い列柱の間を通って進むと、突き当たりに白銀に輝く階段が現れる。天空に至るかと思うほど、果てなく続く長い階段だ。

これまで登ってきたどれよりも神聖で冒しがたい威厳が漂っている。

ルルはコクリと息を呑んで、クラウスを背に乗せるために鳥の姿に変化した。ただし、昨日までの気を抜いた本性ではなく、あたりにただよう聖なる静謐さに敬意を表した姿だ。

「――美しいな…」

感歎の声を上げて仰ぎ見るクラウスの瞳に、気合いを入れた自分の姿が映っている。

孔雀(くじゃく)と羽衣鶴(はごろもづる)と蛇喰鷲(へびくいわし)の麗しいところだけを合わせて、さらに神気を練りこんだような優美な姿だ。虹色を帯びた長い冠羽、すらりと伸びた長い脚、刺繍織(レース)のように広がる尾羽。広げた翼はゆらめく炎か風にたなびく羽衣のよう。

「これが、翼神の本当の姿か？　神々しくて跪(ひざまず)きたくなるな」

嘴で襟首をつまんで止めなければ、本当にその場に跪きそうな勢いで賛美するクラウスに、ルルは「きゅるっ」と鳴いて背に乗るようにうながした。クラウスが背に乗りしっかり体勢を整えたのを確認して、階段に向かって進みはじめる。そして――。

階段の一段目に足を乗せた瞬間、水たまりを思いきり踏んで水しぶきが上がるように、足元から記憶が湧き上がった。

階段自体が発光しているように輝き、どこからともなく美しい旋律と歌が聞こえてくる。

懐かしくて胸が震える。

天の浮島で仲間たちと踊り歌い、天から降りてくる光と闇を織り合わせた布を身にまとい、空を舞って地上に祝福を注いでまわった。

その記憶はルル自身のものではなく、ここで平和と繁栄を謳歌(おうか)していた時代の翼神(なかま)たちのものなのに、まるで自分が体験したことのように思える。

長い長い歴史が絵巻物のように、階段を一歩登るごとに足元から天に向かって再生されてゆく。その記憶はクラウスも受けとっているらしい。ルルの首元の羽毛をつかんだ手に力が入り、両脚にぐっと力を入れ、半ば硬直したように背筋を伸ばして必死に受けとめている。

階段を進むにつれ、よみがえる記憶は牧歌的で安穏とした平和な日々から、魔族たちとの戦い――一方的な侵略――に移り変わった。

翼神の王と女王ともいうべき存在が、護衛たちに囲まれながらこの建物に逃げこんだ。

護衛たちが王と女王を護って次々と魔族に屠られ引き千切られてゆく。

まるで今、目の前で起きているように再生されたそれが終わると、同時に階段も終わった。

登りきった先には短い廊下。その突き当たりに大きな長細い扉がある。廊下を一歩踏み出した瞬間、翼神の王が伴侶である女王を護るために扉を封印する場面が再生された。

扉の前で交わされる最後の言葉と抱擁。なにかを大切そうに抱えた女王が、悲しみを堪えて扉のなかに消えると、外側に残った王は我が身で扉を封印した。

逆流する滝のように足元から天に向かって再生された記憶の場面が消えると同時に、目の前に両翼を広げた大鳥の浮き彫りのある扉にたどりついた。

立ち止まると、クラウスが静かに背から降り立つ。続いてルルも人の姿になり、クラウスのとなりに並び立って浮き彫りと化した封印を見上げた。

虹色の淡い輝きを放つその姿は、空を舞う鳥が地上に落とす影のようにも、迸った血飛沫のようにも見える。おそらく、翼神の王がここで味わった悲痛な別れと絶望、そして決意の残滓のせいで、影や血飛沫のように見えたのだろう。

ルルが扉に手を伸ばして指先でそっと触れると、封印と化した浮き彫りがほのかに光を放ち、神代の文字で刻まれた言葉が浮かび上がる。

〝試練を超えて正しき道を選び、与える者こそ〟

不自然に途切れた続きを探してみたけれど見つからない。

「どういう意味だろ？」

「さて…。こうした場所的に考えられるのは、警句か助言のどちらかだが――」

警句なら続きが気になるけど、見つからないものは仕方ない。続きはなかにあるのかもしれないと結論を出し、ふたりで力を入れて扉を押してみた。けれど開く気配はない。

「クラウスも、ここに手を置いて一緒に押してみて」

ルルが自分の右側を指さすとクラウスは小さくうなずいて隣に立ち、手のひらを押し当てた。広げた両翼の片方ずつに手を置いて、息を合わせて押してみる。開かない。

「額をここにつけて、僕に続いて感謝の祈りを捧げながら押してみて」

頭に思い浮かぶままルルがつぶやくと、クラウスはよどみなくその指示に従った。

「翼神の王よ。永い永い時の果てに、約束は果たされようとしています。貴方の役目は今まさに終わりを告げ、永劫の労苦から解放される時が来ました。どうかこの扉を開け賜え――」

輪唱のように声を合わせて祈りを捧げながら扉を押すと、ふわりと花がほころぶように開き、同時になにかがザァ…ッと音を立てて飛び立つ気配がした。

思わず顔を上げると、七色の色彩を帯びた金色の光塊がくるくると螺旋(らせん)を描きながら舞い上がるのが見えた。光の塊は鳥とも蛇とも獣ともつかない形に次々と輪郭を変えながら天井近くまで飛び上がったあと、ゆっくりルルとクラウスの前に降りてきて、溶けた蠟(ろう)のように曖昧な人型——子どもが作る雪人形のような姿——になった。

それは光を放ちながらゆっくりふたりのまわりを三周ほどまわったあと、満足したようにゆらめいて腕を伸ばし、扉の奥を指さした。

《進め》

頭に直接響いた声にルルはクラウスと互いに顔を見合わせたあと、導かれるまま歩を進めた。

扉の内側は、彩雲のような淡い虹色の光が射しこむ透明な列柱に囲まれた、円に近い多角形の部屋だった。

真ん中には祭壇らしき台座。部屋の四方には長方形の窓がある。

正面の窓からは最上級の青鋼玉(サフィール)みたいな青い空に、虹色を含んだ白い雲がぷかりぷかりと楽しげに浮かび、ゆっくりと流れていくのが見えた。

右側の窓からは薔薇色の朝焼けが、左側の窓からは金色と紫紺の夕焼けが、そして後方の窓からは氷の粒をちりばめたような星空が見える。

頭上を見上げると部屋を囲む透明な柱が果てしなく伸び、白とも青ともつかない天空の彼方(かなた)に消えている。

《そなたが望む希望はここにある》

再び響いた声にうながされて、ルルはクラウスと一緒に視線を中央にある台座にもどした。

《ここだ》

台座の前でゆらゆら揺れる人型の光に手招かれて近づくと、再び足元から頭上に向かって逆流する水流のように記憶が再生される。

身を半分に割られるような思いで王と別れたあと、翼神の女王は卵のようなものを腕いっぱいに抱えてこの場所に逃げこんだ。そうして台座の下にある空間に、そっと隠して蓋を閉める。

それは次代の王と女王の卵であり、彼らを護る護衛たちの卵であり、王と女王を支える一族の源となる卵だった。未来の希望を安全な場所に隠した女王は、王と同じようにその場で身を溶かして台座、すなわち卵を護るための封印となった。

扉を封印していた王と同じように、台座には宝物を護るように広げた翼を丸め、長い首を曲げて足元を覗きこんでいる鳥の姿が浮き彫りになっていた。その浮き彫りから湧水のように滾々と神気が立ち昇り、七色の淡い光があふれては消え、あふれては消えている。

その光の奥になにかが見える。

まばゆさに目を細めながらよくよく見てみると、それは盾のようだった。

「これが宝具——魔族を打ちはらうことができるという剣か……」

記憶の再生が終わって静まり返った空間に、畏怖と感歎が入り交じったクラウスの声が響く。

「剣？　僕には盾に見えるけど…」

　ルルはびっくりしてクラウスを見上げ、首を傾げた。

「盾？」

「うん。お城にある――…クラウスが旅で鍋にしてた、あの盾にちょっと似てる」

「俺には、神々しい剣に見えるんだが」

　クラウスも不思議そうに首を傾げる。ふたりで不思議に思っていると、傍らで揺らめいていた光の塊、翼神の王がもどかしそうに身をよじった。

《我が妃の魂から湧出する〝源初の力〟は見る者、使う者によってどうとでも形を変える。そんな当たり前のこともそなたらは忘れてしまったのか…》

　落胆と心配混じりの声に、ルルは「すみません…」、クラウスも「不甲斐なくて申し訳ない」と謝った。

《まあよい。〝源初の力〟とは、意思の力で自由自在に成る粘土のようなものだ。そなたは魔族を倒す武器が欲しいと思うた。だから剣に見えた。我が末裔はそなたの伴侶と人々を護るものが欲しいと思うた。ゆえに盾に見えた》

「なるほど」

　翼神の王の説明に、クラウスは神妙な表情でうなずいた。それから窺うようにルルを見る。

「触って、持ち帰っても大丈夫だろうか？」

ルルは台座の上に浮かんで見える盾から、傍らでゆらめく翼神の王に視線を移した。
「聖域に囚われている僕の仲間…翼神の末裔たちを助けるために、聖導士という皮を被って同朋と多くの国と人々を苦しめている魔族たちを滅ぼすために、この〝源初の力〟を使わせていただいてもよろしいでしょうか？」
翼神の王と封印と化している女王に向けて問いかけてみると、答えはすぐにやってきた。女王ではなく、傍らでゆらめいている翼神の王から。
《それを真に望むなら、手に取るがいい。そなたらが〝源初の力〟を手にすれば封印が解ける。さすれば、我も妃と再び相見えることが叶う。我はこの時をずっとずっと永い間、待ちわびていたのだ》
歓迎の意と期待に満ちた返答にほっとしつつ、ルルはクラウスと視線を交わし、小さくうなずいてみせた。クラウスもうなずき返す。ふたりで息を合わせて手を伸ばし、一緒にそれをつかみ取ろうとした瞬間、
《――ただし》
警告を帯びた声が響いて、びくりと動きが止まる。
《封印を解く代償として、我らが末裔に新たな守護を任せる》
言葉と同時に、その意味と条件が脳裏に刻みこまれた。
卵を護っている女王の封印を解き、宝具と化した〝源初の力〟を地上に持ち帰るつもりなら、

代わりに翼神の末裔であるルルを置いてゆけと、翼神の王だった人型の光はゆらめきながら告げたのだ。

《ここにあるのは我らの〝宝〟。宝具となって地上に降りる我と妃の代わりに、宝の守護を担う力が必要だ。その役目を我が末裔に命ずる》

さすがにそれはないいんじゃないの？

加えられた条件のえげつなさにルルが抗議する前に、クラウスが声を荒らげた。

「ルルをここに置いて行けというのか…⁉」

差し出された甘露の杯が毒だったと気づいたように、クラウスは拒絶で声を軋ませた。

「そんなことができるか‼」

不敬を怖れず叫んだクラウスは〝源初の力〟に伸ばしかけていた腕をぴたりと止めてルルの手をつかみ、勢いよく引きもどした。

「クラウス…」

待ってと言う前に、クラウスはルルの肩を引き寄せて小脇に抱きかかえると、有無を言わさぬ強い足取りで封印の間を出た。そのまま階段を駆け降りはじめたものの、人の身では階下にたどりつけないと思い出して足を止め、溜息とともにルルを階段の途中でそっと降ろした。

「クラウス」

「駄目だ」

「まだ、なにも言ってないよ」

　血相を変えて自分を抱き寄せ、絶対に逃げ出せないように固くきつく両腕をまわして呻き声を上げるクラウスに、ルルはクスっと小さく笑ってみせた。緊張を解すために。そして彼が今抱いている恐れを払拭するために、きつい抱擁から右腕を苦労してなんとか抜きだし、深い皺を寄せた眉間に人指し指を当ててゆっくりなぞる。

「心配しないで。僕はどこにもいかないし、黙ってあなたを独りにしたりしない」

　約束したでしょと言い聞かせながら手のひらで強張った頬を撫で、左腕も抜きだして後頭部に手を伸ばし、爪先立った自分の顔に届くよう引き寄せると、クラウスは身をかがめて唇を重ねてくれた。


「宝具を持ち帰るのはあきらめる」

　鳥になったルルの背に乗って階段を降りたあと、人の姿になったルルと一緒に巨大な列柱が建ち並んだ道を引き返し、壁門の外に出てそのまま来た道をもどりながら、クラウスはきっぱりと宣言した。他に選択肢などないと言いたげに。

　ルルはその腕をやさしく叩いて注意を引いた。

「わかった。――でも、それだと厄介な問題が残るでしょ」

「？」

訝しそうに立ち止まりふり返ったクラウスに、ルルは首を傾げた。

「あれ？　あの条件ってクラウスには聞こえなかった？」

「条件？」

どうやら自分だけに告げられたらしい新事実を、ルルはクラウスに教えた。

「あの封印を解かないと、僕もあなたも地上にもどることができない」

「な…——」

クラウスは軽く目を瞠ったあと、誰かに向かって毒づくように眉をひそめ、それからふ…っと息を吐いて肩から力を抜いた。それきり黙りこんでしまったクラウスをどう慰めていいかわからず、ルルも眉尻を下げてしみじみと溜息を吐いた。

「どうしようか」

「——…」

クラウスはなにか言いたげにルルを見下ろした。その瞳が狂おしく揺らめいたのはわずかな間で、すぐに凪いだ湖面のように静かな眼差しにもどる。

「——君と我が民、そして聖域に囚われた翼神の末裔たちのどちらかを選べと言われたら、俺は迷うことなく君を選ぶ。というか、選んだからここにいる」

「……うん」

知ってる。ここまで来てクラウスが僕を見捨てるわけがない。

クラウス個人としての想いに疑う余地はない。正直言って嬉しい。――けれど。

王としてのクラウスはどうなんだろう。さっき見せたわずかな揺れは、個人を超えた王としての惑いだ。王冠を頭上に頂き、玉座に就くことと引き替えに万民の安寧に心を砕き国を護り、臣民の幸福のために身命を賭して尽くすと宣誓した。王としての責務を放棄してしまったことへの申し訳なさ、諦念、懺悔。ルルを救うため、自ら心臓を剣で貫くと決めたときに手放したはずのものが、ルルの復活とともに舞いもどってクラウスの心をざわめかせている。それなのに。

「じゃあ、このままここで暮らす？」

そう訊ねると、クラウスはあっさりうなずいた。

「ああ」

「ふたりっきりで、いつまでもずっと？」

天の浮島で生きる翼神の寿命は人より長い。クラウスの寿命を延ばすために力を注いで半分になっても、数百年以上だ。人の身から眺めたら永遠にも思える長い年月をふたりで過ごす。その間に、地上で知る人はすべて死に絶え、国すら亡くなってしまうかもしれない。それでもいいの？

「――ああ…。かまわない。君を贄に捧げて地上にもどることなど、俺にはできない」

俺はもう選んだんだ。そしてもう間違わない。

そう言って自分を抱きしめたクラウスの胸に、ルルは了解をこめて顔を埋めた。深々と息を吐きながら。翼神の王が示した運命の皮肉さに唇をかみながら。

「わかった。あなたの望みは、僕の望みでもあるから」


「翼神は地上で長く過ごせない、と君は言っただろう？」

その夜。天の浮島の一番下の層にある小さな建物の、暖かく整えた一室で睦み合いながら、クラウスがぽつりとつぶやいた。

「逆に、人の身である俺はここでどれくらい過ごせるか知ってるか？」

「僕が滞在を許可して〝庇護〟を与えているかぎりは、ずっと」

「――…そうか」

ずっと気になっていたらしい心配事が解決したからか、クラウスは無意識に強張らせていた肩の力を抜いてルルのとなりに寝そべり、額ににぎった手の甲を当てて大きく息を吐いた。

「もうひとつ訊いていいか？」

「どうぞ」

ルルはクラウスの胸に腕を置いて顎を乗せ、甘く微笑んだ。

「もしも――、もしもの話だが。もしも奇跡が起きてなにか解決法が見つかって、君と一緒に地上にもどれることになったとき、君はどれくらい地上で過ごせるんだ？　ひと月？　それとも三日？」

心配そうに問われて、ルルは首を傾げた。

「――…個体差があって、一日も保たない者もいれば、半年くらい大丈夫な者もいたみたい。あと、地上の状態にも左右されるっぽい」

「地上の状態？」

「今みたいに魔族が蔓延って争いが多いと、滞在できる期間は短くなる。僕の場合は……どうだろう？　試してみないとちょっとわからない」

「なるほど。それで天の浮島にもどったあと、また地上に降りることはできるのか？」

「もちろん。いわゆる体力みたいなものがきちんと回復したら、また降りられるよ」

「そうか……――」

ホッとしたような、痛みを堪えるような、なんともいえない表情を浮かべたクラウスにやさしく髪をかき混ぜられて、ルルは少しだけ身を起こし、クラウスの瞳を覗きこんだ。

――やっぱり地上にもどりたい？　アルシェラタンの民と臣下たちのことが心配だよね。

そう訊ねようとしてやめた。

訊かなくても、クラウスの答えはわかっているから。

翌日から、ふたりで手をつないで天の浮島を探索してまわった。

七つの層を成す天の浮島の隅々まで歩きまわり、霧に覆われていた場所を拓(ひら)いてゆく。

霧が晴れると、どこもかしこも溜息が出るほど美しい世界が現れる。そのなかには以前クラウスが連れて行ってくれた、あの花園によく似た場所もあった。

星　落花(ほしのおちたるはな)に似た青い花が咲き乱れている野原に近づくと、花びらが一斉に舞い上がる。よく見るとそれは花びらではなく、無数の青い蝶(ちょう)だった。羽ばたきが美しい旋律を奏でるその様子は、神話の世界そのものだ。

霧が晴れた天の浮島で、クラウスはルルと一緒に昼と夜を過ごした。

王子ではなく、王でもなく、唯人だったらやってみたかったと夢見ていたことの、いくつかを実現させた。小さな家で愛する人とふたりきりで過ごす。川で魚を釣ったり森で獣を狩って持ち帰り、愛する人と分けあう。

それらに満足すると、クラウスはルルに訊ねて図書館を訪れ、神々が記録した叡智(えいち)を学ぶようになった。

図書館といっても地上にあるような文字が書かれた紙や羊皮紙を束ねた書物とはちがう。

棚に並んでいるのは手のひらほどの大きさの薄い水晶板だ。

そのひとつを取り出すと、ひとつの文字(ロゴス)が浮かび上がる。

文字に触れると、その文字が内包するあらゆる知識が一斉に雪崩(なだ)れこんでくるのだ。

ひとつの文字には星の数ほども知識が詰まっていて、それぞれが独特で深遠。

どれも興味深く、触れるたびに新たな発見があって飽きることがないとクラウスは言う。

それはルルも同じだ。

ふたりで様々な知識を取りこみ、地上で活かす方法を話し合った。地上にもどれるあてはなかったけれど、夢を見て理想を語ることがふたりで生きる縁になっていた。

「地上で失われてしまった古代の技術を復活できれば、贄の儀に頼らなくても快適な暮らしができるようになる」

煤の出る油を使わなくても灯る明かり。薪を使わなくても暖がとれ、料理ができる熱源。

人力や労役獣に頼らなくても使える動力。それらを応用した快適な都市の建設。

食糧の生産と流通網の構築。薬草や鉱物の力を最大限に活かして人を癒す医療技術。

そして、贄の儀で生成される〝血の砲弾〟やそれに類するさまざまな兵器に対抗できる技術。

堅牢な防壁の構築法、反撃するための武器の設計、遠隔地でも瞬時に連絡がとれる通話器など。

「これだけの技術があれば、贄の儀に耽溺している人々の目も覚めて、魔族に抗う気になるだろうに」

惜しいな…というクラウスのつぶやきはルルの耳に届かないようひそめられていたけれど、ルルにはわかってしまった。

『君さえいれば、他はなにもいらない』と言った彼の言葉に嘘はない。

それでもいくつかの夜と昼を超えるうちに、クラウスは時々遠くを見つめて佇むようになった。その視線の先は地上に、アルシェラタンがある方角に向けられている。

それでもルルは幸せだった。クラウスといつも一緒だったから。

日ごと夜ごと語りあい、睦み合い、夢を見て理想を語り、知識を学んで暮らす。

それでも、クラウスが時折りふと洩らす言葉に胸がふるえる。

「ナディンがここに来られたら、きっと狂喜乱舞しながら知識を吸収して、いろいろ役立つものを創り出すだろうな」

「──イアルさんも喜びそうだよね」

「そうだな。あいつは几帳面だから、ここの記録保存方法を真似したいと切望するだろう」

日々乱雑に積み重なっていく書類に頭を抱え、きっちり整理して保存しなければ気が済まない真面目な側近を思い出したのか、クラウスは淡く笑ったあと、ふ…っと表情を消して遠くを見つめた。

「今頃、怒っているだろうな」

もどったら泣きながら怒鳴られる自信がある。ぽつりとつぶやいて口をつぐんだあと、クラウスは気を取り直したように顔を上げた。

「俺や君がもどらなくても、なんとかここの知識だけでも地上に届けられないだろうか」

様々な想いを呑みこんで前向きな提案に変えるクラウスに、ルルはきゅっと奥歯をかみしめてから「探してみる」と請け負った。

知識だけでなく、浮島に生えている薬草や樹木の苗を地上に持ち帰ることができれば、どれほど人々の役に立つだろう。

そう思って探してはみたものの、方法は見つからない。

ルルが地上に降りることは随分前に試してみたけれど、翼神の王が忠告したとおり、透明な板か膜のようなものに阻まれて不可能だった。飛んで移動できるのも浮島の領域内だけだ。

それでも充分広いから窮屈だと感じたことはないけれど。


日が沈み、星が流れて朝になる。

クラウスが遠くを見つめて立ち尽くすことが多くなった。

だいたいルルがなにか作業をしていたり、別のことに集中しているときだ。

ルルが気づいて視線を向けると、クラウスはすぐにふり返って「なんでもない」と言い訳しながらもどってくる。

微笑んでルルを抱き寄せ「君以上に大切なものはない」と言い募る。

その言葉に嘘はないと知っているけれど、声に出してわざわざ言うのは、クラウスが自分自身に言い聞かせるためのように聞こえる。

愛する者(ルル)を得るために国を見捨てた。

そのことに悔いはない。

けれど心苦しさも消えない。

そんな内心をクラウスはひと言も口にしないけど、いつも側にいるからわかってしまう。

以心伝心というやつだ。特に夜、微睡みの合間に交わすとりとめない会話に、クラウスが胸底に圧しこめた本心がにじみ出る。

「俺がいなくとも、エラム・シュタルムが立派に国を治めるはずだ」

「根気よく探し続ければ、知識を地上に届ける方法が見つかるかもしれない」

己に言い聞かせるようなつぶやきに、ルルはただうなずいてクラウスを抱きしめ、背中を撫でさすり、金色の頭髪をかきまぜるように頭を撫でて額に唇を押しつけた。

ある朝。ルルは静かに起き上がり、まだ眠っているクラウスのまぶたに唇接けを落とした。

一緒に翼神の力を送りこみ、深い眠りに導く。ルルが側を離れても気づいて目を覚ましたりしないくらい、深い眠りに。

半日は目覚めない眠りを与えたあと、ルルはそっと立ち上がって小さな家を出た。

天の浮島の最下層――一番地上に近く、森や川があって、肉体を持った人間でも違和感なく暮らせる場所――から最上層まで、鳥の姿に変化して一気に翔け上がる。

そして朝陽を浴びながら神殿風の建物に舞い降り、白銀の階段も翔け上って封印の間に再び足を踏み入れた。

最初に訪れたとき、突きつけられた条件のひどさに怒ったクラウスに抱き寄せられた場所に立ち、あのとき確認できなかった女王の封印にじっと目を凝らす。

〝源初の力〟には触れないよう気をつけて、そっと指先で触れてみると、ほのかに光を帯びた文字が浮かび上がった。

〝真実の愛を得る〟

「試練を超えて正しき道を選び、与える者こそ、真実の愛を得る」

王の封印に刻まれていた言葉とつなぎ合わせると、答えらしきものが伝わってくる。

浮島でクラウスと過ごしている間、ずっと考え続けてきた。

なにか他に方法があるんじゃないかという問いに対する、その答え。

クラウスを独りにして悲しませたりせず、魔族を倒す力を手に入れて地上にもどる方法。

翼神の希望となる宝を護るため、扉と蓋のそれぞれに我が身を封印として刻んだ王と女王が、その封印を解くために現れた末裔に対して、愛する人と引き裂くような惨い仕打ちを本心から望むとは思えない。

きっとなにか、他に解決法があるはず…。

扉と蓋に刻まれた言葉から智慧を掬い上げようと考えこんだとき、ふいに声が響いた。

《もどったか》

あわてててふり返ると、まるでついさっき別れたような佇まいで、翼神の王だった光の塊がゆらゆらと形を変えながら台座のまわりを漂い近づいてくるのが見えた。

《そなた独りか》

「うん。はい」

《覚悟はできたか？》

ルルは少し考えて無言でコクリとうなずく。光の塊が嬉しそうに輝きを増した。

《よろしい。そなたが封印を解けば、我が妃の魂は我と融け合い混じり合い〝源初の力〟となって、あの男の元に届くだろう。我と妃は二度と再び別たれることなく、そなたの愛する片翼の助けとなる。安心して封印を解くがよい》

安堵(あんど)と渇望をにじませた王の心声に、ルルは覚悟を決めて切り出した。

「あの…、ひとつ相談があるんですけど！」

《そなたは本当にそれで良いのか？　後悔はせぬのか？》

ルルの訴えを吟味した翼神の王は人間だったら小首を傾げるように光をたわめ、輝く小さな光の粒をあたりに撒(ま)き散らした。

「いいです。かまいません。それで〝源初の力〞が手に入り、クラウスが地上にもどれるなら」

《……苦労すると思うがの》

王の光は苦笑するように揺らめいたものの、それ以上反対したり、意地悪な提案を付け加えたりはしなかった。彼がルルの交渉に応じて示したのは、翼神としての理から外れないぎりぎり際の条件だ。

《では、その手を伸ばして我が妃の封印に触れるがよい》

ルルはコクリと息を呑みこみ、一度目を閉じてからしっかり前を見据えて腕を伸ばした。

最初に見たとき盾に見えていたそれは、今は剣に姿を変えている。

クラウスのために。クラウスが手にするに相応しい姿であれと願った結果だ。

翼を模した意匠が施され、大きな宝玉が埋めこまれた柄。宝冠のような柄頭。

長く伸びた刀身は虹の輝きを帯びた鋼色。

アルシェラタンの王が持つにふわさしい宝剣だ。

陽炎のようにゆらめく光をかき分けて、ルルの指先がそれに触れたとたん、ピシリとなにかが割れるような音が朗々と響きわたった。続いて繊細な玻璃が砕けて落ちたような、シャラシャラとした破砕音が長く続いた。

世界が揺らいでくらりと目眩に襲われたけれど、それはほんの一瞬で治まった。

指先に触れた剣の柄をしっかりにぎりしめて引き寄せたとたん、足元から吹き上げてきた風とともに彩雲のような輝く靄に視界を覆われた。

同時に身体からなにかを引き剝がされるような、中身を吸い取られるような、ごっそりと抉られてゆくような喪失感が生まれてふらついてしまう。

このままバラバラに千切れて吹き飛ばされ、消えてしまいそうだ。

ひときわ強い風がゴウ…ッと音を立てて吹きつけてきて、ルルは思わず目を閉じた。

❋　❋　❋

斜めに射しこむ陽射しの眩しさにクラウスが目を覚ますと、ルルが姿を消していた。

「ルル…⁉」

とっさに手を伸ばした先の敷布に温もりは残っていない。いなくなったのはもうずいぶんと前に違いない。ヒヤリと嫌な予感が生まれて飛び起きる。

「ルル！」

名を呼んで小さな家のなかと外を確認してまわったとき、ルルが神力で創り出した日常道具——斧や鋸、鍬や鋤、包丁等々——がどれも消えていることに気づいて、ドクリと心臓が嫌な具合に跳ねる。

誰にも邪魔されずにふたりきりで暮らすという夢のような日々を過ごす間中、ずっと心のどこかにあった小さな不安、ルルがいつか自分の前から消えてしまうのではないかという、抜けない棘(とげ)のような小さな不安が突然大きく膨れあがって全身を蝕(むしば)んでゆく。

「ルル！　どこにいる⁉」

服を着る手間ももどかしく走り出て、悪戯で隠れていそうな茂みの下や、お気に入りの花園、果樹の上、水路、眺めの良い高台を必死に捜しまわった。

けれど見つからない。天を仰げば陽はすでに中天を過ぎ、午後の黄色味を帯びた斜光が世界をあざやかに染め上げている。

「どこに行ったんだ？　俺に黙ってひとりで、どこに――」

クラウスは途方に暮れて両手で前髪をかき上げ、ぐるりとあたりを見わたした。

そもそも死にかけて昏睡(こんすい)していたわけでもないのに、ルルが寝台から抜け出したのに気づかないはずがない。夜更かししたわけでもないのに昼過ぎまで寝過ごしたのもおかしい。

「くそっ」

湧き上がる不安を必死に抑えこみながら、クラウスは心当たりのある場所を祈る思いで捜しまわった。走り、覗きこみ、声を張りあげ、恐怖で砕けそうな心臓が痛くなるほど駆けずりまわって、自分の足では踏み越えることができない上層へ至る大階段の前に来たとき。

頭上から脳天気な声が降ってきて目を瞠る。

「クラウス！　見て！　ほらこれ。取ってきたー！」

初めての川釣りで大物を仕留めた子どもが、獲物を親に見せに来るような笑顔と弾んだ声で、ルルがなにかを頭上に掲げて跳ねるように階段を降りてくるのが見えて、安堵でその場に崩れ落ちそうになった。

「――――……」

ルルは陽に透ける長い裳裾をひらひらと風になびかせながら、体重を感じさせない身軽な足取りで軽やかにトントンと数段置きに階段を駆け降りてきた。

そうして音もなくクラウスの目の前に着地したルルの両手には、見たこともないほど艶やかで神々しい宝剣がにぎられていた。

自分が見たときより数段豪華になっているが、それは間違いなく封印の間にあった宝具〝源初の力〟によってできた剣だ。

「ル…そ…――」

ルル、それはなんだと問いたいのに、驚きすぎて声が出ない。

それを手に取れば、引き替えにルルが封印としてあの場に縛りつけられると言われたのに。

どうしてそれを持ち出したのか。

持ち出したのになぜもどって来られたのか。

まさかそれを俺が受け取ったとたん、冥府の底に連れもどされたファムヴィリアのように、目の前から君が消えてしまうのではないか。

様々な疑念と不安が押し寄せて、ルルを喪う恐怖のあまり恐ろしくて剣に触れることができない。剣を抱えたルルを抱きしめることもできず、中途半端に浮かせた両手がかすかに震える。

「ルル…、どうしてそれを持ち出したんだ」

揺れる語尾が泣いてるように思われそうで、クラウスはぐっと拳をにぎりしめて歯を食いしばった。そうして息を深く吸って吐いてから再び口を開く。

「引き替えに君を盗られるくらいなら、いらないと言ったはずだ…！」

言い聞かせるように、懇願のように、強く訴えると、ルルは叱られた子どものようにしゅんと項垂れた。頭上に掲げていた宝剣も、気持ちと一緒に腰の前まで下がってくる。

「ごめん…なさい」

「ちがう！　謝って欲しいわけじゃない。そうじゃなくて！」

自分が宝剣に触れたらルルが消えてしまう気がして、クラウスは半歩後退りながら前髪をくしゃりとかき上げて何度も首を横にふる。

「なぜ俺に黙ってひとりで決めた⁉　どうして相談してくれなかった⁉」

浮島で暮らしはじめてからずっと、一度も出したことのない怒声が思わずこぼれ出たとたん、ルルはしょんぼりとうつむいて唇を小さく尖らせた。

「だって」

「だってじゃない！」

状況にそぐわない拗ねた態度に神経が焼け切れそうになる。心配と不安で。

頼むから、二度と再び俺の前から消えないでくれ。

足元に跪いてそう懇願したくなるのを必死に堪えて深呼吸してから、ぷぅと頬をふくらませたルルの顔を覗きこみ、表情と気配を慎重に探る。

「――…声を荒らげてすまない」

ルルはふるふると首を横にふってから「僕こそごめんなさい」ともう一度謝った。

「勝手なことしてごめんなさい。でも、どうしても、クラウスにはこれが必要だって思ったんだ。宝具と一緒に、地上にもどることが必要だって」

「っ…！」

「クラウスだけじゃない！　僕にも必要だって思ったんだ！　だから」

クラウスはぐっと拳をにぎりしめ、奥歯をかみしめて血を吐くように声をしぼり出した。

「――俺のために、君はまた自分を犠牲にするつもりか…」

「犠牲とは思ってない。…――ちょっといろいろ、力は失ったけど」

「力を…失う――？　それは、どういう意味だ？」

聞き捨てならない言葉に反応して鋭く問い返すと、ルルは初めて不安そうに瞳を揺らした。

クラウスから目を逸らし、両手でつかんだ宝剣をぎゅっと胸元に抱え直して目を閉じてから、勇気を出すようにクラウスを見上げて告白する。

「翼神としての力のほとんど、癒しとか守護の力とか、創造の力の大半をあそこに置いてきた。これをもらうのと引き替えに」

「——……！」

その事実に衝撃を受けなかったといえば嘘になる。

けれど逆に言えば、それだけで済んだのなら僥倖（ぎょうこう）ともいえる。

クラウスはぐっと両手をにぎりしめた。

「力…だけか？」

「うん。あ、それから寿命も人間と同じくらいしか残ってない。あと六十か七十年くらい？」

あっさり申告された事実の重大さに目眩がしそうだが、必死にこらえて確認を続ける。

「君自身が消えたり、封印のために浮き彫り（レリーフ）になったりはしないんだな？」

「うん」

「俺と一緒に地上にもどれる？」

「うん。大丈夫」

「君に触れても、宝剣に触っても、消えたりしないか？」

「消えない。翼神の王と交渉してちゃんと約束したから」

揺るぎない自信に満ちた答えに、クラウスは「はぁ…」と深い安堵の息を吐いてから、ふたりの間にあった半歩の距離を一気につめて宝剣ごとルルを抱きしめた。強く狂おしく。

「よかった――」

心の底から安堵して。

再び我が身を――生来の能力の大半を――犠牲にしたルルと、そうさせてしまった己の不甲斐なさに腹を立てながら。

＊　＊　＊

クラウスに痛いほど強く抱きしめられて、ルルは宝具とともに抱えていた小さな不安が溶けて消えるのを感じた。

疑っていたわけではないけれど、翼神としての力、特に癒しと守護の力のほとんどを失ったことで、落胆されるんじゃないかと少しだけ不安だったのだ。

「翼神としての力のほとんどはなくしちゃったけど、あなたの伴侶でいていいかな…？」

ぽつりと洩らした不安は、クラウスの力強い言葉で瞬く間に吹き飛ばされた。

「いいに決まってる」

つめていた息をほっと吐いて胸に顔を埋めながら、ルルは封印の間での出来事を思い返した。

あのとき、風が止むのを待ってそっとまぶたを開けると、右手にはしっかり剣をにぎりしめていた。片手で持てるような大きさではないのに驚くほど軽く、力持ちとは言いがたいルルでも簡単に扱えそうだった。

あたりを見まわすと、翼神の王である光の塊は予告通り消えていた。

台座に刻まれていた封印——浮き彫り——も蓋ごと消えて、代わりにふかふかとした、虹色を帯びた黒い綿毛のようなものがこんもりとつまっていた。

ひと目でそれが、自分から抜き出された神力だとわかった。

好奇心に負けて黒い綿毛をかき分け、なかを覗きこんでみると、丸い窪みの底に子どもの拳ほどもある色とりどりの宝石がいくつもひしめき合うようにならんでいるのが見えた。

『一、二、三……——七、八……九』

虹を分離したように赤から紫までの七色に加え、透明と漆黒。全部で九つの宝玉はつるりとした楕円で、形だけなら卵によく似ている。

『卵…なら、温めた方がいいのかな？』

透明度の高い色づきの宝石にしか見えないそれに、そっと触れるとほのかな温もりを感じる。

本能的に鳥の姿にもどって抱卵したくなったけれど、なんとかその誘惑を退けて、ふわふわしたやわらかな綿のような自分の〝神力〟で卵を覆い隠して封印の間を出た。

誰に教えられたわけでもないけれど、卵はルルが温めてやらないと孵らないとわかる。けれど今は余裕がない。卵のことはあとで考えよう。

『とにかく今は、この剣をクラウスに届けないと』

封印の解除と同時に、天の浮島を覆っていた見えない牆壁も消えたはず。

これでクラウスと一緒に地上へもどることができる。今はそれがなによりも嬉しい。

ルルは羽毛のように軽く感じる宝剣を抱えて、クラウスの元に舞いもどり――。

ぎゅうぎゅうと強く抱きしめられ、肩やこめかみにぐりぐりと頬を押しつけられて無事を確認されることに、小さな笑いがこみ上げる。

愛されているなぁ…と胸に温かな自信が満ちてゆく。

「クラウス…痛いよ」

つぶやいたとたん、クラウスはバッと身体を引き離して「すまない」と詫び、宝具が食いこんでいた場所を撫でたりさすったりしてくれた。

それでも用心深く、剣の形をとった宝具には触れようとしない。手に取って喜んで欲しいのに。自分が抱えているより、クラウスが持った方が絶対に格好いいのに。

「クラウス」

「なんだ?」

「受け取って」

にっこり微笑んで宝具を差し出すと、クラウスはルルと剣を見比べてから、覚悟を決めたように表情を改めた。

すっと姿勢を正して跪き、ルルが差し出した宝剣をうやうやしく押し戴く。

「慎んで拝領しよう。翼神の王と女王、その末裔である我が伴侶、ルル」

　いきなり厳粛な雰囲気をまとったクラウスの凛々しい姿に、きゅっと胸が疼いた。

「俺はアルシェラタンの王——いや、国を思うひとりの男として、翼神の宝具にふさわしい行いを為すと誓う。国を護り民を護り、魔族に囚われた翼神の末裔たちを救い出す。そしてなによりも、我が永遠の伴侶ルル。君を護ると誓う」

　受け取った宝剣を腰帯に佩いて立ち上がり、両手を差し出したクラウスに、ルルも両手を差し伸べて厳かに宣言した。

「あなたの誓いを受け容れます」

✧ 帰還

アルシェラタンの王クラウスと王侶ルルの帰還は、後の歴史書にこう記されている。

【王と王侶が目の前で消え、戸惑い悲嘆に暮れていた臣下たちは、数刻ほど後に城外で起きた騒ぎを不審に思い外に出た。そこで目にしたのは、差し込む曙光を背に星のような輝きをまとった美しく神々しい巨大な鳥——伝説の翼神の背に乗った王が、天から降り来る姿だった】

アルシェラタンに降臨した翼神の姿は黒。

淡い虹色の燐光をまとった優美で気高く、それでいて愛嬌のある御姿であった。

城前の広場に降り立った翼神はうやうやしい仕草で脚を折り、王の下騎を助けたあと、溶けるように身を変じて王侶ルルとなった。ふたりが仲睦まじげに並び立つ姿は麗しく、見ているだけで労苦が和らぎ癒される心地であった。

驚き喜ぶ家臣たちに囲まれて城内にもどった王と王侶は、自分たちが地上を去ってから数刻しか経っていないことに最初は戸惑い驚いたものの、地上と天の浮島では時間の流れが違うということで納得したらしい。

それから次々と指示を出して国内に残留していた侵略軍カラグル・ウナリ連合軍を殲滅し終わると、瞬く間に軍備を整え、同盟軍と協力して聖域奪還の戦いに挑んだ。

王の手には魔を打ち祓う神々しい宝剣があり、その威光と威力により、聖導士として世界を支配していた魔族はじりじりと敗走をくり返すこととなった。

後に解放王クラウスと呼ばれるアルシェラタンの王は、常に戦いの先陣に立ち、騎士や兵士たちの志気を鼓舞するだけでなく自ら剣を用いて魔族を打ち祓い、斬り倒し、殲滅しながら進軍した。

彼はときに敵の攻撃を受けて傷を負っても必ず復活することから、復活王とも呼ばれた。

王が怪我で前線を退くと、彼が復帰するまでの間、代わりに王侶ルルが陣頭に立った。

王侶ルルは剣ではなく光り輝く宝盾を両手に掲げ、敵の攻撃をよく防ぐことで味方から絶大な信頼と感謝を寄せられていた。

盾で防御するだけでなく、戦場で倒れ、取り残された兵や騎士がいると、大きな鳥の姿に変じて可能なかぎり救助と回収に奔走したため、兵士や騎士たちの間で絶大な人気を博した。

王侶ルルはかつて持っていた癒しの力のほとんどを失っていたが、代わりに王城内で繁茂させた薬草園から素晴らしく効き目のある薬湯や膏薬、粉薬などを創りだして多くの怪我人や病人を癒して回復させた。

薬草園の名は『王妃の庭』と呼ばれ、今も多くの国民に癒しをもたらしている。

アルシェラタンの王クラウスと王侶ルル、そして彼らと同盟を交わした国々のねばり強い共闘により、ほどなく大陸の中央にある聖域の奪還に成功した。

もちろんはらった犠牲は多かったが、得た物はそれ以上に多かった。

自覚なく魔族の食糧として飼われ、囚われていた翼神の末裔たちは解放され、自由に外界の人々と交流を行うことができるようになった。それぞれが〝運命の片翼〟と出会う機会に恵まれるようになったのだ。

だが、魔族すべてを地上から打ち祓えたわけではない。

魔族の多くは大陸の北方にある国々に逃げこみ、そこで力を蓄え反撃の機会を狙い、策動し続けた。

国王クラウスと王侶ルルは、その一生を魔族殲滅のための努力に費やしたが、魔族が完全に打ち祓われ、地上がかつて楽園と呼ばれていた古の時代のような平和をとりもどすには、さらに数世代の時が必要だった。

なぜなら、祓うべき魔や悪は、魔族だけでなく多くの人の心の内にも蔓延っていたからだ。

王と王侶を護るために右腕と左腕をそれぞれ失った側近イアル・シャルキンと護衛隊長バルト・ル＝シュタインはしばらく不便な時間を過ごしたが、参謀ナディン・ナトゥーフが開発した絡繰り仕掛けの精巧な義手によって、ほとんど不自由のない生活を取りもどすことができた。

特にバルト・ル＝シュタインは左腕を失ってから護衛隊長を辞して訓練にはげみ、片腕でも並みの騎士には負けないくらいまで回復すると騎士団に復帰したが、前線で戦うのは難しく、後衛などを務めるに留まり歯痒い思いをしていただけに、ナディンが開発した精巧で意のままに動く義手には感謝してもしきれなかったようだ。

ナディンは、王侶ルルと王クラウスが天の浮島から持ち帰った翼神たちの様々な記録を解析して読みふけり、地上で応用できる技術を次々と生みだした。彼は以前にも増して王国になくてはならない存在になり、多くの人々に感謝されることとなった。

王侶ルルは、かつて自分が文字を読めず、必死に学んでも難しすぎてろくに書くことができなくて大変苦労した経験から、一部の特定の知識階層だけが使用するのではなく、誰でも簡易に読み書きができる文字を作成して、広く市井に広めることに努めた。

それによって、歴史は口伝ではなく書によって残されるようになり、今こうして皆が読めるようになっている。

その一点だけでも、王侶ルルの功績がいかに大きく広汎であるかが知れるだろう。

最後は、皆が大好きなお話で締めよう。

むかしむかし。この世は楽園だったという。

空には翼神たちが住まう美しい浮き島があり、地には心やさしい人々が翼神の庇護を受けて幸せに暮らしていたという。

けれどあるとき怖ろしい魔物がやってきて翼神たちに襲いかかり、美しい翼をもぎとって地に投げ捨ててしまった。

世界は長く暗い時代を過ごしたが、あるとき運命に導かれた翼神の末裔と王が出逢(であ)い、別れ、再び出逢って愛し合い、運命の片翼を得て復活を果たし、この世に希望をもたらしたという。

今でも空には浮島があり、好奇心旺盛な翼神たちが時々地上に降り立って人の姿になり、人々の暮らしに入りこんで楽しんだり騒動を起こしたり、愛したり愛されたりしている。

あとがき

物事の渦中にいるときは、自分がとった行動がどんな未来を招くのか予想はできても予知はできない。予想と違った（自分が望んでなかった）結果になったとしても、あとで悔やんでも、その時点で最良（その時の自分にとって利益が最大）だと思って下した結果だから受け容れるしかない。あとから見返せば、あーできたこーできた、どうしてこうしなかったと文句もつけられるけれど、渦中にあるときは見えていないので仕方ない。人間はそうやって失敗したり痛い目を見たり後悔したりして生きて行くしかない。

この物語の主人公のひとりであるクラウスも、後から真相を知ったとき死ぬほど悔しがった。なぜ見抜けなかったかと。そこで見抜けてトラブルを未然に防げるのがスパダリなんだろうけど、残念ながらクラウスはスパダリではなく…。王様なら未来を見通す目（予知的慧眼（けいがん））とか人を見る目（嘘を見抜く能力）がありそうなのに。おそらくクラウスの王としての資質は、普通の人間よりももっと遥かに視点が高く、遠い未来の国民（人類）の行く末については見えるのに（だから聖堂院（魔族）と戦う決意をした）、個人的な人間関係（足元）に関しては灯台もと暗しで分からなかったんだろうと思います。

《一度も他人に騙されたことのない人間だけが、この者（クラウス）に石を投げなさい》

個人的にはこう思って（笑）クラウスを擁護しながら原稿を書き上げました。

ということで、皆様こんにちは。今回ようやく前巻のあとがきで約束した通り完結巻をお届けできて、ほっとひと安心している六青（ろくせい）みつみです。

私は基本的に、とんでもない過ちを冒してしまった攻（もしくは受）が、その報いを受けつつ愛をつかみ取るお話が好きなのですが、今回はしみじみ『クラウスがスパダリだったら、こんなに苦労することはなかったのに…』と、自らの選択を悔やんだり開き直ったり悔やんだり（ループ）な日々でしたが、担当編集様の助言や叱咤やアメとムチとムチのおかげで、なんとかゴールにたどりつきました。担当様ならびに編集部の皆様に感謝いたします。

そして、三冊にわたって装画を担当してくださった稲荷家房之介（いなりやふさのすけ）先生には五体投地で感謝いたします。美麗で緻密な世界観と登場人物たちのイラストを描いていただき、本当にありがとうございました！

最後に、次で終わる終わる詐欺にめげずリアルタイムで本作につきあってくださった読者の皆様、ありがとうございました。後からまとめて読む読者の皆様には、山あり谷ありの物語を一気に楽しんでいただけたら幸いです。（十一月発売の雑誌に番外編（後日談）が掲載されますので、そちらも併せてお楽しみいただければと思います）

令和四年　秋　六青みつみ

この本を読んでのご意見、ご感想を編集部までお寄せください。

《あて先》〒141-8202 東京都品川区上大崎3-1-1 徳間書店 キャラ編集部気付
「鳴けない小鳥と贖いの王～昇華編～」係

【読者アンケートフォーム】
QRコードより作品の感想・アンケートをお送り頂けます。
Chara公式サイト http://www.chara-info.net/

■初出一覧
鳴けない小鳥と贖いの王 ～昇華編～……書き下ろし

2022年10月31日 初刷

著者 六青みつみ
発行者 松下俊也
発行所 株式会社徳間書店
〒141-8202 東京都品川区上大崎3-1-1
電話 049-293-5521（販売部）
03-5403-4348（編集部）
振替 00140-0-44392

鳴けない小鳥と贖いの王 ～昇華編～

……【キャラ文庫】

印刷・製本
カバー・口絵 株式会社広済堂ネクスト
デザイン モンマ蚕＋梶原悠里江（ムシカゴグラフィクス）

ISBN978-4-19-901079-8

六青みつみの本

好評発売中

「鳴けない小鳥と贖いの王」

シリーズ1～2
以下続刊

イラスト◆稲荷家房之介

六青みつみ
イラスト◆稲荷家房之介
～彷徨編～
鳴けない小鳥と贖いの王
能力を使い果たし、声を失った僕には
あなたに愛も真実も告げられない——
キャラ文庫

何者かに一族を惨殺され、癒しの能力も声も失ってしまった!! 唯一鳥に変化し逃げ延びた、翼神の血を引く少年ルル。瀕死のルルを助けたのは、旅の青年クラウスだ。「俺は命の恩人を探して旅をしている」その言葉で、彼が以前毒矢から命を救った相手だと気付いたルルは驚愕!! 『あなたの探し人は僕だよ!!』再会を喜び真実を伝えたいけれど、口がきけない小鳥の姿では、その術がわからず!?

六青みつみの本

好評発売中

［輪廻の花～300年の片恋～］

イラスト✦みずかねりょう

酷い言葉で傷つけ、死に追いやった俺を赦してくれ——愛する人を死なせた前世の記憶を持つ青年貴族レイランド。その前に、想い人と瓜二つの少年・スウェンが現れた！　捜し続けた相手にやっと出会えたのに、なぜか彼の双子の兄・カインから目が離せない。運命の人ではないのに、どうして地味で冴えないカインが気になるんだ!?　失われた恋を求め輪廻転生する、一途で切ない300年の純愛!!